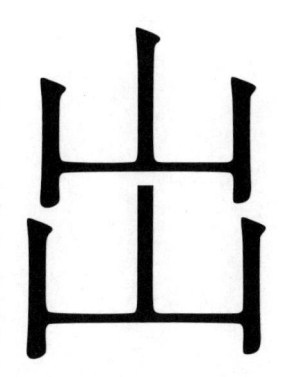

出界

at the
EDGE
of
LIVES

張敦智
└─著

獻給我親愛的媽媽與爸爸。

目次
Contents

大遊樂園 *Live Long and Prosper*	007
沉默是今 *Cut Out*	037
12 *LOOP*	169
四姊妹 *Silent Sisterhood*	261
再一步，天堂？！ *One Step to Heaven ?!*	363
【回聲】提問叛逆及其不滿／傅裕惠	418
【回聲】「正常」的外邊／童偉格	421

大遊樂園

Live Long and Prosper

〔首演資訊〕[1]

導　　演：鄭晴元
演　　員：徐仲萱、張敦智、鄭晴元
燈光設計：陳大再
音樂設計：楊易修
日　　期：2017.10.21
地　　點：蚌灣劇場（中國，烏鎮）

〔劇作簡介〕

　　造物故事延續至此刻，人類拋開神話，拋開「神說要有光就有了光」，想要什麼靠自己用手去指，秀出卡片、按開手機，開啟無數通往希望的康莊。

　　中國史上最著名長跑選手夸父，也跑進這則故事。只是最耀眼的太陽如今已不再高掛天空，而是分裂成無數碎片，潛伏在百貨櫥窗裡、購物網站上。

　　夸父又開始跑了，先是奔波賺錢，再一回身敏捷地接住快遞送來的包裹，追逐讓停滯一掃而空。希望充滿房子，蜜一般的空氣，彷彿再多都可以喝完。但比賽變得比從前困難。一日夸父轉身，發現太陽們目光發寒，笑裡藏刀。最能跑的夸父，因此露出他最驚怖的神情。

　　然而故事未完，這次太陽可能是朋友，也可能是千年來的宿敵。

---

[1] 原中文劇名為〈永續發展的某種假說〉，英文名同前。

■〔人物〕

夸父
萬物使者A
萬物使者B

S1_物種源起

磅礡音樂進。

夸　父：大家好，我是夸父，好久不見。
　　　　我想從我的第一次開始說起，一個造物的故事，一個如何勇敢追逐目標的故事。
　　　　我喜歡脫鞋子跑步，赤腳奔跑的時候我總想，大地是怎麼樣被創造出來的。它既像導師，又像朋友。
　　　　我翻了《聖經》，裡面說偉大的神在創世紀第一天發明了晝夜，第二天發明了天空，而我的大地朋友就是在第三天——

音樂 cut out。

使者A：等等等等，夸父先生，太慢了！真的太慢了！
夸　父：怎麼太慢了，我還沒說完，正要說第三天。
使者B：夸父先生——現在沒有人要聽這個啦！
夸　父：啊？那我、那我、
使者A：這麼長故事直接跳到結論好不好！
夸　父：啊⋯⋯好。對不起對不起。
　　　　（加速）終於的終於，最後的最後，在宇宙爆炸後138億年，耶穌誕生後＿＿＿年（填入演出當下西元年份），萬物仍自己運行、自己毀滅、自己——邁向新生。
　　　　如今活的跟死的、有生命的跟沒有生命的、遠在天邊的跟近在眼前的，都已經獲得充足的力量，可自己長大，甚至

　　　　為自己發聲──

使者B：您好，面膜特價第二件五折唷。

夸　父：請問有男性專用的款式嗎？

使者A：您好，軟軟的菠蘿麵包鑰匙圈療癒價只要450元唷。

夸　父：好可愛唷！

使者B：您好，一次購買兩期健身課程可以獲得兩堂免費！

夸　父：這麼划算！

使者A：您好，我們的獨家美容療程，含法式美妍調理與肌因水彈性護理……

夸　父：那個，我想問美白……

使者A：謝謝您，但我們以下是付費諮詢喔。（虛假地微笑）

使者B：您好，最新系列手工筆記本現在──

使者A：抓住你的機會！掌握你的人生！Bet365 三百六十五天等你線上下注！

使者B：欸，我還沒說完欸。

使者A：警告，在您的電腦上偵測到木馬病毒！請按此下載最新版本防毒軟體，提升您的工作表現！

使者B：欸，我說我還沒說──

使者A：恭喜！恭喜您成為第100位造訪本站的幸運兒！填寫資料即可獲得0元手機以及旅遊大獎！

夸　父：啊！天公疼憨人啊！

使者B：法國風格鋼筆筆記本讓你隨手記錄全世界！

使者A：新編經典閱讀計畫系列一次購買三冊享七折優惠！

使者B：復古造型隨身果汁機帶你隨時享受調理的樂趣！

使者A：注意！限時折扣剩最後十分鐘！……

（SQ：一聲鈴響）

休息時間，使者A、B分別坐到舞台兩側，一個玩腳，一個在幫自

己按摩、拉筋。夸父在舞台中間休息。

夸　父：欸，太遠了，你們坐近一點嘛。

使者A、B沒有反應。

夸　父：坐近一點嘛！

使者A稍微挪動一下屁股。

夸　父：再近一點嘛，你們可以坐到這！

使者A抬起頭。

使者A：不能再近了！就這麼近。
夸　父：為什麼！

使者A沉默。

夸　父：可是這樣我還是很孤單啊！
使者A：孤單嗎？
夸　父：對啊！
使者A：那好，其實呢⋯⋯要再靠近一點，還是有方法的。
夸　父：有嗎？
使者A：有的。
夸　父：什麼方法？
使者B：嗯──付錢。
夸　父：欸！早說嘛！你還賣關子，花這麼久的時間！你看這問題不是很好解決嗎，所謂啊錢能解決的都不是問題⋯⋯

012　出界─At the Edge of Lives

夸父完付錢同時，使者A開始幫夸父捶背、捏肩。

夸　　父：你們現在在幹嘛？
使者A：幫您捶背呀！
夸　　父：啊，好好好，太棒了，真是太棒了！

使者B從夸父身上拿了錢包。

夸　　父：現在是在幹嘛？
使者A：啊，這是在幫您登錄資料！為了更徹底了解您，提供更個人化、更體貼的服務，我們需要把跟您有關的一切儲存起來，以提供最高品質的體驗！
夸　　父：原來如此，那就盡快儲存吧！

使者A將手掌對準夸父。
夸父以為要擊掌，但兩人掌掌相對之際——
嗶。

夸　　父：咦？

使者A、B持續伸出手掌，夸父則對著兩人手掌掃描。
嗶嗶嗶嗶嗶嗶嗶嗶嗶。

使者A：你有沒有感覺，越來越舒服了呢？
夸　　父：有！太棒了，真的太棒了！

使者A拿出榮耀的彩帶幫夸父穿上。

使者A：那你把這個穿好，我們要加快囉！

使者 A 對著夸父的手機瘋狂掃描起來。
使者 B 對著夸父全身各處瘋狂掃描起來。

嗶嗶嗶嗶嗶嗶嗶嗶嗶嗶嗶嗶嗶嗶嗶嗶嗶嗶嗶嗶嗶。

巨大的汽車喇叭聲。
叭————————————————————。

燈光 fade out。

Ｓ２_勞動的價值
　　（也許就是一場騙局）

車水馬龍聲 fade in。
車水馬龍聲 fade 小。

夸父看手機，看得津津樂道。

夸　父：8小時內到貨？太強了吧，訂購！好期待。

叮咚。

使者Ａ送來一份帳單。

夸父開門。
使者Ａ進門逕自走到房子中間。

使者Ａ：您好。
夸　父：你好。

使者Ａ從屋子中間看著夸父。

使者Ａ：您好。
夸　父：呃……請問您……哪裡找？
使者Ａ：這，是給您的。
夸　父：這是……？

使者A：一份帳單。

夸　父：（恍然大悟）哦——喔喔喔，繳錢！

使者A：噢不不不，我不會這麼說。我不願意這麼說。我們之間的連結是很深刻的，繳錢，這個詞太淺薄了。

夸　父：啊！當然，我同意，我完全同意。

使者A：（遞上）一份帳單。

夸　父：你等等。（夸父拿出皮夾，尷尬地笑）怎麼沒錢了呢？什麼時候的事？不應該這樣的……對不起啊，很少發生這樣的事。……

使者A：（抽掉夸父身上的彩帶，若無其事地威脅）一根手指，兩顆腎臟，三隻小豬，四林夜市，五更腸旺……

夸　父：對不起！對不起！我馬上處理這件事，沒事！很快就好！您不要生氣，先坐一下嘛，哈哈，消消氣，馬上就好、馬上就好啊！

使者A在旁邊等。

夸　父：他不要我了。就這樣，我又寂寞了。寂寞總來得那麼簡單，只要隨便信手拈一下就來了。為了趕走這些寂寞，我卻要想出各式各樣的辦法來付出代價。

使者A：那，你打算付出什麼樣的代價呢？

夸　父：我——

使者A：你——有什麼可付出的呢？

夸　父：我——

使者A：你身上有什麼值錢的呢？

夸　父：我——

使者A：想不到嗎？

夸　父：啊……

使者A：想不到吧。

夸　父：啊。
使者 A：付出你的勞力吧！
使者 B：對呀，付出你的勞力吧！（拿出合約書、原子筆）
夸　父：勞力也算一種代價嗎？
使者 A：算呀！
使者 B：算呀！
夸　父：啊！好！那我就付出勞力吧！

夸父簽署合約，開始工作。

音樂 beat 進。

夸父開始瘋狂付出勞力。
過了好一會兒，夸父越來越累。

長長的喇叭聲。
夸父正在當計程車司機，他緊急煞車。
夸父下車。

夸　父：會不會開車啊！你這樣突然切進來，結果我——
使者 B：結果我，
使者 A：更寂寞了。
夸　父：（對另一名駕駛）莫名其妙！

夸父繼續工作。
夸父正在當工地工人，在搬動機具時不小心摔倒。

夸　父：對不起！我剛剛沒有注意到，然後我——
使者 B：然後我，

使者A：更寂寞了。
夸　父：對不起！

夸父繼續工作。

使者A：噢，我不是他，不要誤會，我現在是他的——代言人。
使者B：哈哈哈，不要誤會啊，我也不是他，我也是他的——代言人。
使者A：你看到我們，就好像看到他。
使者B：他看到我們，就好像看到他！
使者A：（同時）他現在在想什麼呢？
使者B：（同時）他現在在想什麼呢？
使者A：他在想——
使者B：他在想？
使者A：（笑）想我們呢。

使者A跟使者B擊掌。

使者A、使者B：哈哈哈哈哈哈哈哈哈哈。
使者B：現在呢現在呢，他現在又在想什麼？
使者A：他現在啊。
使者B：他現在——更寂寞。
使者A：更沮喪！
使者B：更憂愁！
使者A：更悲哀了！但是他啊——
使者B：他不會告訴你的。
使者A：講錯了。
使者A、使者B：是我不會告訴你的。

音樂旋律結束，beat 繼續。
使者 A、B 開始收拾。

使者 A：我們越來越大，越來越多。
使者 B：像不斷膨脹的宇宙把他包起來。
使者 A：讓夸父先生飄在裡面。
使者 B：我們之間的關係——模稜兩可。
使者 A：又遠，又近。

使者 A、B 下場。

S3_買東西就像互助會

夸　父：好累……

夸父繼續工作。

夸　父：好想變有錢……

夸父試著繼續工作。

夸父工作的速度變得很慢。

夸　父：我今天不太舒服……對不起！我會繼續努力！再見。

夸父一個人走在路上。

他考慮是否要走進超市。
他決定回家。
他再度停下腳步。
他決定走進超市。

他揮了揮自動門，走進超市同時，燈光變亮，超市音效進。
使者A、B從布幕後方走出來，交給他一個購物籃，但兩人好像看不見夸父，逕自佈置了兩張椅子坐下來。

夸父注意到使者A、B。

使者 A：嗨。
使者 B：嗨。

夸父點頭。
使者 A 起身，把位子讓給夸父。

使者 A：好，那我們今天的活動就正式開始囉。這邊是一個非常放鬆的地方，大家盡量敞開心胸，把你想講、想要別人了解的都說出來好嗎？那麼我先開始囉。
大家好，我是北海道乳酪塔。
夸　父：（同時）嗨，北海道乳酪塔。
使者 B：（同時）嗨，北海道乳酪塔。
使者 A：我原本就很受大家歡迎，因為我本身好吃、又很療癒，但我最近覺得這樣不夠，希望更多人不要錯過我，所以舉辦了兩個禮拜的大特價。希望大家把握機會，不要錯過幸福的感覺！這是我最近努力的目標，謝謝大家。
夸　父：（同時）謝謝你，北海道乳酪塔。
使者 B：（同時）謝謝你，北海道乳酪塔。
使者 A：那我們換下一位。

使者 A 將麥克風交給使者 B，使者 B 上台。

使者 B：大家好，我叫寵物健康狗罐頭。
夸　父：（同時）嗨，寵物健康狗罐頭。
使者 A：（同時）嗨，寵物健康狗罐頭。
使者 B：最近有很多新面孔來看一下我就走了，感覺他們都很想養狗，但其實沒有養，不知道為什麼，而且一個人走掉的樣子看起來很落寞。我覺得大家都應該養隻狗，不要再寂寞了。我可以幫忙大家，謝謝！

大遊樂園 *Live Long and Prosper*

夸　父：（同時）謝謝你，寵物健康狗罐頭。
使者A：（同時）謝謝你，寵物健康狗罐頭。

使者A示意夸父上台。使者B將麥克風交給夸父。

夸　父：大家好，我是夸父。
使者A：（同時）嗨，夸父。
使者B：（同時）嗨，夸父。
夸　父：對不起，很久沒來看大家，讓大家無聊了。
使者A：（安慰夸父）沒關係！不要對不起！（指著三個人）朋友！
夸　父：謝謝。大家剛剛講的都很激勵我，你們人真的都很好，給我很多希望。其實我前陣子過蠻差的，被催繳帳單、到處打工，真的很累。當然我知道欠錢一定要還。
使者B：（表示贊同）嗯。
夸　父：嗯，所以我就很努力工作，相信持之以恆就可以解決問題，但久了真的很絕望。但是我剛剛聽了大家講的話之後，我決定放下這些念頭了，我應該繼續向上，創造更好的生活，像你們一樣。我剛剛就想，可能我沒有像你們那麼有才華、可以給別人希望跟力量。但這不代表我就要絕望呀，我可以接受你們的幫忙，讓自己變得更好。

使者A、B已經消失在黑暗裡，舞台上只剩夸父一人。

夸　父：就像太陽跟月亮的關係。一個月亮它不會發光，但是它會找一顆太陽，照亮自己、讓自己變得更好，這樣它就可以被大家注意，甚至在中秋節、元宵節還會受到景仰、崇拜。所以如果我是一顆月亮，我應該幫自己找更多的太陽來，給自己希望，找到能幫我、代替我發光發熱的東西，代替

我發光熱的東西,代替我發光發熱的東西。……

夸父尋找能代替他發光發熱的東西。
燈暗。滑鼠音效進。
click,click,click……

S 4_電商id就是我的idendity

叮咚。燈光乍亮。

夸父趕緊去開門。

使者B：您好，這是您的包裹，這裡請簽收。
夸　父：謝謝你！

叮咚。

使者A：您好，您的包裹，這裡請簽收。
夸　父：謝謝。
使者B：叮咚，您好，您的包裹。
夸　父：謝謝你！
使者A：叮咚，您好！您的包裹！
夸　父：謝謝你！
使者B：叮咚！
夸　父：謝謝你！
使者A：叮咚！
夸　父：謝謝你！

使者A、使者B坐到桌上。

夸　父：我把它們一個一個拆開。

以下底線處自行填入任何與各式包裹內容物相符的詞語。

使者 A：我要當一個____的人！
使者 B：我要當一個____的人！
使者 A：我要當一個____的人！
使者 B：我要當一個____的人！
使者 A：我要當一個____的人！
使者 B：我要當一個____的人！
使者 B：新的生活、與舊的生活——
使者 A：新的希望、與舊的過去——
夸　父：在這個瞬間——
使者 A：（同時）一刀兩斷！
使者 B：（同時）一刀兩斷！
夸　父：（同時）一刀兩斷！

夸父看電腦螢幕，繼續訂購，突然看到使者 A。

夸　父：你好！
使者 B：您好！
夸　父：嗨！
使者 A：您好！
夸　父：你好！⋯⋯呃，我剛剛要找什麼？
使者 A：（靠近，並看向遠方，錯落地）選我選我選我！
使者 B：（靠近，並看向遠方，錯落地）選我選我選我！
夸　父：不要急，我們一個一個慢慢來！

夸父跟使者 A、使者 B 握手。

使者 A：我們一個一個來。

大遊樂園 *Live Long and Prosper*

夸　　父：你好！
使者 A：您好！
夸　　父：你好！
使者 B：您好！

使者 A、B 開始幫夸父穿戴買來的東西，夸父繼續跟身上的商品打招呼。

夸　　父：你好！你好！你好！你好！你好！

使者 A、使者 B 欣賞了一下自己的成品，下場。

使者 B：我們一個一個走。
夸　　父：你好！你好！你好！你好！你好！……（發現使者 A、B 不見了）來啊！再來啊！你們在哪！
使者 A：（從黑暗中）我們在這裡呀！您好。
使者 B：（從黑暗中）您好！
夸　　父：哪裡？不要躲，通通都給我出來！給我出來！

碰！使者 A 打開反光傘。
使者 B 拍照。
閃光燈閃爍，喀擦喀擦喀擦。

使者 B：吵什麼吵，我在這裡嘛。
使者 A：對呀，我們在這呀。
夸　　父：（轉過身，但看不見使者 A、B）哪裡！

使者 B 再度拍照。
閃光燈閃爍，喀擦喀擦喀擦。

使者A、B的位置變幻莫測。

使者A：（同時）這裡！
使者B：（同時）這裡！
夸　父：哪裡？
使者A：（同時）這裡！
使者B：（同時）這裡！
夸　父：你們到底在哪裡？通通都給我出來！給我出來！

夸父瘋狂地四處尋找。
使者A、B緩緩收起反光傘跟相機。

使者A：他看不到我們了。
使者B：他說我們不出來。
使者A：他覺得我們越來越不懂他。
使者B：我們覺得他越來越不懂我們。
使者A：他離我們越來越遠。唉，令人擔心啊。
使者B：現在怎麼辦呢？
使者A：我們不能讓他被這個世界淘汰，我們要把他救回來。

夸父崩潰。

夸　父：你們到底在哪裡啊啊啊啊啊啊啊啊啊啊啊啊啊啊啊啊啊啊啊啊啊——

S 5_回到世界上吧

長長的沉默。

夸　父：他們又不見了。

> 以前⋯⋯以前有段時間沒錢的時候,我也有過這種感覺。但這次好像⋯⋯不太一樣。
>
> 這種感覺⋯⋯好像重新回到洪荒時代裡,從宇宙看著熱鬧的地球,覺得自己就是那顆月亮。我看到星星,我看到不同星星上有很多不同的自己,在不同未來裡繼續努力、不斷努力著,但又好像漫無目的地航行在流浪的軌道。
>
> 我曾經很快樂,故事開始的時候所有的東西都是無價的,小石頭、老房子、小狗、還有好高的樹木。那時候我每天都會去跟祂們講話,祂們也會來跟我講話。有時候,我會自己一個人躲在星空底下,思考我是誰、為什麼我要來到這個世界;有時候我會在大地上一直跑、一直跑、一直跑,然候在最累的時候,發現自己的脆弱。
>
> 我知道,那個世界也不是完美的,有殺戮、有死亡⋯⋯但是不像現在那麼多。
>
> 你的眼中有我、我的眼中有你,那就是那個世界。

那麼是誰先背叛了誰呢？是誰先像孩子一樣手舞足蹈、歡欣鼓舞，誰先遠走高飛，誰先開始證一道證不完的證明題？

我想變得更好。我停不下來了。

每一件東西我都想得到，我都想靠自己的雙手去征服它們，所以我努力地跑、拚命地跑，但是我越跑越發現，不管我跑得多遠、多累，它們和我的距離從來都沒有變過，都是一樣的！

我不屬於任何地方，不屬於任何人。（拿起以前買的東西）你們看得到我嗎？你們聽得到我說話嗎？我不要消失！幫我！——

他們說我是全新的了，每天都是全新的。我好像自己一個人孤單地住在造物主的眼睛裡面，往外看著祂的所有成就！

遠在天邊，近在咫尺。

我要發光發熱！

幫我！

使者 A、B 猛地出現、熱烈拍手。

夸　父：啊！……嚇死我了！
使者 B：你才嚇死我了！

使者A：你嚇死他了。

夸　父：對不起……我剛剛……怎麼了？

使者A：你昏過去了。

夸　父：昏過去……為什麼？

使者A：我怎麼知道。你不能老是這樣漫不在乎的，這樣要怎麼進步？你自己說說你剛才怎麼了？

夸　父：我剛才……

使者A：不會一點印象都沒有吧。

夸　父：嗯。

使者A：唉，我跟你說這些都是為了你好。你如果一個人在這邊待太久，你會跟這個世界失去聯繫。你會變成 nothing。

夸　父：我會變成 nothing？

使者A：對啊，消失。

夸　父：為什麼？

使者A：大家看不到你嘛。

使者B：我們本來差點要放棄你的。

夸　父：等等，我沒弄懂，你說大家會看不到我，但我不是在這嗎？

使者A：你在這已經不足以代表你在這了，懂嗎？你要更加引人注目，更爭奇鬥豔。

使者B：不然世界上有多少，八十億，八十億人口！你要誰看見你啊？

夸　父：啊。我不能就自己好好的是嗎？

使者A：怎麼講不通啊。

使者B：就說不要救嘛。

使者A：喂。（對夸父）你捫心自問，你自己一個人真的好端端的嗎？

夸　父：啊？

使者A：你能不能自己一個人開公司上班？能不能自己生產糧食、吃飯？能不能下雨的時候自己做一把傘、天冷的時候自己

　　　　　縫一件外套、一床被子？

夸　父：不行。

使者A：那就對了嘛！

夸　父：啊？

使者A：我們人生在世，一個人活不下去的，要活在人群之中，就要讓人看見你。

使者B：專注一點好不好，目標！

夸　父：啊，對。目標。

使者A：你的目標是什麼？

夸　父：我的目標是什麼？

使者A：靠，你要自己想啊！

夸　父：好，我會自己想。

使者B：然後要跑得再快一點，再奮不顧身一點，知道了嗎？

夸　父：好，我知道了，謝謝。

使者A：好了，現在呢，你應該消費一下。

夸　父：消費？

使者A：對啊。

夸　父：但你剛剛說……

使者A：我剛剛說什麼？

夸　父：我要追逐目標。

使者A：還有什麼？

夸　父：我要讓大家看見我。

使者A：所以你要怎麼讓大家看見你？

夸　父：我要……喔！

使者B：我們會讓你更好的。好嗎？

夸　父：你們會讓我更好？

使者A：（同時）嗯。

使者B：（同時）嗯！

夸　父：我要讓大家看見我？

大遊樂園 *Live Long and Prosper*　031

使者Ａ：（同時）對。
使者Ｂ：（同時）對！
夸　父：好，我知道了。

夸父快速跑下場。

Ｓ６_你可以變成任何人除了你自己

使者Ａ、Ｂ面對觀眾。

使者Ａ：後來，大部分時間裡，我們擔任他盡責的代言人。為他赴湯蹈火，上山下海。
使者Ｂ：（對著黑暗）欸，那個誰，你最近是個怎麼樣的人啊？（拿一箱商品上）
夸　父：啊……我最近……
使者Ｂ：──快點！
夸　父：啊我最近比較文青！
使者Ｂ：（對使者Ａ）欸，他最近比較文青。
使者Ａ：文青，好的。沒問題。
　　　　你好！我是他的手工筆記本。
使者Ｂ：我是他的余秀華詩集。
使者Ａ：我是他的黑膠唱片。
使者Ｂ：我是他的紙膠帶。
使者Ａ：我是他的底片相機。
使者Ｂ：謝謝謝謝。（對黑暗）欸，你要不要換個風格，文青退流行啦，你最近又是個怎麼樣的人？
夸　父：我可不可以再當一陣子文青？
使者Ｂ：不行，給我換！如果你不想消失的話。
夸　父：啊──那我最近──我最近可能比較陽光！
使者Ｂ：比較陽光！
使者Ａ：比較陽光。收到。

大遊樂園 *Live Long and Prosper*　033

你好，我是他的鴨舌帽。
使者B：你好我是他的重訓室會員證。
使者A：你好我是他的名牌太陽眼鏡。
使者B：我是他的名牌球衣。
使者A：我是他的……什麼？噢，沒有。對，他最近沒空，所以就我們。對對對。有什麼事跟我們說就好，我們一定幫你轉達。──啊！差點忘了說，我是他的運動型耳機。
使者B：（對黑暗）喂！那個誰，你最近又是怎麼樣的人啊？
使者A：你們想他嗎？會覺得很久沒看到他嗎？我相信不會的，因為他越來越鮮明瞭，而你們看得越來越清楚。他，就在這裡。我就是他，（指使者B）他也是他。我們就是──（對觀眾）你們。
使者B：他自由囉，你們也自由囉。不屬於任何地方，不屬於任何人。沒有固定的形體，也沒有單一的形象。現在他想是什麼，就是什麼。透過我們，大家現在也都──
使者A：（同時）──遠在天邊，近在咫尺啦！
使者B：（同時）──遠在天邊，近在咫尺啦！

一聲手機訊息提示音。

使者B：啊，回個訊息。

使者A：這是造物故事的不知道第幾天，耶穌誕生後的＿＿＿年（填入演出當下西元年份）。夸父先生被打造得無所不在了。只要他想要，每一刻都可以是全新的，這種美妙的感覺唾手可得。
使者B：新的生活與舊的生活，新的希望與舊的過去，都可以隨時隨地被──

使者 A、B 走往上舞台,打開雨傘、拿起花束。

(SQ:葬禮音樂進。)

使者 A:一刀兩斷!

使者 A、B 拿出鮮花插在下舞台,商品堆成的衣冠塚。

使者 B:他是一塊烤好的麵包。(插一朵玫瑰)
使者 A:他是一本新刷的書本。(插一朵玫瑰)
使者 B:他是一場虛幻的電影。(插一朵玫瑰)
使者 A:他是一筆成功的匯款。(插一朵玫瑰)
使者 B:他是一批便利商店的補貨。(插一朵玫瑰)
使者 A:他是一本手工縫線的行事曆。(插一朵玫瑰)
使者 A:(同時)他什麼都是。
使者 B:(同時)他什麼都不是。
使者 A:(一起)他什麼都不是。
使者 B:(一起)他什麼都是。
使者 A:來,讓我們為他,默哀三秒。
使者 B:一。二。三。

音樂驟轉,又變回快樂。

使者 B:不過他現在更加鮮明了不是嗎?
使者 A:你還記得剛剛那個說故事的人是誰嗎?優柔寡斷,躊躇不前。
　　　　他本來是一個模模糊糊的東西,但是他現在越來越清楚了。
使者 B:(對著商品衣冠塚)喂,那個誰,你開心嗎?

沒有夸父的聲音。

使者 B：聽不見！

還是沒有夸父的聲音。

使者 B：聽不見！

依然沒有夸父的聲音。
但使者 A、B 彷彿同時聽到了不存在的回答。

使者 B：他說他──
使者 A：（同時）太開心啦！
使者 B：（同時）太開心啦！

兩位使者開心地拿出生日帽，戴在商品堆上。
他們拿出蛋糕、蠟燭，並且深吸一口氣──

兩人將蠟燭吹熄。
燈暗。

（全劇終）

沉默是今

Cut Out

〔劇作簡介〕

　　城市裡不同角落四人的際遇穿插，勾起整座城市的輪廓。

　　從事八大行業的女人，因為壓力過大，在自家詭譎地獨自演譫與諮商師談話的情境。

　　研究生在家想錄音跟將分手的情人說些內心話，無奈隔壁鄰居正大聲播放金屬搖滾樂，同時房東太太反覆打電話來確認匯款事宜，兩人對話陷入鬼打牆。

　　與兒子十年沒聯絡的婦人，在出門看亡夫之墓的同時，主動撥電話給兒子，卻招致惡言相向，說好至死不聯絡，電話結束，她被困進故障電梯活活餓死。兒子在兩年後輾轉得知自己當下幾乎立即實現了「至死不聯絡」的諾言。

　　即將開工的工人，接到多疑老婆的電話，明明還愛著對方的他，試圖想挽回這段婚姻，無奈工地隆隆聲作響，加上電話收訊不良，終致失敗收場。三十年後，他得了思覺失調症，獨自住進精神療養中心，回憶裡不斷重複的溫暖，竟是那從事八大行業女人的故事……

　　凡此種種，來不及說的，與還沒說的，在這座城市裡，終歸沉默。

　　沉默是今。

〔人物〕

女人
研究生
婦人
工人
老人（老年的工人）
護士
警察
婦人的兒子
婦人的兒子的朋友（S6 的「朋友」）
工人的朋友（S7 的「朋友」）

給導演的話

　　如果劇本要搬演，導演應該用燈光、聲響等舞台效果，把劇本中第幾景之數字中有小數點的 0.9、1.1、2.1、3.1、4.1、5.1、6.1、7.1 景，跟其餘 1、2、3、4、5、6、7 景，強烈地區隔開來。

　　為求在閱讀上達到上述效果，文本所有有小數點的場景，都額外用標楷體表示。

S 0.9_

燈亮，場上只有一張白色桌子、兩張白色椅子。
整景只有女人一個演員，以下所有與本景相連的 2.1、3.1、4.1、7.1 景亦同。
她正快速、奮力地擦桌子、椅子，要把一絲一毫的灰塵都擦乾淨。

一陣輕輕敲門聲。
叩叩叩。
女人看了一眼門的方向，她加快手邊擦桌椅的速度。
叩叩叩。

女　人：來了！

女人下場把抹布收起來，一邊上場時重新把散亂的頭髮綁好。
女人開門。

女　人：你好。

　　　　（停頓）

　　　　謝謝你來。

　　　　（停頓）

　　　　我知這樣有點奇怪，但⋯⋯但⋯⋯我覺得這是對我而言最

好的方法,然後你又在電話中說過⋯⋯對。

(停頓)

沒事。我沒事。

舞台外傳來一聲貓叫聲。

女　人：哦,那是花生,我養的其中一隻貓。我養了兩隻貓,有咖啡色花紋的叫花生,全黑的叫將軍。剛剛那是花生的叫聲。他們都很怕人。但⋯⋯你會想看看他們嗎?

(停頓)

好。

(停頓)

呃⋯⋯坐吧,坐。

女人戰戰兢兢地坐下。

女　人：環境還可以吧?啊(突然站起),你需要什麼嗎?有果汁、汽水、白開水,還有⋯⋯還有⋯⋯哈哈,對不起我只有這些了,不好意思,哈哈。

(停頓)

開水就好了?

（停頓）

不好意思。

（停頓）

我知道不用不好意思，但是因為我有點緊張所以⋯⋯不好意思。啊！我又說了，不好意思，我去倒水給你，你在這裡等一下。不好意思。

女人下場倒水。
女人上。

女　人：不好意思，你的水。喔！我又⋯⋯不好意思，不好意思不好意思。

場上傳來一聲貓叫聲。

女　人：花生又在叫了，哈哈。

（停頓）

我們家這兩隻都是路上撿的，因為肚子餓就自己跑過來跟我要東西吃⋯⋯他們，他們都不怕人欸！就被我撿回來。我那時候考慮一下，然後就決定要養。我很容易想東想西，沒辦法忍受他們在外面風吹雨打，而且現在這樣我也蠻喜歡這樣的，以前是自己一個人住小套房，現在家裡多了兩隻貓，就像多了兩個人，很熱鬧。我覺得我以後會養到十隻貓，幾乎可以說是我的夢想。這樣很好啊，你就可

以享受每天回家後，有一群貓跑上來圍著你的感覺，覺得很多人關心你。聽起來感覺好像是我要照顧貓，但其實反過來，他們也在照顧我啊。我是因為有他們在，所以覺得溫暖，而且每天都會期待回到家的感覺，會期待想要回去的地方才像是個家嘛，對不對？

（停頓）

所以……將軍跟花生，應該可以說是我的計畫的第一階段，所以如果有一天我真的養到十隻貓那麼多，你也不要太驚訝。

搖滾樂前奏進。[1]

女　人：那時候的我，應該會很快樂。

場上傳來急促的拍牆聲，但女人看上去沒有意識到。

她繼續待在場上說話著，但此時觀眾已經聽不見她的聲音了。

以下所有段落，女人幾乎都在舞台上某個可以被看見的角落，她可以做任何日常生活中能在自己小套房做的事情，包括但不限於刷牙、洗臉、睡覺、換衣服、寫日記、打電腦、滑手機、跳舞、唱歌、失眠、看書、吃飯、大小便、喝酒、折衣服、吹頭髮、打掃、健身、自慰、嘔吐、吃藥、只因為高興所以把家裡弄得一團亂等。（當然，她也需要出門上班。）

燈暗。

---

[1] 曲目起先是 Anorexia Nervosa 的〈Sister September〉，是首死亡金屬搖滾。包括此處，以下出現搖滾樂的片段，喧囂聲不間斷，曲子可以重複，也可以接續播放其他相似曲風的歌曲。參考曲目：Anorexia Nervosa〈Stabat Mater Dolorosa〉、Cannibal Corpse〈Hammer Smashed Face〉、閃靈〈Takao〉。

S 1_

急促的拍牆聲持續。

蹦蹦蹦蹦蹦。

搖滾樂來源聚集至右舞台。

蹦蹦蹦蹦蹦。

燈亮。

研究生站在右舞台搥牆。

蹦蹦蹦蹦蹦。

研究生：（大喊）喂！————

　　　　（短停頓）

　　　　（大喊）喂！————

蹦蹦蹦蹦蹦。
蹦蹦蹦蹦蹦。

這是一間簡陋的單人雅房，右下舞台放著書桌，左舞台有張床。書桌上除了水杯、手機，大部分空間疊了許多書本、報紙、雜誌，有些書堆在地上。上舞台有個鐵罐，裡頭塞滿發票。

「轟──轟──轟──」

手機發出警報聲。

「國家級警報測試，國家級警報測試。請勿驚慌，請勿驚慌。」

研究生快步拿起手機，無法關閉警報聲響。

「轟──轟──轟──」

「國家級警報測試，國家級警報測試。請勿驚慌，請勿驚慌。」

研究生歇斯底里地按手機，沒用。

警報停止。研究生緩緩將手機高舉過頭。

沉默。

他把手機放回桌面。

他回到書桌前拿起筆。

長長的沉默。

他放下筆，拿起手機，並按下錄音鍵。

沉默是今 Cut Out　045

研究生：彤。

　　（短停頓）

　　我現在在家。
　　你在哪？

　　（停頓）

　　對不起。

　　（停頓）

研究生停止錄音，重新開始。

研究生：彤。

　　（停頓）

　　我好想你。

　　（停頓）

研究生重來。

研究生：親愛的。

　　（停頓）

對不起這裡有點吵。不過我想就這個樣子。我會說大聲一點，你如果聽不清楚再跟我說好嗎？這樣比較快。

（停頓）

當然我也可以用寫，但用寫的話我怕我⋯⋯

（停頓）

沒事。
就用講的吧。

（長長的停頓）

我是不是做錯了什麼？你可以跟我說嗎，我想知道我現在還能幫你做什麼，任何事情。

（長長的停頓）

你現在快樂嗎？我是不是不能再給你真正的快樂了。這件事很早以前就開始了嗎？從什麼時候開始的？是我們在公園裡，你說走在路上覺得好像不用再一直牽手那天？還是我在餐廳，說幫你把剩下的飯吃完，但你叫我不要老是那麼卑微的時候？

（停頓）

我沒有覺得那樣很卑微。

（停頓）

　　你一直都這樣覺得嗎。

　　（停頓）

　　我覺得⋯⋯很幸福。

　　（停頓）

　　對不起我現在腦子好亂。
　　我⋯⋯腦中有很多時間點,但不知道到底是哪一個。以前從來沒有這種感覺,不覺得有問題,但突然之間這些可疑的地方⋯⋯太多了,真的太多了。

沉默。

手機震動加鈴響。

研究生起身來回快速走動,好試圖整理情緒。

研究生接電話。

研究生:喂。

　　（停頓）

　　我是。

（停頓）

（停頓）

匯了。我匯了。
前⋯⋯昨天。不是。前幾天。

（停頓）

沒有收到？

（停頓）

您等我一下。

研究生翻找包包裡的皮夾，試圖找匯款明細，但沒找到。他用肩膀夾著手機，把皮夾裡的發票全部倒出來。

研究生：您等我一下喔。

發票間都沒有任何單據。他又翻了另一個位於上舞台的鐵罐，抓了一把發票到地上匆忙尋找，終於在裡面發現一張匯款明細。

研究生：（拿起手機）喂──喂？

（短停頓）

我找到了。
四月一號晚上九點三十二分，末三碼，906。
沒有。沒有換。跟以前一樣。

（短停頓）

還是您要不要再確認一下？因為單據在我這裡，很清楚。
我可以把單據拍給您，您看一下，確認一下好不好？

（短停頓）

有問題再打給我。對。

（短停頓）

謝謝。

（短停頓）

馬上拍，沒問──（被掛斷）

研究生用手機拍下匯款明細，傳給房東太太。

他回到書桌前。

他拿起手機，想說些什麼，但說不出來。

手機震動加鈴響。

研究生：（接起）喂。

（短停頓）

是。我是。

（短停頓）

剛剛傳過去了。您……我一掛掉電話就傳了。

（短停頓）

……看不清楚？

（短停頓）

太糊還是太小？太糊？字太糊？

（短停頓）

好，您等我。

研究生拿下手機，檢視剛剛拍的照片。
研究生將手機放回耳邊。

研究生：我剛剛看了一下，覺得蠻清楚的。
　　　　還是我再拍一張給你？然後拍大一點。

（短停頓）

可以，馬上。

（短停頓）

對。

（短停頓）

好。

（短停頓）

掰掰。

研究生拿匯款明細重拍了一張，發送。

他回到書桌前，拿起手機，但不知道要說什麼。

長長的沉默。

他按下錄音。

研究生：彤，我好累。
　　　　我只是想知道到底該怎麼做而已。
　　　　我沒有要──
　　　　唉。
　　　　好，可能有。

　　　　（停頓）

（研究生笑了）

可能我也不知道我要什麼吧。
可能就是因為這樣讓你失望了。因為我是一個不知道自己要什麼的人。

（停頓）

是嗎？

（停頓）

你有沒有很失望。

（停頓）

他是一個什麼樣的人啊？
沒有別的意思。我……我想知道你現在心裡愛的人是什麼樣子。長髮還是短髮？留鬍子還是不留鬍子？精壯還是很瘦？他是什麼職業？平常喜歡做什麼？愛笑還是不愛笑？他對你好不好？……

（停頓）

他對你好不好？

長長的沉默。

研究生：你們做愛了嗎？

（停頓）

這可以講吧？有什麼不能講的。發生了這麼多事，你可以告訴我你們做愛了嗎？跟他做愛很爽嗎？他大嗎？我希望你誠實回答。你要誠實回答，我們答應彼此不管發生什麼事，都要誠實面對彼此。所以。你是說話算話的人吧？我要你告訴我你們他媽是不是做愛了。你講啊。你講啊。

研究生把頭埋入手臂跟手掌。

研究生：對不起。

手機震動加鈴響。

研究生花了很久的時間，嘆了一口氣，最後才接起。

研究生：喂。

（短停頓）

有看清楚？

（短停頓）

所以你其實不需要明細。

（短停頓）

什麼問題。

（短停頓）

什麼音樂。

（短停頓）

我沒有放音樂,是隔壁在放音樂。

（短停頓）

為什麼會有人找你抗議？

（短停頓）

沒有。

（短停頓）

沒有人來問我,也沒有人敲我的門。

（短停頓）

我沒辦法。

（短停頓）

我沒辦法關掉,因為按鈕跟音響都不在我的房子裡,呃對不起,你的房子裡,我剛剛要說的意思是——呃,你懂我的意思嗎？

（短停頓）

不是我。對。

（短停頓）

我騙你幹嘛？真的不是我。

（短停頓）

我們現在不要現在討論這個好不好？

（短停頓）

阿姨，拜託你。

（短停頓）

為什麼啊，為什麼一定要是現在。

（短停頓）

我也有我的生活、你也有你的生活（被打斷）

（短停頓）

你為什麼要緊張？緊──如果你緊張，你叫他直接來找我、你不要煩這個事。你請他敲我的門、按我門鈴好嗎。

（短停頓）

不用報警,阿姨。為什麼要報警?好,要報警也可以,只要你高興都可以。

（短停頓）

好。

（短停頓）

但我們不要現在討論好不好?

（短停頓）

我沒有不相信你,他們說是 42 號五樓之一,我相信,我都相信。

（短停頓）

但不是我。是隔壁

（短停頓）

什麼?

（短停頓）

你憑什麼──你為什麼這麼說?

（短停頓）

這跟我的精神狀態有什麼關係？

（短停頓）

我精神狀態怎麼了？你懂我精神狀態的什麼部分？現在是怎麼樣，你不但是房東，你還突然是精神科醫生了是嗎？

（停頓）

好了好了，不用講了。

（短停頓）

不用講了，好，我知道你都有看到，我確實是中午就喝個爛醉走在路上，但那不代表——那是有原因的——

（短停頓）

OK，我承認，我承認我不好，這樣可以了嗎！

（長停頓）（紓緩了一下口氣）

對，現在，此時此刻，我確實是不太好，或者說很糟，但我們可不可以不要現在討論這個。

（短停頓）

（拿開電話，小聲地）FUCK。（對著電話）你讓我覺得壓力很大。

（短停頓）

你知道嗎？我就是太容易相信一個人了，對另一個人包容，甚至還幫他們說話！

（短停頓）

沒事。

（短停頓）

我不是在說你。

（短停頓）

不是。我不是那個意思。

（短停頓）

真的⋯⋯真的不是那個意思。
我只是在發洩，我只是不小心講出來了。對不起。我很抱歉。

（短停頓）

我們不要再討論我的精神狀態了好不好。

（短停頓）

我這個月有準時繳房租啊。你不是才剛收到匯款明細。

（短停頓）

為什麼要這樣為難我，我好不容易有一個月準時繳房租，然後你明明收到匯款明細，現在又要這樣質疑，這樣有什麼意義？到底有什麼好玩的？

（停頓）

你們為什麼都要這樣。

（停頓）

我不是──我沒有都在在乎一些無關緊要的事。我──

（停頓）

我沒辦法。

（停頓）

我沒辦法跟你解釋我現在為什麼這樣。我真的沒辦法。你理解我一下好不好。明天我可能就可以跟你解釋了。所以不要現在好不好。好不好？

（短停頓）

我真的沒辦法。

（短停頓）

天啊。這跟我論文寫不出來有什麼關係？

（短停頓）

阿姨。

（短停頓）

阿姨你知道我的論文題目是什麼嗎。

（短停頓）

阿姨你知道我的論文題目是什麼嗎。

（短停頓）

停。我問你。你知道我的論文題目是什麼嗎？

（短停頓）

那你有什麼資格說我在研究無關緊要的事？

（短停頓）

我剛剛說了，不是我、也沒有人找過我。我沒有不想解決

這個問題。

（短停頓）

好，阿姨，我錯了，都是我的錯，音樂的事情我會想辦法。你先讓我一個人靜一靜好不好？

（短停頓）

《國際刑法訂定與美國在中東的政治角力研究》。

（停頓）

它在寫有些國家不是國際法院的締約國，所以形式上，國際法院不能直接干涉他們的判決或內務政策，比如敘利亞就是一個例子，但美國和俄國會透過安理會⋯⋯你真的要我解釋完嗎？

（短停頓）

我整個人的狀態就好像敘利亞。

（短停頓）

不用理我。我也不知道我在說什麼。

（短停頓）

沒事。

（短停頓）

我沒有。

（短停頓）

我沒有希望你去死。

（短停頓）

這是怎麼過去的？我剛剛哪一句話讓你產生這種感覺，我道歉，我道歉好不好！為什麼要這樣想？

（短停頓）

為什麼你很受傷？

（短停頓）

你——

（停頓）

阿姨我累了。

（長長的停頓）

我不知道，我可能真的做錯什麼。我很容易傷害到人。

（短停頓）

你希望我馬上解決這個問題。

（短停頓）

我沒有不——我——

研究生嘆氣。

研究生：沒有人找過、或問過我。

（停頓）

那我現在挨家挨戶，去把放音樂跟打電話的人都找出來，好嗎？

（停頓）

現在嗎？你確定？

研究生嘆氣。

研究生：我好累。

長長的沉默。

研究生：阿姨，我真的好累。

長長的沉默。
電話裡嘰哩咕嚕不斷在傳出些什麼。
研究生掛掉電話。

研究生拿起手機，重新按下錄音。

研究生：彤。

長長的沉默。

他取消錄音。

他起來走動，又回到椅子上。

他按下錄音。

研究生：對不起我剛剛口氣太衝了，那不是我的意思，我想跟妳說的是（停頓）⋯⋯我想跟妳說的是⋯⋯

研究生取消錄音。

沉默。

研究生重新開始錄音。

研究生：以下講的這些話可能聽起來很莫名其妙，但我必須說，它們都是真的，都是我很真實、很真誠的感覺，我希望⋯⋯我不知道妳可不可以試著，算是幫我一個忙，從裡面聽出一點什麼，理解看看，好嗎。

（沉默）

我本來真的有準備了一些話想跟妳，一些很發自內心的話。但是，剛剛發生了一些事，就是⋯⋯真的很不重要的一些事，現在我突然之間——我突然之間也不知道我要說什麼了。

（短停頓）

這樣很奇怪嗎。

（短停頓）

但我還是想說。這可能剛好印證我剛剛說的話：我是那種不知道自己要什麼的人。可能有些人天生就會傷害到別人，天生就會讓人失望。

我⋯⋯

我承認我想要你回來，我真的本來想了一些感覺，一些話，想要好好跟你說。

但我現在。

長沉默。

研究生：幹。
　　　　對不起。

長長的沉默。

研究生：為什麼會變成這樣。

長沉默。

研究生：對不起。

長長的沉默。
錄音中止。
研究生沒有傳出錄音，他仰起身靠在椅背上，抬頭看著天花板發呆。

半晌。

手機震動加鈴響。

研究生接起，他聽，但表情漠然。

門外傳來巨大的拍打聲。

蹦蹦蹦蹦蹦蹦。
蹦蹦蹦蹦蹦蹦。

他從椅子上起來，轉身面對大門。

燈暗。

搖滾樂 fade out。

S 1.1_

燈亮。深夜。場上有兩個燈區，一個裡面是研究生，一個裡面是女人，他們各自在自己租屋的小套房，研究生正在為論文煩惱，他看書、起身、焦慮地走動，又回到椅子上看書、思考。

女人打電話。
研究生的手機鈴響加震動。
研究生掛掉電話。

沉默。

女人來回走動。
女人打電話。
研究生的手機鈴響加震動。
研究生掛掉電話。

半晌。

女人躺上床。
女人又打電話。
研究生的手機鈴響加震動。
研究生掛掉電話。

女人躺在床上。
沉默。

電梯運作的聲音響起。

燈暗。

S 2_

一處老舊的九層電梯公寓。電梯口有兩座電梯,左邊這座正從五樓下降。四樓。三樓。二樓。一樓。電梯前是一排長長的走廊,走廊左右延伸出去,是不同人家。

電梯斜前方的地板掉了兩百塊。

婦人的聲音先傳來(演員可在整景中自由切換國語、閩南語)。她穿洗到非常舊,有破洞的T恤、短褲、跟紅白拖,背著一個米色的舊布袋。婦人上。

婦　人：十年沒聯絡你我有死嗎?我還不是活得好好的?如果沒有你會死,我能等這個時候才打電話嗎?兩個禮拜後就餓死在路邊啦。我還打給你咧,還要等十年再來受這個罪,神經病!
我打給你幹嘛?因為你是我兒子啦,我打給自己兒子還要你管,這是天經地義的事。一個人會關心他自己兒子,這是天經地義的事。你有什麼毛病?

婦人瞄到地上的兩百塊,她本來已經走過頭了,又倒退回去,蹲下來把兩百塊撿起。嘴巴裡的話一直沒有停過,同時左右張望著。

婦　人：這種不用腦袋想就知道的事,什麼什麼,什麼我又要來跟你索命、又要來跟你要錢,開口就沒好話,你以為我不會罵?你以為我真的不會罵?我這個媽媽真的沒有尊嚴?整

天臭不要臉、臭婊子掛在嘴邊，我是誰，我是你媽欸！你才王八蛋啦，神經病！
　　我跟你講──

婦人確定四下無人，把兩張鈔票偷偷塞進口袋。

婦　人：我該講的話我會講完，你要怎樣是你家的事。我本來打這通電話不是想吵架欸，我是想告訴你，你媽過得很好，不需要像以前一樣，像狗、像寄生蟲每個月拿你的錢。她已經好了。

婦人按左邊電梯。

婦　人：她現在有自己的房子，可以自給自足。你知道她自給自足到什麼地步？她閒到可以打這通電話給你啦！閒到可以找這種麻煩，用熱臉貼你那顆冷屁股。
　　　　然後她得到什麼？你不知道的話我告訴你。臭不要臉跟臭婊子！怎麼樣，這麼會罵這幾年怎麼沒有學一些新的詞？你沒有想到我會打給你對不對，你以為你媽真的已經死了對不對？
　　　　什麼都只會往負面想。我真是神經病，十年沒講話，活得好好的為什麼打給你。

叮。
電梯抵達。

婦　人：我跟你說，我要進電梯了。不用你什麼都不用講，我跟你說，有種我們再也不要聯絡。操。不是只有你會罵啦。你給我聽好，操！再見！

婦人掛電話。

婦　人：（喃喃自語）神經病。

婦人進電梯。電梯關門。

電梯運作聲傳來。

一聲巨響，電梯嘎然而止。

婦人拍電梯門。

婦　人：是怎樣啦。

她一邊拍打電梯門，一邊想找監視錄影器，但沒找到。
她找到疑似緊急求救鈴的按鈕，歇斯底里地按它。

婦　人：沒有聲音。喂？喂？有聲音嗎？有人有聽到嗎？喂。

婦人尋找有沒有其他逃出去的方法，但她束手無策。

婦　人：（大喊）救——命——啊——

　　　（半晌）

　　　　（大喊）救——命——啊——

沉默。
婦人想打電話，但是打不通。

婦　人：操。他媽的。

沉默。

婦　人：好啊，都不要聯絡我，真的不要聯絡我。我不稀罕。反正聯絡了也是叫你媽臭不要臉跟臭婊子。幹。

沉默。

婦人又試著打電話，但還是打不通。

婦　人：為什麼就是這個時候不通呢。

沉默。

婦人快速按緊急求救鈴。

婦　人：這什麼求救鈴啊，爛死了。

婦人著急，隔壁電梯運作聲傳來。

婦人拍打電梯門。
蹦蹦蹦蹦蹦。

婦　人：（大喊）隔壁的。

蹦蹦蹦蹦蹦。

婦　人：（大喊）隔壁的。

沉默。

婦人改拍打正面的電梯門。
蹦蹦蹦蹦蹦。

婦　人：（大喊）外面的！

隔壁的電梯聲遠去，婦人放棄拍打。

婦　人：（大喊）我被困住了！

長長的沉默。

婦人開始滑手機。

婦　人：沒有收訊，操。

婦人把手機關起來。她看見天花板上的監視錄影器。

婦　人：哈囉？（比手畫腳）我。在。電梯裡面。被。困。住。了。

沉默。

婦　人：我在想什麼，最好會有屁用，他媽的，破社區。爛警衛。
　　　　根本就不會看監視器，都嘛在滑手機，以為我不知道。（她
　　　　又瞪了一眼監視錄影器）根本連有沒有在運作都不知道。

婦人在電梯離來回踱步。她大力地跳了一下，整座電梯開始晃動，
她有點嚇到自己，故作鎮定地停止動作。

婦　人：幹你娘咧。

沉默。

婦　人：啊我現在要怎麼辦？

婦人又瞪了一眼監視錄影器。她看著監視錄影器，開始做開合跳。

婦　人：一、二、三、四、五、六、七、八、九、十……

婦人做了二十個開合跳，她氣喘吁吁，休息了一下，然後又做了二十個開合跳。

婦　人：累死我了。這樣到底是看到了沒？可以快點看到嗎？

她從包包裡拿出菸和打火機，開始抽起來，一邊喃喃自語。

婦　人：都是你害的。要不是要去看你，我哪會被困在這種地方？你在天之靈如果有一點良心快點幫幫忙，把門打開啦，不然菸跟酒就沒辦法拿去給你了啦。

沉默。

婦　人：我算是對你不錯吧？雖然你兒子現在恨我恨得要死，但那也不能怪我，要說的話，我會覺得啦，你也要負一半的責任。哪有人就這樣走掉的。（停頓）肝癌，肝癌了不起。

電梯裡無法散去的菸繚繞在空氣裡，開始嗆到婦人。

婦　人：咳咳咳！⋯⋯咳咳咳咳咳！⋯⋯幹⋯⋯

婦人粗暴地按了好幾下緊急求救鈴，但沒有回應。她把僅存的一小段菸熄在緊急求救鈴上面，狠狠轉了好幾下。

婦　人：爛東西。爛貨。（停頓）

蚊子的嗡嗡聲。

婦　人：三小。幹，老娘打死你。

啪。
啪。
啪。
蚊子的嗡嗡聲消失，婦人沒有打到蚊子。

沉默。

婦　人：我也可以得癌症，鼻咽癌，我跟你講，比你更痛苦，還有什麼，這菸盒上面有寫，印得越來越誇張了，喉癌，我還可以得喉癌，要比慘是不是，我不會輸你，因為你已經玩不下去了，你退出，你逃跑，還留我在這裡，你等著吧，有一天我要你跟我道歉。

　　　　（停頓）

　　　　你要為我的人生負責。

　　　　（停頓）

這是你自己講過的。

（長停頓）

你自己講過的，你不可以忘記。

婦人抓抓癢。

婦　人：靠杯喔，被叮了啦，幹你娘衝三小，爛蚊子。

婦人找蚊子，但找不到。

婦　人：給我出來喔。快點喔。（停頓）不要躲了啦，算什麼咖小。

沉默，婦人持續找蚊子。

婦　人：廢物。

婦人放棄找蚊子。
沉默。

婦　人：我跟你那爛兒子已經沒有關係了，我沒有在開玩笑，尤其是他剛剛跟我講了那通狗屁電話後，這件事沒有討論空間了。就這樣。Over。哪有做人家小孩十年沒有跟媽媽聯絡，欸，老娘好不容易打一通電話給他，我欸，我誰？我陳美香混假的是不是，我拉下臉自己打電話給他，結果換到了什麼？屁，都是屁。我跟你講。操你媽的。你如果看在眼裡，最好讓他走在路上被車撞死。從小不念書，長大罵他媽臭婊子。這種兒子沒有最好，去死吧。

長長的沉默。

婦　人：他不爽我，他有什麼好不爽我？他努力他的，我也努力我的啊，有差嗎？我不是沒有努力過欸。你過世以後，我有去參加那個教會欸，還有那個天地會欸，什麼禪修班，什麼鬼我都去過了，沒有用！都沒有用，他們沒有辦法解決我的問題，只會叫我，放下放下，啊不然就是追求一些什麼境界。他們不懂，我後來知道我真正要的東西是什麼了。我就是要你活起來，就這麼簡單，他們沒有一個人能幫我，有人還開始用莫名其妙的眼神看我，他們排擠我。我都看在眼裡。我雖然吼做人就是很直，但不代表我不會看一些小細節。

（停頓）

所以我後來就不去了。

蚊子的嗡嗡聲。
婦人注意到。
蚊子的嗡嗡聲消失。

婦　人：好癢。（婦人抓癢）

（短停頓）

那你要我一個人在家怎麼辦。煩都煩死了。喝酒啊，就喝酒，每天喝，喝到整個人走路晃來晃去，躺在床上也覺得整個床、整個房間、整個房子都晃來晃去，然後爬去馬桶旁邊吐，爬不到就吐在床上、吐在地上，那樣我就爽了。

好爽你懂嗎。因為我吐的時候我看不到你的臉。媽的。我找到我可以專心做的事情,那就是吐!吐吐吐!

(短停頓)

怎麼又被叮一包啦!幹你娘咧!

婦人用力抓癢。
沉默。

婦　人:把我趕出去,他怎麼敢。我是他媽。

沉默。

婦　人:操雞掰。

沉默。

婦　人:好餓。

婦人從布袋裡拿出一顆蘋果。

婦　人:這本來是要給你的,現在是我的了。

婦人開始大口吃蘋果,發出清脆的、吸吮果汁的聲音。

婦　人:我每個月初一十五都去看你,現在吃你一顆蘋果。

婦人把蘋果吃完,果核隨便丟在電梯角落,把手在嘴巴裡吮了吮,

又在衣服上抹了抹。

婦人坐在地板上,若有所思。

她瞪了一眼監視錄影器,半晌,起身,又開始瞪著那顆針孔做開合跳。二十下一組,做了兩組。

她拿出手機按了幾下。

婦　人:爛手機。爛電梯。

長沉默。

婦　人:本來都嘛好好的。

婦人拿出菸和打火機,又點了一根抽起來,打火機和菸盒隨意扔在電梯地板上。

婦　人:二十二歲那時候嫁給你,那時候我多開心。

　　　　（停頓）

　　　　他馬的,要是知道,老娘就不幹了。

　　　　（沉默）

　　　　你是很寵我。你跟我說我是公主,幹,老娘這輩子沒被人當過公主啦,就你第一個啦,我沒被騙過,所以被你騙,練三小肖話,要是重來一次,我絕對不會被你騙。（停頓）

公主。公主。（停頓）還說什麼要跟我生一堆小孩,神經病,生一個就養不起了啦,還生一堆,生那麼爛,爛兒子,養狗還比他好。生小孩有什麼屁用。

（停頓）

我都沒跟你算帳。

（停頓）

我對你這麼好。

（停頓）

有人才四十歲就拋棄公主的嗎。有這種王子嗎?

（停頓）

你兒子,你就是沒有把他教好。你走了連他都不體諒我那誰要體諒我。我就是很難過。啊他看在眼裡,結果他怎麼辦,他恨我,他討厭我。

長沉默。
婦人抓癢。

婦　人:我跟你講,其實我也恨你。

（停頓）

你沒有把他教好,你沒有告訴他,我是公主。

(停頓)

那也無所謂。那至少要把我當媽吧。結果他把我當什麼。

(停頓)

我是為了你耶。

(停頓)

那陣子,我的同事幾乎都得癌症,後來電視說是因為工廠裡有污染,大家很生氣,要是我也氣死了,他們跑去組什麼自救會,我是很幸運,在工廠裡待得不久,到現在還活得好好的。人家說我說不一定以後身體也會有什麼問題,阿芬那時候叫我一起去自救會幫忙,我那時候跟她說,幹你娘不要詛咒我。後來一個人比較冷靜,想一想,還不如病一病。病一病就沒有後來這些問題。

(停頓)

幹癢死我了,到底在哪裡?

婦人找蚊子。

婦　人：我都沒有去參加自救會。
　　　　阿芬那些人後來說我有問題。每個人都說我有問題。你兒子也說我有問題。我就是有問題啊,我的老公四十歲就死

了啊，我怎麼會沒有問題。

（停頓）

每個月初一十五去你的塔位看你。

本來的菸抽完了，婦人站起來，把菸燙在緊急求救鈴上面，粗暴地按了好幾下。

婦　人：幹你娘，爛東西。

婦人坐回本來的地方，又點了一根菸。

婦　人：到底要在這個鬼地方待多久。

長沉默。

婦　人：有一次夢到你跟我說，可以去找阿芬他們聊天，我老實跟你講，不可能了啦。我那時候沒有去自救會，他們覺得我怪得要死，排擠我，跟你兒子一個樣。而且現在他們那群女人，病的病，死的死，也沒有幾個正常的，你覺得我跟他們見面要聊什麼天？聊癌症？哇，你有癌症耶，我老公也有癌症，好巧喔！這樣子嗎！這樣子聊嗎！

（停頓）

神經病。

（停頓）

還在自救會那幾個身體比較健康的，一定也討厭我。
我跟你說這些不是要你同情我。我是要告訴你這都是你的錯。

（停頓）

你自己想辦法。

（停頓）

這是你欠我的。

長長的沉默。

婦人看監視錄影器，又做了二十下開合跳。

婦人休息。
蚊子的嗡嗡聲。

婦　人：幹你娘賣造！

婦人又追打了一陣蚊子。

婦　人：癢死了！欸，很大包欸！是怎樣，夭死鬼喔？幹。

婦人用力抓癢。

長長的沉默。

婦人坐在地上，突然開始唱秀蘭瑪雅的〈天頂星〉，沒有動作，沒有背景音樂。她的歌聲普通。

婦　人：　　無聊風一直吹一直吹入　阮的心
　　　　　　　　放袂開　心愛的你
　　　　　　無奈雨一直鑽一直鑽入　阮的心
　　　　　　　　為何你　就來離開
　　　　　　親像針一直威一直威入　阮的心
　　　　　　　　流的淚　伴阮傷悲
　　　　　　只有酒一直飲一直飲茫　阮的心
　　　　　　　　不想你　麥擱想你

婦人看看四周。
婦人抓癢。
她繼續大聲唱歌，故意用聲音要蓋過空無一物的寧靜似的。這次是秀蘭瑪雅的〈唱乎甲己來聽〉，幾乎是以一種過於直白、激動、大聲，毫無詮釋可言的方式唱著。

婦　人：　　誰講作一個幸福的人　一定就要有人陪伴
　　　　　　　　你看人生的路彼呢闊
　　　　　　　　是按怎欲恬情海拖磨

　　　　　　嘸管天氣潑雨也落雪　攏是阮美麗的心晟
　　　　　　　　你看這個世界彼呢大
　　　　　　　　嘸通將悲傷放在心肝

　　　　　　**青春是一首快樂的歌
　　　　　　　阮欲唱乎甲己來聽
　　　　嘸驚未來坎坷路歹行　只驚人生是一張白紙**

沉默是今 Cut Out

人生是一首感動的歌

停頓。

婦　人：幹你娘,感動三小。(停頓)癢死了。

婦人抓癢。
沉默。

婦　人：　　　　青春是一首快樂的歌
　　　　　　　　阮欲唱乎甲己來聽
　　　　　　嘸驚未來坎坷路歹行　只驚人生是一張白紙

燈光閃爍了兩下。
婦人的歌聲停止。

婦　人：什麼東西?

沉默。

婦　人：　　　　青春是一首快樂的歌
　　　　　　　　阮欲唱乎甲己來聽
　　　　　　嘸驚未來坎坷路歹行　只驚人生是一張白紙

燈光又閃了兩下。
一片黑暗。

婦　人：是怎樣啦,靠杯喔。

婦人拿出手機,按開來又滑了幾下,手機亮光照在她臉上。

婦　人:是停電是不是啦?(大喊)喂——喂——

她打開手電筒,找到菸盒。

婦　人:幹,沒了。菸,我的菸,我的菸……

婦人繼續翻找,背包裡掉出她剛剛在走廊上撿的兩百元,她任它們隨意散落在地。

婦人慌張。

沉默。

半晌。

婦人安靜下來。

婦　人:是你嗎?

半晌。

婦　人:你來看我?

半晌。

婦　人:你有話要說喔?

半晌。

婦　人：有話要說就講啊。

電梯燈閃了一下。

婦　人：什麼？

沉默。

婦　人：幹你娘，到底是要說還是不要說？

一片黑暗。

婦　人：神經病。不要理你。

沉默。

她又拿起手機，手機螢幕照映在她臉上。
她打了一通電話，沒有訊號。
她滑起手機。

婦　人：什麼都沒有⋯⋯什麼都沒有⋯⋯

　　　　（停頓）

　　　　好。

　　　　（停頓）

有種就不要聯絡我。
　　有種就永遠都不要聯絡我。

婦人按掉手機。
一片黑暗。

隔壁電梯又開始運作。

S 2.1_

場景接續 S 0.9。

女　　人：你想多聽我的事？

　　　　（停頓）

　　　　我的事沒有什麼好講啦。

　　　　（停頓）

　　　　真的啊！騙你幹嘛，哈哈哈。

　　　　（停頓）

　　　　我喔。

　　　　（停頓）

　　　　我剛才蠻好的。

　　　　（停頓）

　　　　呃⋯⋯那你呢？你做這個工作多久啦？我是不知道做這個工作是什麼感覺啦，畢竟你很常，你知道，會遇到一

些……「有問題」的人。我不是那個意思,我是說……你懂我意思嗎?懂吧?應該懂吧?我沒有惡意。

(停頓)

那就好。

(停頓)

你希望我多談談我自己?

(停頓)

是沒有不行。只是覺得很奇怪。

(停頓)

很不習慣啊!
工作的時候常常都會被提醒啊,不要講自己的事,跟別人聊天要對別人感到好奇,所以都會提醒自己話題不要聊到自己身上。久了就會覺得,跟人講話就是這個樣子。
講講我自己喔。

(停頓)

我想想喔。

(停頓)

一時之間還真的不知道要講什麼。

（停頓）

我最近就是覺得⋯⋯自己不太容易相信別人吧。
就是⋯⋯對，不太容易相信別人。
從什麼時候開始的喔？不知道欸。
但我可以講講我很相信的人，我前幾天才遇到他，他是我很久以前的國中同學。
其實大部分國中同學現在都沒有印象了，有些甚至是你遇到了，你也想不起對方名字，就很尷尬，會想要特地繞遠路，或是站在原地不動。很多吧？你應該也是。很多時候都是這樣子。但如果真的對到眼，被認出來，你還是可以跟他像超好的朋友一樣講話，超虛偽的。大家不是都這個樣子嗎？我也是啊。所以我也很虛偽。這算是一種在社會上生存的能力吧，而且你也不能真的表現說你忘記人家名字吧？就只能演啊。其實很可悲對不對？

沉默。
外面傳來一聲貓叫聲。
喵──

女　人：不好意思，我剛剛說可悲嗎？
　　　　我的用詞有點太強烈了。不好意思。
　　　　但⋯⋯
　　　　好啦老實說我是這樣覺得。
　　　　我剛剛講到哪？

（停頓）

對,國中同學。
剛剛講的都是大部分的情況,有一個人不是這樣的,我不可能沒有認出他,也不可能忘記他名字,或是看到他之後想要逃跑。
他叫阿邦。周政邦。

(停頓)

他是一個。

(停頓)

他是一個很高的人。

(停頓)

很親切。

(停頓)

很……

(停頓)

很陽光。

輕柔的古典音樂進。

女　人：我以前常常跟他一起打籃球。對,我很喜歡打籃球,那

個時候。

我國中的時候基本上就是個男的,雖然我留長頭髮,綁馬尾,但是我基本上覺得我跟男生沒有什麼不一樣。不像現在我非常需要打扮得像是一個女生。至少在工作的時候是這樣。

(停頓)

我們常常一起打籃球。

(停頓)

一起聊天。

(停頓)

體育課的時候我們打籃球,有時候是同隊、有時候是敵隊,如果是敵對的話一定是我去防守他,雖然他是班上最高的男生,一百九十幾公分,我這個女的,基本上根本就沒有辦法防住。但其實誰去防都一樣啦。所以我總是主動去防守他。如果跟他同一隊的話,我們兩個可以合作無間,可以得非常多分,只要我們兩個同一隊,幾乎都是我們贏。學校很大,有好幾個球場,所以體育課的時候如果是打籃球,總是分成一場一場,我沒有跟他在不同場打過籃球。

(停頓)

聽說他們家蠻有錢的,他常常請班上同學喝飲料、去福

利社買東西吃，或者有時候會跟班上同學打賭，賭什麼，數學老師今天會不會又晚下課，哪個同學國文課會不會睡著，一賭就是一兩百塊，那時候對我們來說，這是一筆很大的錢。他如果賭輸了從來沒有在客氣的，就是一百塊、兩百塊，直接給同學；但是賭贏了有時候大家會付不出來嘛，他就說，啊沒關係啦，那就給我十塊錢、二十塊錢，意思意思就好了。他只是想要跟大家玩而已。他就是這樣。

（停頓）

放學的時候我們會一起回家。說是一起回家，其實只是一起從教室走到校門口，大概一兩百公尺的距離，因為他的爸媽會開車來載他。開車來載他。但就算是這樣子，我還是很享受、很喜歡那種，跟他從學校教室裡面，走到校門口的感覺。

（停頓）

他也不是什麼完美的男生。你也知道國中男生就是那樣子嘛，就是很幼稚，講一些黃色笑話、捉弄女生什麼的，這些事情他也沒有少做。

（停頓）

但我就是覺得。

（停頓）

我想應該不只我這樣覺得，這個人就是跟其他人不一樣。

（停頓）

不一樣到……前幾天我在路上看到他了。我很確定那就是他，雖然隔了十幾年，他看起來有點不一樣，但是，我知道那就是他。
周政邦。那就是你。你被我遇到了。

（停頓）

但他沒有看到我。我很不爽，我非常地不爽，因為他沒有看到我這件事情讓我想到他當初要轉學的時候，完全沒有說一聲就離開了。一聲都沒有說喔。像跟我這麼好的朋友、這麼好的同學，他還是什麼都沒有說，一跟人也沒有說。如果他跟其他女生說了，傳到我這裡，我是第二、第三、第四、甚至最後一個知道的都沒有關係。但他，但他一句都沒有說欸。然後就從班上消失了。老師一如往常進來教室，然後說：「周政邦轉學了。」

（停頓）

轉去別區更好的學校。明星國中。有升學班那種。這算什麼啊？跟他朋友一場算什麼啊？

（停頓）

我不懂欸。

（停頓）

我跟他有很多話都還沒說清楚，有很多帳都還沒有算，他是想逃跑嗎？他覺得他跑得掉嗎？對，最後看起來好像是被他跑掉了。但然後呢？同學之間的感情是可以這樣子，說斷就斷，說跑掉就跑掉的嗎？他可以這麼隨便嗎？

（停頓）

他可以這麼我行我素嗎？他覺得這樣很酷嗎？

（停頓）

在我跟他當同學的這一年多裡，有一件事情就算我現在再遇到他——如果他看到我——我還是會跟他算清楚，我還是要知道他到底是怎麼想的。

（停頓）

搬家。搬家很了不起嗎？我也常搬家啊，我光國中一年級這段時間裡就搬了三次家，換了三間學校，認識他的這間是第四家。他以為只有他會搬家啊？很特別，很了不起。

（停頓）

因為我們搬家的原因不一樣嗎？就因為我搬家是搬去比較便宜的房子，他是搬去比較貴的房子，所以就可以不一樣嗎？所以他就可以什麼都不說就離開嗎？

（停頓）

我真的很恨這種人。

（停頓）

真的很恨他。

（停頓）

周政邦我恨你。我恨死你了。

（停頓）

你知道嗎？我生命中有兩個男人，我非常非常地相信他們過。有一個是我爸爸。另外一個。另外一個就是周政邦。

古典音樂 fade out。

工地巨大的機械運作聲傳來。

S 3_

黑暗中傳來深夜工地挖土機、卡車等大型機具聲,還沒開工,聲響零星伴隨模糊的叫喊,一切仍在準備當中。

電話鈴聲響起。

燈漸亮。

電話鈴聲持續響著。

工人頂著安全帽,抱著一個沉重的紙箱(裡面裝著冰水)上。
他放下冰水,從口袋拿出手機看一眼,掛掉。

工人彎下腰要抱起紙箱,電話鈴聲又響。
他執意抱起紙箱,走了兩三步,設法把那箱子用一隻手扛住,另一隻手伸進口袋裡拿出手機看一眼,掛掉。

工人重新用兩隻手抱著紙箱。

電話鈴聲響起。
他放下紙箱,從口袋裡拿出電話,接起。
他講話大聲(演員在整景可以自由切換國語與閩南語),為了要在開放的空間裡,壓過周圍噪音。

工　人:幹嘛啦?

（停頓）

工作啊！

（停頓）

（小聲）幹你娘。

工人把手機舉向施工聲音傳來的方向。

工　人：聽到沒？

（停頓）

上禮拜就講了啊。

（停頓）

啊不然你想怎樣。現在回家？

（停頓）

好啦，我沒有時間聽你五四三啦。

（停頓）

工人放下手機，嘆一口氣。

工　人：你不要鬧。

（停頓）

好啦好啦，要離就離啦，隨便啦。

（停頓）

怎樣？

（停頓）

對，你說的都對。

（停頓）

這跟我投資有什麼關係？

（停頓）

我在為我們的生活著想耶。

（停頓）

不然你有比較好嗎？

（停頓）

我如果不腳踏實地，我現在不用在這邊操勞、流汗。

（停頓）

　　　　那你在家輕輕鬆鬆講這些有比較好？

　　　　（停頓）

　　　　（小聲）真的是夠了。

工人把電話拿離耳邊。
半晌。

工　人：好了啦，不用扯了啦。

　　　　（停頓）

　　　　就會疑神疑鬼。神經病。好好的生活被你弄得亂七八糟。

　　　　（停頓）

　　　　你不要再亂講喔。

　　　　（停頓）

　　　　跟你說沒有！

　　　　（停頓）

　　　　看你老師啦人在做天在看。不要在那邊假番癲啦。

遠處有人呼喚工人的名字，工人大聲回應。

工　人：（大喊）欸！──
　　　　（回到電話裡）我要走了。

（停頓）

你不要亂啦。

（停頓）

我兇？是你打來亂！

（停頓）

我沒有想離。

（停頓）

我在工作！

（停頓）

欸你怎麼這樣不講道理啊？

（停頓）

我沒看過哪個老婆像你這樣不厚道欸。

（停頓）

我做壞事情?

(停頓)

我不知道啊。

(停頓)

我真的不知道!

(停頓)

你能不能實際一點?不要這樣離婚離婚一直講。當作講好玩的喔。

(停頓)

我也是認真的啊!

(停頓)

我不知道是什麼。

(停頓)

我小時會打老師、會霸凌同學、我進過少年輔育院,這就是你要聽的嗎?

遠處有又有人大聲呼喚工人。

工　人：（大聲回應）欸！──
　　　　（回到電話）我真的要走了啦。

　　　（停頓）

　　　我的事情最重要？你不要太過分欸。

　　　（停頓）

　　　你問這個幹嘛？

　　　（停頓）

　　　我不要講啦，我在工地欸。

　　　工人無奈地看了一眼天。

工　人：我愛你，我當然愛你。

　　　（停頓）

　　　喂？

　　　（停頓）

　　　喂？

　　　（停頓）

你有聽到嗎?

(停頓)

我講了啊。

(停頓)

我不要。我不要再講一次。

(停頓)

什麼叫做感覺不到?我都講了,不然我是要把心掏出來給你看嗎?

(停頓)

到底是為什麼?

(停頓)

不要跟我說可憐,跟我說為什麼。

(停頓)

對。

(停頓)

對你快講。

（停頓）

我在外面有女人？幹你娘我真的會被你氣死欸！

（停頓）

我哪有狡辯？

（停頓）

好啊拿出來看看啊。

（停頓）

一張照片？一張什麼照片？

（停頓，尷尬）

哪裡來的照片？

（停頓）

我沒有承認，我說哪裡來的相片。

（停頓）

重要！

（停頓）

你跟蹤我？

（停頓）

我沒有承認。我問你是不是跟蹤我？

（停頓）

你怎麼那麼閒啊？

（停頓）

不要問我怎麼回事，你先跟我講你跟蹤我多久了？

（停頓）

沒有？

（停頓）

啊你剛剛又說有。你頭殼壞去是不是？

（停頓）

你讓我很煩欸！

（停頓）

這跟愛不愛有什麼關係？我只是說你讓我很煩！

（停頓）

蛤？

（長長的停頓，工人臉色驟變）

你在跟我開玩笑。

（停頓）

你沒有。你在跟我開玩笑。

（停頓）

真的？

（停頓）

真的？

（停頓）

你真的找人調查我？

（停頓）

你真的很過分。我們夫妻一場真的會被你給毀了！

（停頓）

我問你，夫妻最重要的是什麼？是信任。

（停頓）

你沒有先相信我。你是先調查我！

（停頓）

愛是什麼？要怎麼感覺？你真的很不講道理欸。

工人身上的呼叫器響起。

呼叫器：呼叫，呼叫，呼叫林仔。
工　人：林仔收到。
呼叫器：請馬上回到崗位，請馬上回到崗位。
工　人：林仔收到。

沉默。

工　人：（回到電話）來，你說，你花多少錢？

（停頓）

重要！你花多少錢？

（停頓）

幹你娘你是錢沒地方花嗎？

（停頓）

那你買到了嗎？沒有啊，你把我們的信任毀了！

（停頓）

那個不是事實！

（停頓）

我只是跟朋友出去。

（停頓）

吼。那個叫「應酬」你懂不懂？

（停頓）

你是要我朋友都不要交是不是？

（停頓）

你真的很自私。

（停頓）

你如果不自私，你就會讓我現在去好好工作！

呼叫器：林仔林仔。
工　人：收到。
呼叫器：你在哪？
工　人：我在⋯⋯呃⋯⋯這個⋯⋯出入口旁邊。
呼叫器：請馬上回到工作崗位，我們要開始了。
工　人：收到。

工人深呼吸。

工　人：（回到電話）你是對我有意見還是對我朋友有意見？

　　　　（停頓）

　　　　這通電話講得我很難過啦。

　　　　（停頓）

　　　　我一直在忍受你這種講話的方式，無中生有！

　　　　（停頓）

　　　　那是假的！

　　　　（停頓）

　　　　事情是⋯⋯我剛剛講了啊！

　　　　（停頓）

　　　　我說我愛你！你沒有聽到嗎？

　　　　（停頓）

　　　　那什麼叫愛？

　　　　（停頓）

　　　　好，那我告訴你，愛是信任，是你先沒有的！

呼叫器：呼叫呼叫，呼叫林仔。

工人關掉呼叫器，一邊走離工地方向。

工　　人：這就是你說的愛？派人調查我。

　　　　（停頓）

　　　　你如果在乎，就不會在我工作的時候打電話來亂！

　　　　（停頓）

　　　　你現在要我怎麼做？

　　　　（停頓）

　　　　你現在想要我怎麼做？

　　　　（停頓）

無理取鬧！

（停頓）

好我說抱歉可不可以？

（停頓）

抱歉抱歉抱歉抱歉抱歉，這樣可不可以？

（停頓）

那要怎麼樣才能讓你有感覺？

（停頓）

因為你已經沒有信任了啊！

（停頓）

停。你知不知道你做了什麼？

（停頓）

你害了我們。害了我們三個，我們的家庭！

（停頓）

對，我去了，我去了那種地方，但我沒有不愛你！

（停頓）

喂？

（停頓）

喂？

（停頓）

我說我去了，我承認，這樣可以嗎！

（停頓）

我說了啊。

（停頓）

說了有什麼用？你不是沒感覺？

（停頓）

我剛剛說過了，我認真說的。

（停頓）

對我來說──對我來說我們之間的信任就像……就像一個小孩，然後你現在把它──

沉默。

工　人：我都快要不認識你了。

　　　　（停頓）

　　　　我們以前那麼幸福、快樂，我還記得，以前我們（嘆氣）……喂？

工人檢查手機訊號。

工　人：（喃喃自語）幹你娘。
　　　　喂？

　　　　（停頓）

　　　　喂？
　　　　我說我都已經快要不認識你了。

　　　　（停頓）

　　　　我沒有說什麼。

　　　　（停頓）

　　　　我什麼也沒說。

　　　　（停頓）

我說我都快不認識你了!

(停頓)

我記得。我當然都記得。但記得有什麼用?你還相信嗎?你有徵信社啊,你有照片啊。你去問嘛,問那個拍照、那個錄音的人嘛。

(停頓)

我沒有在嗆你。我是在說一個事實。

(停頓)

本來就是事實啊,啊不然呢?你——(被打斷)

(停頓)

停。我只想知道一件事。
我們之間現在還有什麼對你來說是重要的?

(停頓)

——喂?喂?搞什麼東西。

工人檢查手機收訊。

工　人:——喂?——喂?你聽得到嗎?我聽到了。你剛剛說什麼?我沒有聽到。

（停頓）

可是我剛剛沒有聽到。

不是因為——我沒有分心！我很專心在跟你講話！

（停頓）

欸我說的是事實欸，你現在連這個都不相信是不是？

（長停頓）

那你可以再說一次嗎？

（停頓）

我想知道。我真的想知道。

（停頓）

所以咧？

（停頓）

好。所以就是這樣子嘛。

好。你寧願把我們的婚姻交給一通爛電話，交給一間他媽的爛徵信社，你也不願意好好地告訴我什麼事情是對你來說還是重要的。

（停頓）

沒有啊，你不願意說啊。

（停頓）

我沒有聽到啊。

（停頓）

工人放下手機，深呼吸。

長長的沉默。

電話那頭嘰哩咕嚕似乎一直傳來什麼。

長長的沉默。

工　人：喂。

（停頓）

我什麼也沒說。我在聽。

（停頓）

我真的沒有。

（停頓）

你覺得是什麼就是什麼吧。

（停頓）

這就是我的態度。我擺爛。我刁民。

沉默。

工　人：好我就問你一個問題，我問你一個問題：你還愛我嗎？

（停頓）

重要啊。當然重要啊。

（停頓）

你不願意講。

（停頓）

我沒有不願意講啊，我剛剛講過了啊。

（停頓）

就在——剛才！你要我再說一次也沒有關係。

（停頓）

好。我愛你。

（長停頓）

工　人：喂？

（停頓）

喂？

（停頓）

有。我現在聽到了。

（停頓）

毀了，一切都毀了。

（停頓）

不是，不是因為照片，不是因為徵信社，不是因為這通爛電話。我覺得這些信任的問題早就存在了，只是我們沒有感覺。這個感覺現在像一棟房子一樣塌下來，就這樣而已。

（停頓）

好。

（停頓）

隨便你，你高興怎麼樣就怎麼樣。

（停頓）

好。

（停頓）

你認真是不是？

（長長的停頓，工人放下電話又拿起來。）

我同意。
好。
好我們約時間簽名。

工人放下手機。

沉默。

半晌。

工人拿起手機掛掉。

他抱起紙箱，往巨大機具聲的方向走去。

工　人：幹你娘雞掰！幹！

拆房子的機具聲越來越大。

燈暗。

S 3.1_

場景接續 S2.1。古典音樂持續。

女　人：我爸爸本來是一個上班族,那個時候每天早上七點半出門上班,晚上六點之前回到家,每天看到他都好高興。「爸爸你回來了,爸爸你回來了。」他會問我說,今天幼稚園有什麼好玩的事呀?今天小學有什麼好玩的事呀?後來長大之後覺得,我以前講的那些學校裡面有趣的事,對一個忙碌的、知道自己可能快要被裁員的上班族來說,應該很無聊吧。應該覺得每天都差不多吧。但就是這樣子,我爸爸他還是從來沒有表現出他對我講話的不耐煩,或者任何很膩的樣子過。從來沒有,一次也沒有過。我每天幾乎是從去上學開始,就期待放學回家看到爸爸的那種感覺。直到有一天我沒辦法再每天看到他了。

(停頓)

他被裁員了。在家待了幾個禮拜吧,看起來心情很不好,那時候我還小,也不知道應該要跟他說什麼。甚至覺得,這樣蠻好的呀,爸爸每天都在家,可以陪我玩、聽我講話,沒有什麼不好。我那時候太天真了,我就是這樣覺得。

(停頓)

後來他找到工作了,我也開始沒辦法每天看到他。變成有

時候是一個禮拜一次、兩個禮拜一次。一個月一次。兩個月一次。都有。他應徵到了一個遠洋漁業的船員，一出海就是很長一段時間，不知道什麼時候回來，不知道會發生什麼事情。但為了賺錢他必須這麼做，他沒有辦法。我很難過，那時候非常難過。我爸爸他知道這件事之後，有一天心血來潮自己去沙灘上撿了很多貝殼，拿釣魚線把那些貝殼穿孔、串起來，變成一個貝殼項鍊，回到家之後送給我，然後跟我說，以後你看到這個貝殼項鍊，就像看到爸爸一樣，你就可以覺得爸爸一直都在身邊陪你。不要難過。我好喜歡那個貝殼項鍊，每天都把它戴在身上。

（停頓）

一開始把它戴去學校的時候，同學們會問：那是什麼啊？我說沒有什麼，那是我爸送我的禮物。大部分跟我熟一點的人都知道，我跟我爸爸非常要好，所以他們也沒有多說什麼。就只有周政邦。他取笑了我的貝殼項鍊。我跟他說，你看，這是我爸送我的禮物，漂亮吧？然後他回答我，喔是喔，你爸送你的，怎麼那麼醜啊，像一堆蟑螂腳被砍下來一樣，刺刺的，好噁心喔。我當下不知道說什麼。太生氣了，我真的太生氣了，如果是別人這麼講的話那就算了。可是他是誰？他是周政邦欸，他又不是不知道我跟爸爸的關係，他怎麼可以講這種話？我跟他說你給我道歉，他說：「我不要啊，啦啦啦。」然後就跑走了，像一個國中臭男生會有的那種表現。

（停頓）

體育課時候，我還是跟他一起打籃球，放學的時候我還是

跟他一起走到校門口，看著他爸爸媽媽把他接走。

（停頓）

他為什麼要這樣說？

（停頓）

他為什麼要跟我開這種玩笑？

（停頓）

很好玩嗎？

（停頓）

能夠吸引我的注意力嗎？

（停頓）

可以讓我在十幾二十年之後，在路上遇到他，還是馬上想起來他是誰，他對我有怎麼樣的意義。

（停頓）

是嗎。這就是他想到的辦法。

（停頓）

他為什麼就不能體貼一點呢？為什麼不學學他的父母，或是我的爸爸一樣。

（停頓）

我不是叫他關心我，我的意思是。

（停頓）

這不是他唯一的選擇吧。他可以不要這麼做的吧。

沉默。
外面傳來一聲貓叫聲。
喵──

女　人：後來有一天，他跟我一起當值日生，放學之後要留下來擦黑板、整理教室。教室就只剩下我們兩個人，我們把所有事情分工合作做完之後，準備要一起離開學校，然後他突然問我：「欸，陳曉雯，你有跟男生接吻過嗎？」我說幹嘛？你幹嘛問我這個？他說沒有啊，我就想問問看啊，我說喔，沒有啊，怎麼了，他說那你跟我接吻好不好？然後他親了我兩下。一開始是臉頰，後來是嘴唇。那是我的初吻。（停頓）親完之後他說：「好啦，現在你跟男生接吻過了。」我呆在原地不知道要說什麼，我想：他在幹嘛？他為什麼要這樣做？就在我呆在原地不知道要幹嘛、不知道要怎麼做的時候，他就繼續收拾他的書包，裝得一副酷酷的樣子說：「走吧，我們回家吧。」

（停頓）

然後他就再也沒有來過學校了。

（停頓）

這到底是什麼流氓的行為啊？這到底是什麼樣一個自以為是的男生會做的事情？他不知道我會因此……一直很疑惑嗎？他不知道我會因此想著，他應該要再跟我多說些什麼嗎？他有我的即時通、我的手機號碼，他可以打給我、密我、約我出去，但是他什麼都沒有做。我本來以為他會繼續聯絡我，但是他隔天消失在學校之後，就再也沒有打給我過了。

（停頓）

這到底算什麼？

（停頓）

我什麼選擇也沒有。

（停頓）

什麼選擇也沒有。

古典音樂 fade out。

S 4_

場景在 S3（工人景）的三十年後。

一間精神療養院。

一張白桌兩側的兩張椅子分別坐著一名年邁的老人，與一名護士。護士手上拿著一個資料夾，以下交談的過程，不時寫下她認為重要的紀錄。

護　士：林先生。

沉默。

護　士：林先生。
老　人：我有訪客。
護　士：林先生，我是誰？

沉默。

老　人：我有訪客。
護　士：誰？
老　人：雯雯。

沉默。

老　　人：雯雯是她藝名⋯⋯她叫⋯⋯她叫曉雯。

沉默。

護　　士：林先生，你最近很少跟其他人互動，沒有跟大家聊天，也沒有去大廳看電視。
老　　人：（思考了一下）⋯⋯對。
護　　士：你說的訪客（被打斷）──
老　　人：她需要幫助。
護　　士：什麼？
老　　人：雯、曉雯，她需要幫助。
護　　士：我們先講你的事情。

沉默。

老　　人：這是我的事情。

沉默。

護　　士：訪客。
老　　人：我的訪客。
護　　士：這個訪客她現在在哪？
老　　人：她剛走。
護　　士：她不在這裡。
老　　人：對，她剛走，就在你來之前，她跟我說了一個故事。她說（被打斷）──
護　　士：剛才這裡沒有人進來。

沉默。

護　士：你記得你有一個兒子嗎？
老　人：記得，⋯⋯不記得。
護　士：你記得你有一個兒子嗎？
老　人：不記得。
護　士：你是真的不記得，還是因為你不想見到他？

沉默。

護　士：上禮拜你兒子來看你。
老　人：我沒有兒子。
護　士：因為你拒絕見他。
老　人：我沒有兒子。
護　士：他希望我告訴你，說他很擔心你。
老　人：他們⋯⋯誣陷我。
護　士：你兒子很擔心你。

沉默。

老　人：曉雯是我的國中同學。我以前一直很喜歡她。她現在需要幫助。
護　士：她現在幾歲？
老　人：二十九。
護　士：你現在幾歲？
老　人：六十九。
護　士：你們兩個差四十歲，所以你們不是國中同學。
老　人：我們⋯⋯我們讓她搬過來好不好？她如果沒有我，或者是，沒有一些其他幫助，我怕她⋯⋯
護　士：我們先處理自己的部分。
老　人：我搞砸了。她⋯⋯她跟我講故事。以前她爸爸換工作，去

沉默是今 *Cut Out*　131

遠航線出海捕魚,變得很少回家。她那時候還小,很難過,後來國中的時候她爸爸送她一條貝殼串成的項鍊,希望她開心一點。可是我故意說那條項鍊很醜。

沉默。

護　士:(寫下一些東西)你知道這是你這個月第五次說這個故事嗎?

沉默。

護　士:這個訪客,這個……呃,雯雯,這個月來了幾次。
老　人:第一次。
護　士:但你已經跟我講五次了,這不是真的,因為你已經跟我講五次了。

沉默。

老　人:我沒有。
護　士:(寫下一些東西)你還有其他訪客嗎?最近?這個月?
老　人:沒有。
護　士:你記不記得,有一次你前女友來,一個在藥廠賣藥的前女友。
老　人:藥廠賣藥的前女友。
護　士:你說她恨你,因為你拋棄她們,你說她來跟你抱怨,說她們的生活過得一團糟,女兒跟學校的副主任關係親密,媽媽則要常常去應酬,被很多人吃豆腐,靠著被吃豆腐支撐小藥廠的生意。後來副主任跟女兒關係過密的事情被發現,他們兩個的影片被傳到網路上,結果副主任的太太跑

　　　　　去她們家要找妳女兒算帳，然後她躲起來，從後面拿棒球
　　　　　棍敲昏了副主任跟副主任的太太。這件事你記得嗎？
老　人：（陷入長長的思考）我沒有女兒。
護　士：那你記得你跟我說過這個故事嗎？

老人思考。
老人搖頭。

護　士：好，那你記不記得有次你說，你以前在家裡半夜很餓，大
　　　　　概兩三點，起來自己做吃的，用烤箱烤土司，你說你想做
　　　　　一個簡單的披薩，上面有培根、玉米、蘑菇和很多起司。
　　　　　你把烤箱設定二十分鐘，然後發現冰箱沒有飲料，所以就
　　　　　出門去買，結果回家的時候發現整個家都失火了，你女兒
　　　　　跟你太太都在裡面。雖然你太太被消防員救出來急救，後
　　　　　來活了下來，但你女兒死在裡面。

老人思考。
老人搖頭。

護　士：事實上沒有人來進來這個房間跟你聊天，你兒子和前妻要
　　　　　來看你，你都拒絕了。剛剛說的故事，包括貝殼項鍊，都
　　　　　是你的想像。

老人思考。
老人皺眉。
老人有點生氣。

護　士：這個貝殼項鍊的故事，這個月已經出現五次了。

沉默是今 *Cut Out*　133

沉默。

護　士：它們都不是真的。

護士寫下一些東西。

護　士：如果你以後有訪客,但是我不在身邊,表示那是你的幻想,因為如果有訪客,通常我都會陪在你旁邊,或至少帶他們來見你。

沉默。

護　士：如果出現訪客,然後我又不在,你要跟我說,我們要讓你吃藥。
老　人：我不用吃藥。
護　士：不吃藥沒辦法好起來。你的兒子──(被打斷)
老　人：我沒有兒子。
護　士：你在鬧脾氣。
老　人：我沒有。
護　士：你的兒子拜託我問你一個問題。
老　人：我沒有兒子。
護　士：你以前去過一些聲色場所嗎?按摩店?酒店?之類的。
老　人：沒有。
護　士：從來都沒有,跟朋友一起去?
老　人：沒有。
護　士：好。根據你前妻的說法,她跟你結婚的時候,是你唯一一個交過的女友,是這樣子嗎?
老　人：對。
護　士：她聽到這些故事,認為你外遇,你在外面跟其他女性有親

　　　　密接觸。
老　人：哼。
護　士：但你的兒子不相信，他覺得你從來沒有接觸過任何聲色
　　　　場所。
老　人：我從來沒有接觸過任何聲色場所。我從來沒有太太。我從
　　　　來沒有兒子。

沉默。

護　士：你現在感覺怎麼樣？
老　人：很吵。
護　士：什麼東西很吵。
老　人：有很多人在講話。
護　士：那是你腦中的聲音，還是這裡有很多人在講話？
老　人：這裡，這裡有很多人在講話。

敲門聲。
有人在外頭喊護士，說櫃檯有她的電話。
護士下場，剩老人在場上，但觀眾可以清楚聽到護士講電話的聲音。
講電話的過程，老人眼神看著一個方向，一下露出幸福、滿足的笑
容，一下子非常恐懼，一下子非常悲傷。

護　士：喂？是，林先生。您爸爸剛剛又說了貝殼項鍊的故事。對。
　　　　同一個。他想不起來。他覺得他有訪客，然後他想不起來
　　　　自己有說過其他故事。雖然您母親懷疑，但我們認為幻想
　　　　的成分居多，他甚至說有人需要他的幫助，加上您印象中
　　　　您父親沒有去過任何聲色場所，所以……（停頓）……當
　　　　然，幻想有時候會有現實依據，可能……這點我們還要查
　　　　證清楚。您母親怎麼說？不表達意見？每次聊到這個話題

沉默是今 Cut Out　135

她就沉默，好的。我想問，那他有沒有那麼一位一直很喜歡的國中同學嗎？有。有這位國中同學，嗯，但從來沒有交往跟聯絡。嗯。嗯。同學後來讀台灣大學會計系，現在結婚了。他們中間聯絡過嗎？從來沒有？好的。他可能想念他那個國中同學，或是那段記憶裡的什麼東西。不過這沒辦法解釋，為什麼憑空出現了一個貝殼項鍊的故事，這我們會再研究。對。不好意思問您這麼多問題。好，那就好。我們會需要問，是想確認您父親幻想的程度有多高，事實是什麼對我們而言很重要。我們是指，我們跟您們。對。當然。我們希望他早日好轉，只是他最近的故事越來越多了。您母親上次來這裡，還開玩笑說他沒病，他只是個故事之神。我那時候想說，您母親心情真好。對，如果只是這樣就好了。他目前狀況還可以，我正在跟他談。好，有任何新情況我會隨時通知您。好的。好的。謝謝。不會。不客氣。掰掰。

掛掉電話的聲音。
護士上場。

護　士：林先生。

沉默。

護　士：林先生。
老　人：這裡。
護　士：這裡怎麼了？
老　人：這裡很吵。
護　士：很多人在講話？
老　人：對。

護　士：這些人是你大腦裡的聲音，還是真實存在的？
老　人：他們，他們在這裡。
護　士：（拿出準備好的一杯藥丸、一杯水）林先生，我們吃藥。
老　人：音樂。
護　士：什麼？
老　人：我想聽音樂。
護　士：聽音樂，聽什麼音樂？
老　人：很吵的音樂。我，我不要聽那些人講話，我不要聽那些人講話！
護　士：林先生冷靜，我會給你聽音樂，但我們先吃藥。

老人把藥吞下去。

護　士：很好，林先生這樣很棒。

沉默。

護　士：想聽什麼音樂。
老　人：很吵。
護　士：哪一首？
老　人：上次那首。
護　士：一樣上次那首？
老　人：對。
護　士：好，那我放音樂，然後讓你自己在這裡。
老　人：好。
護　士：我會把門打開，這樣如果有什麼狀況，我可以隨時進來，你不可以把它關起來，或是擋住門，知道嗎？

老人起身，焦躁地走來走去。

老　人：好。

護士迅速地收拾資料夾、筆記本等，快步下場放音樂。

場上傳出 Anorexia Nervosa 的〈Sister September〉。

老人下場把音樂轉大。
老人上場。

老人：曉雯……曉雯……

搖滾樂持續。

燈暗。

S 4.1_

場景接續 S 3.1。
搖滾樂 fade out，古典樂 fade in。

女　人：在我爸爸出去上班的時候，我媽媽在家裡不斷地喝酒、不斷地喝酒，不斷地把爸爸所有薪水喝光，甚至喝到連我自己都要去上班付我自己的學費、生活費的時候，她就不斷做會讓她開心的事情。等到繳不出房租，被房東趕出門之後，就帶我搬家。這就是她唯一會的事情。搬家。怎麼會有這麼不負責任的媽媽？爸爸每次隔一兩個月回家，每個家他都只能回來一兩次，就又搬走了，我不知道對爸爸來說，會不會很奇怪地覺得，他好像只是在進住不同旅館？好像根本就沒有一個家？

我是這樣覺得。那個家就跟旅館一樣。用來睡覺。那個沒有爸爸的家，甚至比旅館還要差，因為旅館至少是乾乾淨淨、一個人住。但是我不能把我媽趕出去。我只能讓那個廢物一直待在家裡。我爸其實也不是不知道我媽的狀況，但他就是容忍我媽，他告訴我：「妳媽媽她生病了，我不在的時候妳要照顧她，好嗎？」我沒有講話，我爸摸摸我的頭，「那就這樣說定囉。」我爸講。我還是沒有講話。我甚至也沒有點頭。我爸又摸摸我的頭，就去洗澡、吃飯、休息。一兩天之後，他又出門，去做他的工作了。

當我開始吃藥的時候，我總是會想起這兩個男人。其中一

個在我國一那段期間出海捕魚，遇上船難過世了。另外一個，在親了我兩下之後，離開了學校，跟家裡搬去更好的學區，再也沒有聯絡過我。我都沒有很難過。我是一個可以賺錢、交自己學費、養自己的女人，甚至還可以拿錢給我媽，所以他們的離開對我的生活來說，衝擊也沒有那麼大。但是不代表我不難過。不代表我覺得無所謂。

我開始覺得我必須要靠我自己，開始覺得相信別人是一件會受傷的事情。人活在這個世界上，你只要相信貓就好（外頭傳來一聲貓叫聲），因為貓咪不會騙你（外頭傳來第二聲貓叫聲），貓咪不會跟你說一些很惡毒的話（外頭傳來第三聲貓叫聲）。

（停頓）

所以我選擇養貓，我選擇讓我們家有一隻貓、兩隻貓，甚至以後會有一大堆的貓咪。有人可能會覺得這樣很可悲，但我覺得這樣很幸福。很有安全感。很滿足。好像又回到那個爸爸每天都會回家的時候，就像我每天都會回家看我的貓咪一樣。

（停頓）

我可能就是有一點懷念，那個有人可以相信的自己。

（停頓）

有一點懷念爸爸。有一點懷念周政邦。

（停頓）

有一點好奇，要怎麼樣才可以讓自己跟那個時候一樣。

（停頓）

如果周政邦這個傢伙再被我遇到一次，不管有多遠，不管他在車上還是在路上，我都會想辦法追上他，我會抓住他，我要問他當初為什麼要對我說那些話，我要問他當初為什麼要親我，我要問他把我爸爸送我的項鍊說成跟蟑螂腳一樣到底好玩在哪裡？<u>你有那麼多選擇但你選擇這樣</u>，到底好玩在哪裡？

（停頓）

然後讓我變成那個一直在承受別人選擇的人。

（停頓）

他不可以這樣。他不可以覺得理所當然。他必須要給我一個交代。

（停頓）

可能他給我一個交代，我就可以繼續往前走，我就可以知道活在這個世界上的意義是什麼，我要怎麼再去跟別人講話、相處，我就可以確認在我爸爸過世之後，這個世界還可不可以、有沒有可能可以依附。他就像是一個賭注一樣。你看，我又沒有選擇了。他可以選擇走在路上、留在

家裡、做任何他想做的事情。但我。我卻需要因為他的一句話,來決定我怎麼看待這個世界。

(停頓)

你也可以說我是自找的,沒有錯,我是自找的,但那又有什麼辦法的,事情就是這樣那麼自然地發生了啊,難道我不應該跟他打籃球嗎?難道我不應該跟他放學回家嗎?如果是這樣的話,那又是哪一天放學回家的時候,我應該要意識到這個問題,然後停止這個行為呢?根本就沒有答案對吧。根本就沒有答案,然後事情就一步一步,一步一步走到現在這個樣子。我就從一個國中一年級的女生,二年級,直到現在二十九歲,每件事情都這麼自然,這麼無可選擇。

(停頓)

這就是我的人生。

沉默。

外頭又傳來貓叫聲,還有貓咪抓門板的聲音。

古典樂持續。

S 5_

燈亮。

古典樂 fade out。

一名警察正在寫筆錄,他的對面坐著研究生。

沉默。

警　察:你和死者是什麼關係。
研究生:國中同學。
警　察:你們常聯絡嗎。
研究生:沒有。
警　察:那她前兩天為什麼打給你。
研究生:我不知道。
警　察:你們在電話裡說了什麼。
研究生:(停頓)她問我以前同學的事。
警　察:什麼事。
研究生:(停頓)我們有個同學,有天突然像人間蒸發一樣不見了,全班都很錯愕。
警　察:什麼意思?
研究生:喔,對不起。他突然轉學,但是沒有跟任何人說。
警　察:她問你這個做什麼。
研究生:我不知道。我們之前是朋友。
警　察:她還說什麼。

沉默是今 Cut Out　143

研究生：（停頓）她說我們都沒有去找他。（停頓）她說我們應該去找他。

警察寫筆記。
沉默。

研究生：我那時候覺得有點奇怪，因為已經半夜兩點了，我很累，很想睡，本來不想接的，而且還有論文的事要煩，但她打了很多通，後來我接起來就不忍心掛她電話，我們以前也算很好的朋友，常常一起打球，下課一起聊天什麼的。後來我那時候就撐著跟她聊，大部分時間都是她說話。她一直講以前國中的事，什麼誰喜歡誰，大家討厭哪個老師，哪個老師現在還在不在學校，哪個同學現在發展得如何什麼的，我知道的就告訴她，不知道的也沒辦法，她還說，啊你都沒有關心他們，你應該要關心他們。（停頓）我那時候也覺得很奇怪，但我也沒說什麼。（停頓）講一講之後，她又開始說那個突然轉學的同學，說要去找他家人的聯絡方式。我說，可是要怎麼找，她說學校不是應該都會有檔案嗎，我們回去問學校老師他們家人的聯絡方式，老師應該不會不給吧。我其實當時覺得……怎麼可能，但我也沒有否定，她說只要這樣就可以找到那個同學的家人，然後去找那個同學。
警　察：同學叫什麼。
研究生：呃……周……周政邦。
警　察：（停筆）哪個政？
研究生：政府的政，聯邦的邦。

警察寫筆記。
沉默。

警　　察：你知道她平常生活狀況嗎。

研究生：最近嗎？

警　　察：對。

研究生：不知道。

警　　察：以前？

研究生：要多以前？

警　　察：都可以，你知道的都講。

研究生：她國中的時候曾經成績不錯，但後來越來越差，說是覺得讀書沒意義，她要去賺錢。我們大概都知道她家裡爸爸是做遠洋漁業的，不常回家，媽媽好像沒工作，精神有問題，憂鬱症還怎樣，聽說她媽媽把爸爸賺的錢花光了，還會跟她要，她連學費有時候都是自己付的，生活費就不用講，偶爾看她比較開心，就是她爸爸回來的時候。我們都覺得她很堅強啦。所以。（停頓）

警　　察：所以什麼。

研究生：聽到這個消息⋯⋯我有點意外。

警　　察：嗯。然後呢。

研究生：國中畢業之後，我們辦過幾次同學會，前一兩次她好像還有來吧，看起來氣色不錯啊，本來以前會有點擔心她的狀況，但她看起來過得不錯，也沒有多問，就覺得比較放心，家裡爸爸媽媽的情況就沒有再多問。

警　　察：然後呢。

研究生：然後？

警　　察：對啊。

研究生：後來就都沒有聯絡了。

沉默。

警　　察：還有嗎。

沉默是今 *Cut Out*　145

研究生：沒了。
警　　察：社群網站呢？臉書？或其他的？
研究生：她很少用。她連臉書都幾乎不用。有陣子突然看到她開始不定期發一些文，都很短，就是什麼「要堅強。」「沒有人會幫你，只有自己才能幫自己。」「如果我哭，還有誰會在乎？」（停頓）都類似這種。我也不知道怎麼辦，也不敢回，也不敢按讚，也不能做什麼，就只能看而已。

沉默。

警　　察：所以國中之後都沒有再聯絡，你們基本上不熟？
研究生：國中的時候是好朋友，畢業之後一兩年，算是，就不太熟了吧。
警　　察：然後她就突然打給你？
研究生：對。
警　　察：所以你們講了多久？
研究生：我不知道，我沒有記。
警　　察：大概多久。
研究生：（停頓）……可能有快三小時吧。

沉默。

研究生：警察先生。
警　　察：是。
研究生：我可以問一個問題嗎？
警　　察：請說。
研究生：她……妳們見到她的時候，是什麼樣子？
警　　察：很亂啊，家裡很亂，寵物的味道很重，非常臭，家裡還有十隻貓。

研究生：他們都⋯⋯？
警　察：死了啊。

沉默。

研究生：所以她是⋯⋯怎麼⋯⋯過世的？
警　察：燒炭啊。跟那些貓就一起。
研究生：她最近在做什麼工作？
警　察：應該是酒店啦，哪一家還在查，不然就是那種按摩店，反正就八大啦。

沉默。

警　察：還有什麼要講的嗎？

沉默。

研究生：警察先生。
警　察：嗯。
研究生：我⋯⋯我⋯⋯
警　察：嘿。（停頓）如果有需要，你可以去看心理醫生。
研究生：（停頓）好。
警　察：那就先這樣。
研究生：警察先生。
警　察：嗯？
研究生：如果是你接到那通電話，你會怎麼做？
警　察：（停頓）我不知道。

警察起身收拾東西。

研究生：等一下,那她為什麼自殺?
警　察：(停頓)不知道,我們還在查。

警察下場。

研究生一個人坐在椅子上。

沉默。

研究生：警察先生！等一下！

　　　　(停頓)

　　　　那我們那棟到底是誰在放音樂啊！

　　　　(停頓)

　　　　警察先生！

燈暗。

S 5.1_

燈光昏暗。

女人幫工人打手槍。

工人發出微微的呻吟，身體漸漸抽搐。

工人高潮，並且叫了出來。

沉默。

女人洗手。

洗完手的女人，又跟工人繼續閒聊，但觀眾聽不見他們講話的聲音。女人長長地傾訴。

計時器聲響。

她挽著工人的手下場，兩人看上去有說有笑。

燈暗。

S 6_

燈亮。

一間自助餐廳。婦人兒子和他朋友兩人面對面吃飯。時間大概是 S2 兩年後。

朋　友：你有沒有看到那個新聞。
兒　子：什麼新聞。
朋　友：之前拆掉那個房子要蓋回來了。
兒　子：是喔。
朋　友：你媽之前不是住那裡嗎？她現在要不要搬回去。
兒　子：（看著朋友）哪裡？
朋　友：拆掉那棟房子啊，有 ABC 三棟那個。
兒　子：神經病。（短停頓）你怎麼知道我媽住那裡？
朋　友：我之前路過遇到的啊，大概一兩年前。
兒　子：你遇到我媽？
朋　友：我們還聊了一下欸。沒關係吧？我知道你跟你媽關係不好，但那陣子想說，也沒聽你特別抱怨。我就問她過得怎麼樣，她說還可以，蠻好的。看起來是馬馬虎虎啦，但是還行。

短停頓。

兒　子：你還跟她說了什麼？
朋　友：她說她很久沒跟你聯絡，我就鼓勵她，說她可以主動打給

　　　　　你。但她說很丟臉，我說不會，媽媽打給兒子，哪有什麼
　　　　　好丟臉，是天經地義的事。
兒　子：是喔。
朋　友：對啊。
兒　子：你住海邊喔？
朋　友：幹嘛，不高興喔。

兒子沉默。

兒　子：沒有。

兒子沉默。

兒　子：你說這是一兩年前的事？
朋　友：對呀，一兩年前的事。那棟房子我跟你講過一次，說有個
　　　　　婦人後來死在電梯裡的。
兒　子：死在電梯裡？
朋　友：你忘記囉？那個很恐怖欸。就是一個老婦人被關在電梯裡
　　　　　一個月，打開的時候，整個電梯都是指甲抓的痕跡，整間
　　　　　電梯都是，緊急求救鈴上面還用菸燙了好幾個痕跡。那時
　　　　　候因為政府想把房子拆去蓋科學園區，大部分的人都同意
　　　　　了，又還有另一座電梯可以用，就沒有派人修。誰知道裡
　　　　　面活活關一個人。死在裡面欸。死在裡面。打開的時候一
　　　　　定超臭的。

兒子沉默。

兒　子：你之後有遇過我媽嗎？
朋　友：沒有啊，我遇到你媽幹嘛？她到底有沒有打給你。

短停頓。

兒　　子：有啊，她有打。
朋　　友：然後咧？
兒　　子：然後什麼？我們吵架啊，不然咧。
朋　　友：靠夭喔，又吵架。
兒　　子：我以為她又要來錢啊！然後我就罵她不要臉、臭婊子。結果我們都很生氣，她說我們最好永遠不要聯絡。
朋　　友：然後呢？
兒　　子：我怕她來找我要錢，把手機號碼換了，還因為這樣搬家。
朋　　友：你太誇張了，你真的是──我真的──那是你媽欸。

沉默。

朋　　友：好啦你們家的事你們自己處理啦。

沉默。

兒　　子：後來電梯被關在電梯裡那個婦人怎麼樣了？
朋　　友：什麼怎麼樣？就死了啊。
兒　　子：我是說他們有沒有怎樣處理她。
朋　　友：新聞沒有說欸？你幹嘛這麼好奇。
兒　　子：我覺得很恐怖。
朋　　友：對啦，真的很恐怖。

沉默。

朋　　友：我是覺得吼，你去跟你媽道個歉啦，打電話給她。我知道你們兩個都沒有惡意。剛好她以前住的那邊，後來沒有要

蓋科學園區，現在新房子要蓋回去了嘛。我是不知道她後來住哪，但你現在打給她，就可以跟她聊這個啊，算是一個共同話題吧。聽說有一些以前的居民都想搬回去，搞不好她也想，你去幫她搬，這樣互相一下，你們感情就變好了嘛，對不對，沒有什麼事是來不及的啦。

兒　　子：嗯。
朋　　友：嗯是什麼意思？
兒　　子：對。
朋　　友：你要不要現在打給她？妳記得她手機號碼吧？
兒　　子：如果她沒換的話。
朋　　友：不會啦。

兒子把手機拿出來，看著手機。

朋　　友：幹嘛？打啊。

沉默。

兒　　子：我吃完飯再打。

兒子把手機收起來。

朋　　友：蛤？
兒　　子：我吃完飯再打。

沉默。

朋　　友：隨便啦。

沉默是今 Cut Out　153

沉默。

朋　友：你想一想啦。

沉默。

朋　友：真的想一想啦。

房子倒塌、夾雜巨大機具運作的聲音傳來。
燈暗。

S 6.1_

燈亮，女人單肩背著一袋東西，站在家門前，停留了許久。

她進入家門。

女人關起房門，把綁好的頭髮放下來。

場上不斷有貓的聲音此起彼落叫著。

女人從背包裡拿出工具，燒起一盆炭火。

女人躺下。

燈光在以下過程漸漸變弱。

場上的貓叫聲變得激烈。

混亂、尖銳的音效傳來。

場上的貓叫聲變弱。

女人睡著。

女人死亡。

燈全暗。

S 7_

燈亮。

場景接續S3，工地，工程已經大致完成，進入房屋推倒後集中殘骸、運輸的階段。

工人的主要任務已經完成，在旁邊與朋友聊天。
工人喝著結冰水，在旁的朋友拿著保溫瓶，裡面裝著保力達B（一種含酒精提神飲料）。

朋　友：今天這樣算快喔。
工　人：可以啦，做得很熟啊，拆除這種工作就是要快嘛，不要拖時間啊。啊不然薪水不都一樣，早做完早賺到。
朋　友：真的是啦。（遞保力達給工人）來啦，不要喝水啦，喝這個啦。
工　人：感恩啦。
朋　友：上工就是要喝這個，喝什麼水。
工　人：我不敢啦。
朋　友：不敢什麼，喝這個才來勁，工作才做得好。
工　人：有的工地抓比較嚴，我看人家被抓過，之後就不能再做了，要重新找，很麻煩。
朋　友：不會啦。
工　人：謝謝啦。（工人把裝著保力達B的保溫瓶還給朋友）
朋　友：而且我用這個裝，最好是會有人知道。
工　人：你專業的。
朋　友：廢話，我都說做工是我的副業，我本行喝酒的啦。

工　人：哈哈！

朋　友：怎麼樣，等一下結束再去喝。

工　人：幹，每天喝。

朋　友：就跟你說是本行啊！副業都每天做，本行不就要每天喝。

工　人：對啦。

朋　友：怎麼樣，走啦。

工　人：（思考）我是有一點事要處理。

朋　友：怎樣，什麼事啦？不要管了。

工　人：不行啦。

朋　友：啊是什麼事？兄弟幫你處理一下。

工　人：我老婆。

朋　友：幹又你老婆，你那個老婆，管那麼寬。怎樣，吵架喔。

工　人：對啦。鬧離婚。

朋　友：都一樣啦，吵架這個我有辦法。

工　人：什麼辦法？

朋　友：不要看我這樣，這個我處理多了。

工　人：要怎麼弄？

朋　友：很簡單——去喝兩杯啦！哈哈哈哈哈哈！喝幾個晚上，啊回去不要跟她講話，過幾天自然就沒事了啦，對不對？很簡單嘛。

工　人：喔。

朋　友：對啊，我們這就叫：收集快樂的能量，對不對，回去之後，我們才有這種快樂的能量可以散播出去，就是人家說的什麼，散播快樂散播愛嘛！啊你在外面喝得開心，回到家開心，老婆看到你，欸嘿，老婆也就開心啦！

工　人：哈！聽你在練肖話。

朋　友：怎樣？不相信喔，看不起我喔？

工　人：沒有啦老大，我怎麼敢。

朋　友：那就對了，不要看我這樣，我也是老江湖。

工　人：是啦。
朋　友：相信我就對了啦。
工　人：對啦，你我大哥捏，對不對。
朋　友：就是說嘛！你看我每次帶你出去玩，哪一次虧待你。
工　人：沒有啊。
朋　友：對啊，我這個叫做喔，內外兼顧，就是你這種家務事我可以幫你處理，啊外面有什麼好玩的、好康的，我也都會把你照顧到，絕對沒有藏私！對不對。
工　人：感恩啦。
朋　友：上次我帶你去的那個按摩店，很正點的嘛。
工　人：喔！那真的正點。
朋　友：是不是，直接升天。
工　人：而且妹都超正。
朋　友：什麼妹，我們要尊敬專業，人家是按摩師傅。
工　人：對對對，按摩師傅。
朋　友：又年輕，師傅又多，看你喜歡奶大的還是奶小的，腰細的屁股翹的，通通都有，都可以選，又不用在那邊排隊，而且重點是什麼？值回票價！
工　人：看到都硬了。
朋　友：這種事最好不要等。
工　人：對，等久了就不好了。
朋　友：啊如果等，那又是另外一種心境，有時候我們要找那種極品，紅牌的，就要排隊一下，那種期待、那種想像，最後看到人，再看她把你弄出來，噴，那又是不同滋味。
工　人：哈哈，還滋味咧！
朋　友：廢話！啊你還沒跟我說，上次你去那個按摩店，怎麼樣你那個妹，啊不是，你那個師傅。
工　人：很正啊。
朋　友：正吼。

工　人：對啊。而且我不騙妳，長得很像我國中暗戀的一個同學。
朋　友：幹，你同學現在不都他媽四十幾歲了。
工　人：不是啦！靠杯喔，我是說年輕版的，妹妹版的，好像還沒長大這樣，二十幾歲，長得很像而已啦。
朋　友：喔唷，不錯喔。啊你以前跟那個同學，沒有那樣那樣過。
工　人：沒有啦，人家很會讀書，跟我這種不一樣。
朋　友：會讀書沒什麼了不起的啦。
工　人：對啦。我是要說，我是暗戀她，她是那種很有氣質的感覺。
朋　友：然後你晚上回家就幻想人家。
工　人：對啦。
朋　友：哈哈哈哈哈哈哈哈！被我猜中。
工　人：啊不然咧，一定要幻想啊，如果是你你會不會幻想？
朋　友：廢話，幻想不用錢啊。啊重點是那個妹，不是，你那個師傅啦，你跟我講你國中同學幹嘛？
工　人：喔，師傅就長得很像我國中同學啊，我看到她，好像美夢成真一樣。
朋　友：哇，很爽喔。
工　人：超爽。
朋　友：啊你們聊什麼？
工　人：喔，說到這個，我一定要跟你說。
朋　友：怎樣，很勁爆？
工　人：不是，我覺得有點怪。
朋　友：怎樣怪。
工　人：她跟我聊心事。
朋　友：那很好啊，表示你們相處氣氛融洽，所以她跟你掏心掏肺嘛。哎唷，不錯喔，看不出來你也是老江湖嘛，很會嘛。
工　人：嗯⋯⋯我是覺得有點突然。
朋　友：好事啦好事啦。
工　人：你知道她跟我講什麼嗎？

沉默是今 *Cut Out*　159

朋　友：講什麼？
工　人：她講之前小時候的故事。
朋　友：這麼深入。
工　人：嘿嘿，對啊。
朋　友：啊心靈這麼深入，有沒有其他地方也給她深入一下？
工　人：靠杯喔。
朋　友：幹不能問喔。
工　人：加錢很貴啦。
朋　友：對啦。
工　人：重點是，她跟我說她小時候的事，她說家境不是特別好，但她爸爸對她很溫柔，兩個人感情很好。啊後來爸爸本來的公司被裁員，換工作，去做什麼遠洋漁業那種，就是會出去好幾個禮拜、好幾個月的，所以她都看不到她爸。後來她爸怕她不開心，去撿那種貝殼有沒有，自己做一條項鍊送給她，說她帶著這個項鍊，就代表爸爸在陪她。
朋　友：喔。
工　人：後來她國中一個很喜歡的男生，說那個項鍊看起來很醜，跟蟑螂腳一樣，她很難過，但後來還是跟那個男生玩在一起，結果她那個男生有天放學兩個人在教室裡當值日生，那個男生突然親她，結果隔天就沒有來學校了。
朋　友：蛤？
工　人：好像是突然轉學。
朋　友：喔。所以咧？
工　人：嗯⋯⋯有點可憐吧。
朋　友：那個男生這樣不行啦。
工　人：嗯。
朋　友：我們男人要體貼對方。
工　人：對啦。
朋　友：啊她跟你講這些，後來咧。

工　人：我這幾天都在想她那個事啊，想說喔，不知道欸，就覺得喔，她在跟我表達一些事情。

朋　友：什麼事情。

工　人：我覺得會這樣分享，講這些內心話，可能是對我有意思。

朋　友：你呷卡麥。

工　人：真的啦，啊我也覺得她很像我暗戀的那個國中同學。

朋　友：喔唷，你也對她有意思。

工　人：我不知道啦。

朋　友：我看是有啦。

工　人：只是說，那種比較好的按摩店，沒辦法常常去。不然我是想再去看看她，再跟她聊聊看。

朋　友：那你就多做一點啊。

工　人：對啦。

朋　友：那種店我大概一個月去一次差不多啦，但是你如果有意思就要把握機會，不然那種地方，下次你去，她早就忘記你是誰了。

工　人：嗯。（停頓）通常會這樣跟別人講心事的，還有一種狀況。

朋　友：什麼狀況？

工　人：求救。

朋　友：什麼意思？

工　人：她需要幫忙啊，我們有時候不是都會想要找別人講心事，就像我們去喝酒一樣。

朋　友：喔，所以她跟你求救。

工　人：我不知道，可能她也過得不是很好。

朋　友：你沒有問她喔？

工　人：有啊，但總不能第一次見面就問一大堆，我就問她平常興趣是什麼啊，她就說她喜歡寵物，喔，養很多欸，她說她們家有十隻貓咪！還跟我講名字，什麼將軍、花生什麼的……

沉默是今 Cut Out　161

朋　友：那不就整個家都是貓咪。
工　人：可能吧。
朋　友：好啦，你有空去給她關心一下，也好啦。
工　人：嗯。
朋　友：啊不過我是覺得，也不要想太多，她可能咧，只是需要你的那個（手比陽具）去給她解救一下，哈哈！
工　人：喔，那樣最讚。有時候我閉上眼睛喔，都還可以感覺到她在我旁邊。
朋　友：哈哈！
工　人：如果我可以夢到她就好了。
朋　友：OK啦。作作夢沒問題的啦，還在妳旁邊咧，小心以後得妄想症。
工　人：幹，不要詛咒我。
朋　友：開玩笑的啦。啊你那個住海邊的老婆喔，就給她放著，放一放心情就好了啦。
工　人：喔。
朋　友：然後我是覺得，因為是好兄弟所以說兩句，你那個老婆意見真的很多，每次看她來，對我們這些兄弟也都不講話，擺一個臉色。以後如果真的合不來，分一分也好。
工　人：那兒子……？
朋　友：這也沒辦法，看著辦，小孩自己會長大。
工　人：喔。
朋　友：（停頓）所以怎麼樣？等一下要不要去喝酒？
工　人：好啊。
朋　友：這樣就對了嘛。
工　人：現場差不多了。
朋　友：差不多了啊，收一收，十分鐘十五分鐘吧。來啦，先把這個乾了！

朋友喝了一口保溫瓶裡的保力達B，然後把剩下的遞給工人，工人抬起頭一飲而盡。

朋　友：走，準備去享受我們這種樸實無華的快樂！
工　人：對，樸實無華的快樂！

兩人的身影漸漸遠去。

水泥牆一舉被挖起，倒入巨大卡車的隆隆聲，延續了許久。

安靜。

燈漸暗。

S 7.1_

燈亮。
場景延續 S 4.1。

女　人：不好意思，麻煩你聽了這麼多莫名其妙的東西，但好像也不能怎麼樣。

（停頓）

難道要叫你去幫我把周政邦找出來嗎？你又不是徵信社，對吧？

（停頓）

你就讓我覺得不好意思吧。這樣子要別人聽一些莫名其妙的故事。你是可以依附的人嗎？我也不知道，畢竟我根本就不了解你，對吧？

長長的沉默。

女　人：好了你不用安慰我，你不用跟我說一些，你可以理解之類的話，等等等等，因為我是不會相信的。因為我不會相信，所以你也不用再努力了。

沉默。

女　人：我不知道我下個禮拜還會不會繼續，但這個禮拜剛好就到此為止吧。雖然這樣，我還是謝謝你聽我說了這麼多。希望沒有讓你覺得很無聊，覺得浪費了一小時，聽一些莫名其妙的事。⋯⋯你剛剛說你叫什麼名字？

（停頓）

好。

（停頓）

我叫曉雯。

（停頓）

謝謝你。

（停頓）

嗯。

（停頓）

好。

（停頓）

我知道了。

（長長的停頓）

謝謝你告訴我，我可以選擇下個禮拜還要不要面談，我可以選擇要不要繼續。
很不習慣欸，很久沒有覺得人生有那麼多選擇了，哈哈。

（停頓）

那就先這樣吧。再見。

女人開門，隨後又停住。

女　人：對了，雖然這應該是不可能的事，但是如果有一天，你遇到一個很高的男生，一百九十幾公分，瘦瘦的，看起來很陽光，他可能就是周政邦，你可以幫我確認一下，如果你知道他的聯絡方式，你可以告訴我，我知道你有我的手機。

（停頓）

謝謝。

女　人：那我不耽誤你時間了。
女　人：再見。

女人關上門。

她站在門前想了想。

女人轉過身。

燈暗。

黑暗中，場上傳來女人腳步聲、生活間窸窣的聲音。十隻貓此起彼落的貓叫聲 fade in。

貓叫聲漸大。

(全劇終)

12
LOOP

〔首演資訊〕

演出單位：十貳劇場
導　　演：張凱福
編劇顧問：何一梵
演　　員：顏良珮、謝孟庭、黃琦雯、李明哲、蕭慧文、范頤、賴澔哲、陳敬萱、胡大器、邢立人、李晉杰、黃郁晴（按飾演之陪審員編號排序）
舞台設計：楊舜閎
燈光設計：藍靖婷
服裝設計：張靖盈
音樂設計：吳重毅
影像設計：孫明宇、鄭安群
日　　期：2019.10.04
地　　點：水源劇場

〔劇作簡介〕

　　本劇靈感發想自美國電影《十二怒漢》（1957）。張凱福導演曾在北藝大校內多次嘗試呈現原電影內容，而後邀請編劇重新寫作全劇，並在校外進行公開演出。改動主軸為：將核心陪審團討論議題從原先有色人種的少年凶殺案「有罪與否」，改為「確定有罪的隨機殺人犯，是否應執行死刑」，並將十二名陪審員的職業與個性，以接近臺灣社會文化風氣的方式重塑，包括幼稚園老師、公務員、工程師等。

　　此外，劇情也在網路時代重新展開。當資訊傳播變得容易，事件與人之間難再保有距離，甚至可以任意拼接、反應、再反應。有別於原電影封閉、專注、單純的空間感，現實變

得發散的、多焦的、許多事物不斷爆炸的過程。注意力被切割再切割，任何人都可以隨時投入酒神祭般狂熱、審判的快樂。

〔人物〕

01：瑜伽老師（44 歲，女）
02：電腦工程師（40 歲，男）
03：模特兒（24 歲，女）
04：退休 2 年的公務員，具社工背景（67 歲，男）
05：英法口譯（41 歲，女）
06：動物保護團體員工（23 歲，女）
07：品牌行銷（33 歲，男）
08：裁縫師（39 歲，女）
09：會計師（39 歲，男）
10：家具批發商老闆（45 歲，男）
11：廚師（47 歲，男）
12：幼稚園老師（51 歲，林姓女子）

第一景

觀眾入場,投影是火箭準備升空的直播,有雜音、機械聲、對講機聲傳出。
螢幕中紅色倒數計時剩二十分鐘。
倒數計時八分鐘。觀眾席燈暗,影片聲加大,舞台、投影染上強烈白光。燈暗。

法　　官：各位陪審團員：
四起殺人罪、加上二十一條殺人未遂罪,在我國法庭刑事訴訟是罕見且重大的罪名。
你們都已經清楚了解本案相關的法律規定,現在責任是坐下來釐清真相。
在考量所有事實的情況下,根據憲法平等權、以及對人性尊嚴的重視,是否存在任何應該使犯人減輕刑罰的因素？
若討論結果為不存在,則被告將接受唯一死刑。
若結果存在,則必須根據你們的討論提出原因,被告將會接受無期徒刑的懲處。
特別提醒,不論最後的結果為何,各位的裁決必須完全一致。
你們所接受的,是一項非常重大的責任。謝謝各位。
陪審員現在可以離去。

舞台燈光在以下對話中亮起,場景轉換成簡單室內。

工　程　師：好悶喔。
模　特　兒：（微笑）對啊。
瑜　伽　老　師：他們應該先把冷氣開好。
幼稚園老師：遙控器在哪？
廚　　　師：我找找……這裡。
老　　　闆：（跟廚師借遙控器）不好意思。

老闆按遙控器。
嗶。嗶嗶嗶嗶嗶嗶嗶。

動保小妹放下一整疊厚厚的書在桌上。

口　譯　員：那是什麼？
動　保　小　妹：哦，就一些資料。（擦汗）
口　譯　員：很熱吧？
動　保　小　妹：對呀。
口　譯　員：巴黎的夏天大概都只有二十幾度。
動　保　小　妹：妳去過？
口　譯　員：對呀，留學過幾年。
動　保　小　妹：感覺很不錯。
口　譯　員：蠻充實的。

退休公務員從包包裡拿出水跟藥包，吃藥。

老　　　闆：（擦汗）討厭的雨。
廚　　　師：對呀，已經連續一個禮拜了。
老　　　闆：太長了。
廚　　　師：對，如果是一兩天就不錯，降溫一下，但這場雨從白天下到晚上都沒有停。

老　　　闆：我感覺已經下了一年！受不了！
廚　　　師：對呀，我老婆年紀跟我差不多，已經快五十歲了，但是她身體比較差一點，每次這種連續下雨的天氣，那種膝蓋啊、手肘啊，關節都會很痛。
幼稚園老師：風濕病喔？
廚　　　師：對對對，妳怎麼知道？
幼稚園老師：我媽以前也有。
廚　　　師：誒？以前，那後來治好了？
幼稚園老師：她五、六年前過世了。
廚　　　師：（緊張地）啊！對不起對不起！
幼稚園老師：沒事沒事，沒關係，我不會放在心上。
老　　　闆：有病沒病都一樣啦，這種雨就是讓人很困擾！很討厭！
模　特　兒：這裡比想像中好耶。
工　程　師：妳想像中是什麼樣子？
模　特　兒：不知道，我沒有來過這種地方。
工　程　師：很乾淨。
模　特　兒：嗯，很乾淨。這個椅子讓我想到高中在自習室唸書的時候。
工　程　師：很像嗎？
模　特　兒：對呀。
工　程　師：感覺妳很喜歡唸書。
模　特　兒：真的嗎？
工　程　師：真的啊。
模　特　兒：沒有啦！別人在唸書，我都在偷看小說。
工　程　師：這是妳第一次擔任陪審員？
模　特　兒：嗯！
工　程　師：結果就遇到這麼大的案子。
模　特　兒：（苦笑）對。
工　程　師：感覺怎麼樣啊？

模　特　兒：不知道啊，整件事讓我很害怕。就覺得……又發生了！
工　程　師：對，又發生了。我最近一直有一種感覺，覺得這個社會好像生了……一種病。
模　特　兒：一種病，你說……像感冒嗎？
工　程　師：不是不是，更嚴重的。
模　特　兒：哦，那就是像……癌症！
工　程　師：對！癌症。總之一定有哪裡出問題，不然怎麼會好像常常發生這種事？
模　特　兒：對呀。那怎麼醫？
工　程　師：我是有想過一些辦法，但總之政府跟人民各要負一半的責任。

退休公務員正在整理一桌藥包，裁縫師拍他肩膀。

裁　縫　師：不好意思。
退休公務員：……啊？
裁　縫　師：請問……我們有規定的座位嗎？
退休公務員：規定的座位……這……我也不知道。
裁　縫　師：沒關係。

退休公務員繼續收拾。

工　程　師：那些是什麼藥啊？
退休公務員：喔，很多啊，什麼都有。這是高血壓，這是止痛藥，這個是電台主持人推薦的……（瞇起眼看了一下）總之什麼都有，每個都不一樣。
工　程　師：哇，保重身體。
退休公務員：習慣了。
模　特　兒：這樣很久了嗎？

退休公務員：很久囉，大概……（思考）我也記不清楚了。
模 特 兒：都是看醫生拿的吧？
退休公務員：有些不是。
模 特 兒：我只是突然想到，有一些藥跟藥之間會有副作用，如果是在藥局拿或自己買的成藥就要注意。
退休公務員：謝謝妳。
工 程 師：妳很細心耶。
模 特 兒：沒有啦，哈哈。
瑜 伽 老 師：嗯……

瑜伽老師往後退，撞到模特兒。

模 特 兒：（同時）哎唷！
瑜 伽 老 師：（同時）啊！
模 特 兒：妳還好嗎？
瑜 伽 老 師：呃，沒有，我在看……我不能被冷氣吹頭。
模 特 兒：那……那怎麼辦？
瑜 伽 老 師：我要去坐那邊。
幼稚園老師：（數人頭）一、二、三、四、五、六、七、八、九、十……還少兩個。
廚 師：可能在廁所。我剛剛出來的時候廁所還有人。
老 闆：這個椅子很硬欸。
裁 縫 師：應該是很好的木頭。
老 闆：我很久沒坐這麼硬的椅子。都是那種皮的辦公椅有沒有？要可以往後靠的。這樣才能幫助思考。
裁 縫 師：嗯。
老 闆：妳常思考嗎？
裁 縫 師：還好。
老 闆：這個我很不習慣，但因為今天的主題，應該沒什麼

　　　　　　　差，妳也知道。
裁　縫　師：嗯。
老　　　闆：不過啊，思考是好事，我們都要常思考。動身體，也動腦。
裁　縫　師：嗯。

品牌行銷上。

品 牌 行 銷：不好意思，開始了嗎？
廚　　　師：來了。
幼稚園老師：還少一個。
廚　　　師：（對品牌行銷）請問⋯⋯廁所還有人嗎？
品 牌 行 銷：什麼廁所？
廚　　　師：噢，對不起，我以為你從⋯⋯
品 牌 行 銷：啊？不是。我不知道。看起來還沒開始，太好了，我想等一下應該不會花太多時間。
廚　　　師：對。
品 牌 行 銷：你們等一下有事嗎？
老　　　闆：我的工作休息太久了，希望可以快點回去。
品 牌 行 銷：畢竟事情已經很清楚了。
老　　　闆：對，沒有疑慮。而且啊，這個椅子我怕坐不習慣。

會　計　師：（從場外）⋯⋯親愛的，我懂，但我不知道我現在什麼時候可以回家⋯⋯請妳冷靜一點好嗎？⋯⋯妳現在這樣大吼大叫，也沒辦法改變他已經自殘的事實⋯⋯我當然想回去⋯⋯如果可以的話我希望是現在⋯⋯我就說我不知道了嘛！⋯⋯那我現在可以做什麼？⋯⋯我可以跟他講講話嗎？

廚　　　師：好像有人在外面。
幼稚園老師：等他進來就到齊了。

口　譯　員：所以妳對案件有什麼看法？
動保小妹：嗯⋯⋯
口　譯　員：嗯？
動保小妹：我覺得⋯⋯
口　譯　員：怎麼了？
動保小妹：其實我心裡有很多疑慮。
口　譯　員：那是好事。
動保小妹：真的嗎？謝謝。
口　譯　員：我覺得是啊。妳還是學生嗎？
動保小妹：畢業了，哲學系。現在在動保團體工作。
口　譯　員：哇，很酷啊，工作內容是什麼？
動保小妹：最近主要會去偏鄉、或是山上，幫忙一些野生流浪貓狗結紮。
口　譯　員：很有意義。
動保小妹：謝謝。
工　程　師：請問一下。
老　　　闆：啊？
工　程　師：我們有一定要怎麼坐嗎？
老　　　闆：我不知道！
幼稚園老師：你們在討論座位的問題嗎？
工　程　師：對。
老　　　闆：他問的。
幼稚園老師：照順序吧！
瑜　伽　老　師：不好意思，因為我頭被冷氣直吹會頭痛，可不可以坐這邊？
幼稚園老師：好啊，妳是⋯⋯

瑜 伽 老 師：我姓張，現在是一名瑜伽老師。
幼稚園老師：哦，我是說號碼。
瑜 伽 老 師：一號。
幼稚園老師：那剛好，我們從這裡開始輪好了。
工　　程　　師：（對退休公務員）她說從那裡開始輪。
退休公務員：謝謝。

會　計　師：（從場外）……那妳要我怎麼辦！……妳以為發生這種事我很開心嗎？我在外面沒辦法回家，我很爽是嗎？……（大聲）好了！（大聲）好了！……我只請妳做好這麼一件事情……我沒有說不關我的事，但也不代表我可以馬上怎樣……妳說話啊！……喂？喂？……妳哭了？……親愛的，妳在哭嗎？……妳不要哭了好不好……我現在沒有辦法，所有人都已經進去了！……

會計師掛掉電話。
沉默半晌。
場外傳來手機震動＋鈴響的聲音。

品 牌 行 銷：……而且這次最重要的是，我們的科學家也參與了這個火箭計畫！
動 保 小 妹：我沒注意到新聞。
品 牌 行 銷：這很有意義！它會提高我們的國際能見度，如果可以長期參與這種國際研究計畫，時間一久，我們就可能可以擁有自己的資料庫，甚至是專利……
廚　　　　師：嗯……
幼稚園老師：怎麼了？
廚　　　　師：是不是有人手機在震動？

幼稚園老師：有嗎？
廚　　　師：還是我聽錯了？

沉默半秒。
一片安靜。

廚　　　師：沒事，對不起。
品 牌 行 銷：（對動保小妹）妳知道這會有什麼影響嗎？
動 保 小 妹：不知道。

場外又傳來手機震動＋鈴響的聲音。

品 牌 行 銷：影響很大，從科學、經濟，甚至比較長遠的，對國防
　　　　　　來說，都是提升跟改變的機會。
動 保 小 妹：有這麼厲害？
品 牌 行 銷：妳不信？
動 保 小 妹：沒有不信。
品 牌 行 銷：不信的話可以去找資料，網路上 goole 一下就有了，
　　　　　　我也是這樣開始的，很好玩。我跟妳說……
廚　　　師：嗯……
幼稚園老師：你怎麼了？
廚　　　師：好像真的有人手機在響。
模 特 兒：好像有耶。

工程師摸摸桌椅，想找震動來源。

工 程 師：那不是不能帶進來嗎？
模 特 兒：對呀。

品牌行銷持續講話。
廚師把一邊耳朵摀起，半晌。
手機震動＋鈴響的聲音中斷。

廚　　　師：沒了。

會計師重重的嘆氣從場外傳來。

會　計　師：（從場外）好，麻煩你，謝謝。

會計師上。

會　計　師：不好意思。
瑜伽老師：來了。
廚　　　師：到齊！
會　計　師：等很久嗎？
廚　　　師：不會。剛剛是你手機響嗎？

短暫的停頓。

會　計　師：（窘迫）對。
廚　　　師：剛剛好像一直聽到某個聲音。
會　計　師：我已經交給警衛了。怎麼了嗎？
廚　　　師：沒事。沒事沒事。
幼稚園老師：好，那大家，我們準備開始吧！
品牌行銷：……很酷，這種東西現在都民營了，以後就可以花錢上太空旅遊。妳剛剛說妳在哪裡工作？
動保小妹：動保團體。
品牌行銷：啊？

動 保 小 妹：跟動物有關的。
品 牌 行 銷：噢對啊！之前也有狗狗上過太空啊，還有猴子，所以我覺得妳可以去看。我進來之前都在看直播，因為不得已……
裁 縫 師：（打斷）那個……
幼稚園老師：先生不好意思，我們準備開始了。
品 牌 行 銷：啊？什麼？
幼稚園老師：我們準備開始了。
品 牌 行 銷：喔，好啊！
幼稚園老師：來吧！
工 程 師：怎麼開始？
口 譯 員：要先選一個主席。
老 闆：誰當？
品 牌 行 銷：（指口譯員）就妳吧！感覺妳很專業。
口 譯 員：嗯……不是這樣決定的……
品 牌 行 銷：那要怎樣決定？
老 闆：簡單一點。
工 程 師：都可以。
模 特 兒：（堆著笑容）嗯！
幼稚園老師：嗯……我有個提議。
老 闆：什麼？
幼稚園老師：我是想，如果大家沒什麼問題的話，我自願擔任這個工作。
老 闆：好啊。
會 計 師：沒意見。
品 牌 行 銷：OK！
口 譯 員：如果有人自願，大家也都同意，那就沒問題。
幼稚園老師：謝謝！這對我來說很有意義。我是媽媽啦，也是幼稚園老師，因為很擔心小朋友的安全，所以希望可以多

　　　　　　　盡一份心力。
廚　　　師：謝謝妳。
幼稚園老師：不客氣。那……我想，我們等一下有兩種進行方式，
　　　　　　　要採用哪一種就由所有人一起決定。第一種，先討論
　　　　　　　再投票；第二種，先投票再視情況討論。
品牌行銷：直接投票吧！
工　程　師：這樣比較有效率。
幼稚園老師：至於投票的方式……
品牌行銷：（同時）直接舉手──
動保小妹：（同時）無記名──

（停頓）

動保小妹：噢……
品牌行銷：我想說舉手比較快。
老　　　闆：舉手是比較快。
動保小妹：可是我們……我是說……影響有這麼大嗎？
品牌行銷：我沒有說影響很大，只是不知道為什麼要這麼做？
裁　縫　師：（不好意思地）抱歉，我覺得無記名投票比較能讓大
　　　　　　　家表達意見。

品牌行銷聳肩。

幼稚園老師：那我們就……噢！
工　程　師：什麼東西掉了？
幼稚園老師：戒指。
工　程　師：妳的戒指？

所有人彎下身找戒指，同時燈光變化。

12 *LOOP* 183

工　　程　　師：珍珠的？
廚　　　　師：不是，是純銀的。
幼稚園老師：都不是！
廚　　　　師：都不是？可是我剛剛有看到。
工　　程　　師：我看得比較清楚。
廚　　　　師：你那邊根本看不到吧？
工　　程　　師：不是，它往我這邊滾過來。
廚　　　　師：不是這邊嗎？
動　保　小　妹：它到底長怎樣？
幼稚園老師：它有三個環，不是，兩個……
老　　　　闆：妳自己都不知道嗎？
幼稚園老師：有點難描述……

眾人吵成一團。

幼稚園老師：到底跑去哪裡？

品牌行銷從桌子底下爬起來，看著手錶。
眾人吵雜的聲音在背景裡漸漸安靜。

品　牌　行　銷：（緩慢、憧憬地）火箭升空了。

第二景

場景同前,燈光昏暗,眾人傳紙條,只有廚師在下舞台處。
妻子的聲音由廚師以外其他演員們扮演,交錯、重疊、每次都不同。

妻　　　子:我要回家。
廚　　　師:這裡就是妳家。看我……看著我。
妻　　　子:這裡就是?……跟我想像中不一樣。
廚　　　師:妳想像中的家是什麼樣子?妳在這裡住二十年了。
妻　　　子:但我什麼都認不出來……放我出去!你騙我!你騙我!

燈光轉換。

幼稚園老師:……贊成,五票;贊成,六票;贊成,七票;嗯……
　　　　　　反對,一票;反對;兩票。
　　　　　（停頓）
　　　　　　贊成,八票;贊成,九票;贊成,十票,贊成,十一票。
　　　　　　反對,三票。

停頓。

老　　　闆:有三票反對!
會　計　師:唉。
老　　　闆:不可思議!
工　程　師:跟我想像的完全不一樣。這……
退休公務員:（對幼稚園老師）那我們現在……咳咳,對不起……

　　　　　　　那我們現在要怎麼辦？
幼稚園老師：應該……大家就要討論一下。
品 牌 行 銷：誰投反對？
會　計　師：誰知道。
模　特　兒：不知道耶……
品 牌 行 銷：其他大部分的人，我們可以一起說服他們。
會　計　師：我覺得是不錯的方法。
老　　　闆：這件事很單純，所以我們應該有效率。
品 牌 行 銷：所以——誰投的？

停頓。

幼稚園老師：誰投的呢？
瑜 伽 老 師：不是我。
工　程　師：也不是我。
模　特　兒：也不是我。

停頓。

退休公務員：啊？

停頓。

退休公務員：也不是我。

停頓。

退休公務員：下一位是……
品 牌 行 銷：（打斷）等一下，先生。你確定不是你嗎？

退休公務員：不是。
品 牌 行 銷：那你為什麼要停頓一下？
退休公務員：噢，我只是……停頓一下。
品 牌 行 銷：為什麼？
退休公務員：呃……沒有，沒有為什麼。
廚　　　師：他只是停頓一下。
品 牌 行 銷：你怎麼知道？他也有可能在想一套新的說法。
工　程　師：是嗎？
品 牌 行 銷：這不能怪我，我是合理地懷疑。
老　　　闆：為什麼？
品 牌 行 銷：很簡單。我知道這三個反對的人可能不願意自己站出來，他們會假裝贊成，混在大家裡面。所以我很在意這個問題，大家也希望有效率地解決問題。從我的出發點，這位先生剛剛這個行為就很奇怪。
會　計　師：（對退休公務員）先生，您真的投反對嗎？
退休公務員：沒有！
品 牌 行 銷：現在講話又接得很緊。
廚　　　師：這不算吧！
工　程　師：老先生，如果是你投的，你可以說沒關係！我們不會怎麼樣。
廚　　　師：真的是你投的嗎？
工　程　師：不用不好意思。
模　特　兒：嗯！
品 牌 行 銷：說出來！

眾人一陣快速接話，使得退休公務員沒有發言空間。

口　譯　員：好，大家──

停頓。

口　譯　員：有一票反對是我投的。
會　計　師：啊？
動　保　小　妹：還一票是我。
品　牌　行　銷：還有一票。
裁　縫　師：⋯⋯還有我。
廚　　　師：三票了！真相大白。
會　計　師：（對退休公務員）那您剛剛為什麼不說話？
退休公務員：我只是覺得，如果大家已經堅持這樣相信，那我好像說什麼都沒有用。
廚　　　師：還是可以表態啊。
退休公務員：搞不好越講越糟。那還不如不說。
品　牌　行　銷：好吧，至少現在真相大白。
老　　　闆：老先生獨特的智慧！
品　牌　行　銷：回到正題。所以⋯⋯怎麼辦？妳們是怎麼想的？⋯⋯呃，剛好都在我旁邊，一、二、三，我覺得我好像坐錯位子了！
老　　　闆：我們用什麼辦法說服這三位⋯⋯小姐？
幼稚園老師：嗯⋯⋯按照順序吧？
模　特　兒：可以呀。
瑜伽老師：從我這邊嗎？
幼稚園老師：可以嗎？
瑜伽老師：隨便。
　　　　　我不知道三位為什麼會這樣想，我覺得整件事很清楚，如果妳們有什麼疑慮，可能等一下我可以補充。
工　程　師：好，換我。我覺得，這個人是在公眾場合殺人，而且不是尋仇那種，是隨機的。當時的情況非常恐慌，畢竟公園這麼大，有樹木、有兒童遊戲區、有溜冰場、

有游泳池。警方到場後，動用二十幾輛警車、和快一百名警力，花了半小時才逮捕他。他挑的這個地點，非常惡劣，真的非常惡劣，很明顯是故意的。他一定本來以為他逃得掉。好險沒有。光是從他挑這麼複雜的地點，裡面有小孩、有老人、有情侶、什麼人都有，地形又複雜，真的很恐怖。他一定經過縝密規劃。法庭上檢察官舉證也很清楚，凶器、目擊證人、監視錄影器，甚至他自己也都承認。總之這個人，我覺得判他死刑，一點問題都沒有。

幼稚園老師：聽你這樣一講，我整個回憶、還有雞皮疙瘩都起來了。

工　程　師：真的很可怕。

幼稚園老師：真的。你講完了嗎？

工　程　師：先這樣。

幼稚園老師：那換下一個。

模　特　兒：我……我也是覺得這整件事情太可怕了。那天我在跟朋友喝下午茶，然後一發生這件事，網路上突然很多人上傳那種影片、照片、還有 PO 文什麼的。我點了兩個就不敢看了！真的很恐怖！後來結束以後走出去外面，都還是怕怕的，本來還想去看電影，但就直接回家了。我覺得……一定是死刑！不可能有別的選擇！

退休公務員：這件事對社會的影響非常大。你去看，那麼好的一個公園，現在都沒什麼人了，就算有也都零零落落，每個人都像縮頭烏龜一樣，甚至連其他公園、遊樂場也都受到影響。大家都很害怕，心有餘悸。但撇除這些很不好的影響，我會回到法官的問題來討論。也就是說，如果沒有合理的懷疑，或是發現必須減輕刑量的因素，那就必須判他唯一死刑。這個條件，我認為現在都很符合，我個人是贊同這個決定。

品 牌 行 銷：（對口譯員）換妳了。
口　譯　員：我知道。
　　　　　　大家剛剛說的都很有道理。對，在這麼大的公園裡隨機殺人，雖然最後逮到了，但整個社會到現在心有餘悸。而且造成四死二十七傷，讓人非常遺憾，罪行重大、不可原諒，證據也都非常明確。
老　　　闆：所以妳應該要投贊同嘛！
口　譯　員：可能……我這個人想事情的時候，習慣疏離一點。我會覺得……發生這種事，這真的就是最好的解決方法了嗎？
會　計　師：不然呢？
口　譯　員：總覺得……事情不會因此解決吧。
老　　　闆：解決啦！
會　計　師：對妳來說什麼是最好的方法？
口　譯　員：難道處以死刑，大家出門就安心了嗎？
模　特　兒：嗯！
廚　　　師：是啊！
口　譯　員：但現在這個人已經被關起來了。
工　程　師：所以呢？
口　譯　員：所以如果是因為這個人存在，而擔心自己的安全，那這個問題早就解決了。在他被抓起來的時候就解決了。
老　　　闆：（不以為然）喔──話不是這樣說。
口　譯　員：不然呢？
老　　　闆：那是一種── Fu 嘛！他還活著，大家會怕啊！
口　譯　員：但其實就這點考量上，問題已經不存在了。
會　計　師：怎麼不存在？
口　譯　員：無期徒刑跟死刑的效果──在這一點上面一樣！
品 牌 行 銷：所以妳覺得應該無期徒刑？

口　　譯　　員：我沒有這樣說。只是……既然發現這個矛盾點？為什麼不把它理清楚呢？
老　　　　闆：對我們來說已經很清楚了！
品 牌 行 銷：我不懂這有什麼好討論的。
口　　譯　　員：這對你們來說不奇怪嗎？
會　　計　　師：不好意思，我想表達一件事情，我想很多人可能都知道，按照我們國家現存法律規定，無期徒刑隨時可能被假釋出來。
幼稚園老師：阿彌陀佛阿彌陀佛！
模　　特　　兒：天啊……
老　　　　闆：簡單講就是假的！
瑜 伽 老 師：沒有威嚇作用。
老　　　　闆：說得很好，沒有威嚇作用！
動 保 小 妹：（插入）對不起！

停頓。

老闆打量動保小妹一眼，不悅地。

老　　　　闆：怎麼？
動 保 小 妹：我只是想問……難道……死刑就可以有威嚇作用嗎？
老　　　　闆：（轉過身正對動保小妹）哪裡沒有？
動 保 小 妹：不是啊……可是……威嚇誰？這個……犯人已經被殺死了，我的問題是……你們覺得……最後應該要被威嚇的是誰？
品 牌 行 銷：很簡單，我告訴妳。外面的人，那些潛在的罪犯。
動 保 小 妹：那……他們會因為這樣被威嚇嗎？
老　　　　闆：哪來這麼多問題？就是會嘛！
品 牌 行 銷：怎樣都比沒有死刑好。
動 保 小 妹：你這麼確定嗎？

12 *LOOP*　191

品牌行銷：對。
動保小妹：百分之百確定嗎？
品牌行銷：要說百分之一千都可以。
動保小妹：嗯。所以你覺得，如果沒有死刑，社會就會更亂。
品牌行銷：哈！本來就是這樣。
幼稚園老師：安心啦！要讓大家安心，才有辦法繼續過生活。
裁　縫　師：不好意思。
幼稚園老師：怎麼了？
裁　縫　師：我插個話。
老　　　闆：喔——現在不是隨便想到就可以插話喔，要經過思考喔，知不知道？

動保小妹看老闆一眼。

裁　縫　師：嗯，好。我覺得這裡面有兩個問題，一個是對潛在的罪犯而言，有沒有威嚇的效果；一個是怎麼營造讓社會大眾安心的環境。我覺得這兩件事情應該分開討論比較好。
老　　　闆：有什麼不一樣？威嚇潛在罪犯，就是給大家安心的環境！
裁　縫　師：不對，剛剛說過了，現在他被羈押了，但大家還是很不安。
老　　　闆：因為他還沒死刑嘛！
會　計　師：你讓他死刑，潛在罪犯被威嚇到，他也不會被放出來，大家就有安心的環境了。
裁　縫　師：要怎麼證明潛在罪犯會被威嚇到？
品牌行銷：喔……幹……這不用證明啦……
幼稚園老師：不好意思，請不要說髒話！我聽了會很不舒服。
裁　縫　師：我覺得需要，因為它們是兩件事。

老　　　闆：對，它們是兩件事，但它們就是前因跟後果。「邏輯」妳懂嗎？Logic！

動保小妹：不好意思……

老　　　闆：又怎麼了？

動保小妹：我是想問……嗯……如果不是呢？

老　　　闆：什麼不是？

動保小妹：如果……如果它們不是前因後果？我是說，有沒有一種可能，是我們最後其實沒有威嚇到潛在罪犯，但是社會大眾以為他們已經很安全、也得到最好的交代。那不是……不是很嚴重嗎？

會計師：你在說什麼？

動保小妹：假設今天死刑執行，社會大眾覺得這件事得到妥善處置，但那些潛在罪犯事實上沒有被嚇阻，那就會變成……我們殺了一個人，但沒有意義。因為實際上除了他的死，什麼事都沒有發生，也沒有改變。

品牌行銷：不可能！

動保小妹：為什麼？

品牌行銷：呃，就是不可能。而且就算這樣也很有意義啊！我們把犯人處死了。

裁縫師：這件事的意義是……

會計師：（緊接）我們把犯人處死了。

工程師：呃……我必須要說，這其實這是可能的狀況。

品牌行銷：什麼？

工程師：剛剛這位小姐（動保小妹）說的事。

品牌行銷：喔，你的立場變得跟他們一樣了是嗎？

工程師：不是，這跟立場不立場沒有關係。但我了解這個問題，因為我有想過，為什麼我們明明有死刑，但最近的社會案件、凶殺、情殺、隨機殺人還是那麼多？表示死刑其實沒有辦法有效遏止這些行為。那應該怎

麼做？

品牌行銷：我不知道，怎麼做？

工　程　師：其實我覺得死刑不夠。（停頓）應該要更極端一點。

品牌行銷：哦？

瑜伽老師：像是什麼？

工　程　師：我想過這個問題。（停頓）其實最好的方法，就是羞辱。死刑為什麼沒有用，是因為這些人根本不怕死。就像我們現在處理這個案件，我在法庭上觀察了凶手的神情，非常冷漠，完全對自己的生命不抱任何希望，死對他來說根本無所謂，因為太簡單了。所以什麼才能讓這些人感到害怕？

羞辱。

有人怕死，但沒有人不怕被羞辱。我們應該要有一種方法，先把這個人……看怎麼樣……用最極致的方法……羞辱、凌虐……最後才殺死他。我覺得這才是能起到威嚇作用最好的辦法。

口　譯　員：我不覺得。羞辱跟凌虐？在現代這個社會？

工　程　師：沒辦法，他們不怕啊！

瑜伽老師：羞辱跟凌虐感覺有一點專制……當然我也覺得槍決對殺人如麻的例子來說太便宜了，可能要想辦法找一個兩全其美的辦法。

口　譯　員：兩全其美是指？

工　程　師：又可以造成對方足夠的痛苦，又不會很專制。

退休公務員：（舉手）嗯……我同意死刑。但簡單進行就好，一個社會不應該致力研究如何發展出更痛苦的刑罰。（不舒服）咳咳咳……

模　特　兒：你怎麼了？

退休公務員：咳咳咳……沒……咳咳咳……沒事……

模　特　兒：要喝水嗎？我——我有水。（拿出自己的水壺）啊！

　　　　　　　你剛剛有吃藥，你應該有自己的水壺，我看看……
　　　　　　（翻找退休公務員的包包）
退休公務員：咳咳咳……不用……謝謝……
模 特 兒：（找到他的水壺）是這個吧！你喝一點。
退休公務員：好……謝謝。

退休公務員喝水。
模特兒拍拍他的背。

工 程 師：（喃喃自語）威嚇……又不痛苦……威嚇……又不痛苦……

動保小妹翻找桌上的資料，不久後找到。

動 保 小 妹：大家知不知道這件事？我為了這個案子找過一點資料，2009年起，沒有死刑或者是十年以上沒有執行死刑的國家已經有139個了，只有18個國家還在執行死刑，大部分是中東跟亞洲，像伊朗、伊拉克、中國、沙烏地阿拉伯，還有新加坡跟日本。雖然有後面兩個，但我要說的是，其他139個國家也沒有因為這樣就很亂啊。
老　　　闆：拜託，歐洲的治安可亂了，妳去看。新加坡、日本跟我們的相比之下好多了。中東的國家亂，那是別的問題。
品 牌 行 銷：對！而且我們有我們的生活，我最討厭別人舉西方國家為例，說我們應該要怎麼樣怎麼樣。
動 保 小 妹：我剛剛沒有舉西方國家。
品 牌 行 銷：是沒有。
動 保 小 妹：那你為什麼這麼說？

品 牌 行 銷：因為意思一樣。
動 保 小 妹：你不可以隨便這樣翻譯我的話！
品 牌 行 銷：噢！妳心知肚明。
動 保 小 妹：心知肚明什麼？
品 牌 行 銷：妳這種人我看多了啦。
動 保 小 妹：哪種人？
幼稚園老師：兩位……
動 保 小 妹：哪種人？
品 牌 行 銷：我問妳一個很簡單的問題，假設這個人判無期徒刑，他要吃飯、他要生活開銷，這筆錢誰出？
動 保 小 妹：納稅人。
品 牌 行 銷：那就對了。為什麼我要繳錢去養一個殺人犯？
動 保 小 妹：又不是要你一個人養。
品 牌 行 銷：我不管啊，我一塊都不要出。
動 保 小 妹：為什麼？如果……
品 牌 行 銷：如果什麼？
動 保 小 妹：你這樣只是意氣用事。
品 牌 行 銷：我在就事論事。
幼稚園老師：兩位……
動 保 小 妹：你可能每個月只要出不到一塊錢這個人就可以活下去，有一天他可能就可以有機會悔改，可以贖罪，可以有其他可能性，甚至他服刑期間的開銷可以用他自己的努力彌補。但你根本就不想管。
品 牌 行 銷：這個人不應該活著。他活著有什麼用？我就不想看到他活著。
動 保 小 妹：這樣只是逃避問題。
品 牌 行 銷：我是在解決問題。
動 保 小 妹：你沒有。
品 牌 行 銷：我有。

動 保 小 妹：你只是想讓這一切被遮起來、看不見！
品 牌 行 銷：這個世界有這麼多美好的事，我為什麼要看他！
動 保 小 妹：這很自私！
品 牌 行 銷：對！我就是自私！我請問妳，人不都是自私的嗎？妳不自私嗎？妳剛剛是不是說妳想知道妳是哪種人？我告訴妳，我看過很多像妳這樣子的。每天吃好穿好、享受生活，到了公共場合，突然就轉變得一副胸懷宇宙的樣子，好像自己很特別、很高尚。（動保小妹想出聲阻止，但被品牌行銷壓下來）回到日常生活，妳真的有這麼特別嗎？沒有！真正不一樣的地方在哪裡？在於妳們把自己擺得高高在上。只要有機會可以表現理想、提升自我價值，妳們都會像一群寵物在搶飼料一樣，一窩蜂衝上去！然後吃飽拍拍肚子，就什麼就都跟妳們沒關係──我有說錯嗎！

動 保 小 妹：才不是這樣！
品 牌 行 銷：那妳為他什麼做了什麼？
動 保 小 妹：我──
品 牌 行 銷：妳為他們做了什麼啊！
動 保 小 妹：我剛剛是說──有139個國家──我不是在跟你講──
品 牌 行 銷：妳為他們做了什麼啊！
動 保 小 妹：我──

沉默。

品 牌 行 銷：妳跟我一樣，我們沒有那麼特別，我們就是需要一個安全的社會，我就是一個自私的人，妳也是一個自私的人！只是方式不同而已！

沉默。

動保小妹：對不起，我要去廁所。

動下。

模特兒：（試著叫住動保小妹）嘿！

模特兒想起身，又坐下來，不知如何是好。

退休公務員：你不應該這樣和她說話。
品　牌　行　銷：不然我應該怎麼和她講話？
退休公務員：我不知道，但這剛剛這不算溝通。
品　牌　行　銷：她在浪費大家的時間，她必須理解。我是在幫大家的忙。
退休公務員：我不知道你是不是在幫大家。可是⋯⋯她理解了嗎？
品　牌　行　銷：好了，少煩我。
幼稚園老師：大家冷靜一點。
工　　程　　師：對啊，都冷靜一點，沒事。
廚　　　　　師：有話好說。
模　　特　　兒：我差點以為要打起來了。
工　　程　　師：不會啦。
模　　特　　兒：那我們⋯⋯要不要有人去廁所看看她？
幼稚園老師：大家順便休息。
退休公務員：好，休息一下。
模　　特　　兒：我去看她。
口　　譯　　員：我跟妳一起。

口譯員、模特兒下。

老　　　闆：太荒謬了。
會 計 師：（搖頭）唉。
老　　　闆：明明就是那麼確定的事！
會 計 師：弄這麼複雜。
廚　　　師：她也只是在表達自己的意見啦。
老　　　闆：我沒有說她不能表達，我很尊重他！這是一個民主的社會，人人平等，大家都可以發言。就是……講太久了。她如果只講十分鐘，說一下她堅持的理想，倒覺得也無所謂。但……搞成這樣。
會 計 師：唉。

瑜伽老師拿冷氣遙控器。
嗶嗶嗶嗶嗶。

工 程 師：妳調幾度？
瑜伽老師：29。
工 程 師：那就不是冷氣了。
瑜伽老師：現在太冷了。
廚　　　師：我也沒想到會花這麼多時間，但……沒辦法嘛，還是要尊重每個人的意見，可能這件事本來就會比想像的還久，是我們搞錯了。
老　　　闆：OKOK。

會計師走出去。

會 計 師：（從舞台外）不好意思，請問我可以拿回我的手機嗎？……喔，不是，跟案子沒關係。我有一些家裡的事需要馬上處理。……但我們裡面正在休息，暫時還不會有結論……我不知道這邊會花多少時間……

還是你可以在旁邊聽？……但我很緊急……家裡的事……所以我說你可以在旁邊聽啊？你就知道我有沒有跟別人討論這個案件嘛！……我知道這是規定，但法理之外要通人情，這個道理你不懂嗎？……誰？是誰負責？我可以跟誰申請？……就是有這麼重要！不然我為什麼要出來問？……你沒有回答我剛剛的問題……那我現在應該要找誰？……沒辦法？那你剛剛又說這可以申請？到底是什麼意思？……好好好，我真是受夠了。……剛剛跟你討論這些的時間不知道可以做多少事！

會計師上場。

會　計　師：Bull shit。真的是 Bull shit。
幼稚園老師：怎麼了？
會　計　師：我需要跟我家人通電話。
廚　　　師：這不符合規定。
會　計　師：我知道，但那是為了防止有人去跟外界討論或交換資訊。我不是，我是要討論別的事情。
廚　　　師：什麼事呀？
會　計　師：私事。
幼稚園老師：家人生病嗎？
會　計　師：也不算。小孩的事。
工　程　師：辛苦了。
會　計　師：謝謝。
廚　　　師：小孩多大了？
會　計　師：今年十四歲，國中二年級。
廚　　　師：男生還是女生？
會　計　師：男生。

廚　　　師：你們一定是很好的朋友。

會　計　師：（悶悶不樂）嗯。

幼稚園老師：他怎麼了？

會　計　師：他……也沒什麼，就我跟他、還有我老婆，有些事情需要溝通一下。

幼稚園老師：看得出來你很擔心他。

會　計　師：對。

老　　　闆：這也沒辦法，規定就是規定。

工　程　師：但像這種如果真的家裡有急事，應該要可以變通，看是要提出證明，還是有人可以在旁邊監聽，只要沒有提到案件內容就好了。

幼稚園老師：我是媽媽，我懂那種擔心小孩的心情。

工　程　師：很可惜，我是一個電腦工程師。

幼稚園老師：咦？不好嗎？

工　程　師：我只是常常在想……我覺得我們社會缺少一種……人情味，感覺很冰冷，人跟人之間都沒有本來應該要有那種……溫度。

幼稚園老師：嗯。

工　程　師：就是因為這樣，外面凶殺案才那麼多。

老　　　闆：可能吧。

幼稚園老師：真的讓人很擔心！

工　程　師：像我就覺得，有些地方應該可以有彈性的，就應該讓它有彈性。然後再多辦一些文藝活動，人才有機會被軟化。

像剛剛這位先生有急事需要跟家人講電話，這又不是隨便的一通電話，他有急事，那是特殊狀況，這件事情應該要可以被處理。

老　　　闆：可能吧，但很難啦。

退休公務員：的確很難……咳咳。

工　程　師：我覺得政府要負很大一部分責任。
幼稚園老師：什麼責任？
工　程　師：營造一個……可以讓人心軟化的環境。當然啦,這件事政府跟人民的責任應該是一半一半。我覺得我們的社會現在人心都是硬的。
幼稚園老師：對啦,這個政府要負責任。
退休公務員：還有現在年輕人常常出現情殺,這個我非常困惑。很多還出自頂尖大學,都是高知識份子！我怎麼想都想不通……讀了這麼多書,怎麼會做出那種事情？
瑜　伽　老　師：就是缺乏身教。道理都寫在書上。
退休公務員：我身邊蠻多人是中小學老師,他們也不是壞人。身教……這個……
裁　縫　師：我覺得剛剛你們說的其實都是個別問題。像你說不能打電話、隨機殺人、缺少人情味、還有身教……這些沒有辦法一起討論。

模特兒、口譯員、動保小妹從廁所出來。

幼稚園老師：還好嗎？
口　譯　員：還好,沒事。
幼稚園老師：她看起來……

動保小妹坐到一個遠離品牌行銷的地方。

口　譯　員：讓她再休息一下吧。
模　特　兒：沒有想到會這麼激烈……
會　計　師：對不起,請問我們大概會休息多久？
幼稚園老師：這……

老闆看錶。

老　　　闆：十分鐘了。

會計師看錶。

會　計　師：唉。
口　譯　員：再五分鐘好嗎？
幼稚園老師：可以嗎大家？五分鐘之後我們重新開始。
老　　　闆：我能說不行嗎？OK啊。

老闆起身走動，揉揉背部跟脊椎。

老　　　闆：開始有點痛了。
廚　　　師：怎麼了？
老　　　闆：這個椅子我坐不習慣。
廚　　　師：椅子怎麼了嗎？
老　　　闆：很硬！
廚　　　師：因為它是木頭的吧？
老　　　闆：呃，我當然知道它是木頭的。但我習慣坐那種辦公椅，你知道那種辦公椅吧？
廚　　　師：知道知道。
老　　　闆：皮革的。
廚　　　師：對對對。
老　　　闆：那種才可以往後靠嘛！這種姿勢可以幫助思考，對不對？
廚　　　師：這個我倒不知道。
老　　　闆：我自己就是批發家具的，你知道嗎？我很用心！對這個很有研究。其中一個賣場，離這裡最近的大概二十

分鐘車程而已,你應該要找機會來坐坐看我說的那種椅子,每個人都應該要有一把。

會計師開窗戶,雨聲變大。

老　　　闆:你在幹嘛?
會　計　師:透透氣。
老　　　闆:裡面是很悶沒錯,但你一開窗戶就變熱了!
會　計　師:不是我,剛剛就有點熱。
廚　　　師:雨一點都沒變小。
老　　　闆:小心它打進來。
會　計　師:我可以關小一點。說真的,你怎麼看等一下的討論?
老　　　闆:我能怎麼看?
會　計　師:我覺得剛才他們扯了一堆,結果也沒講到重點。
廚　　　師:是嗎?我倒覺得剛剛討論的事都蠻重要的。
會　計　師:沒有啊,針對案件內容一點結論也沒有,想想我們今天的主題你就會發現,根本就沒有進展!
廚　　　師:嗯……好像有一點。
幼稚園老師:不好意思。
廚　　　師:什麼?
幼稚園老師:你們在討論我的工作內容嗎?
廚　　　師:噢,沒有。
會　計　師:我們只是在說……說……
幼稚園老師:……沒關係、沒關係。
會　計　師:不是……
廚　　　師:我們不是那個意思。
幼稚園老師:這是我的疏失,我覺得這樣提出來很好,我也希望事情順利解決。
會　計　師:我覺得我們應該要回到重點上!

廚　　　師：那你重點是什麼呢？

會　計　師：說服他們。

老　　　闆：說得好！說服他們，像剛剛……呃……有個誰講的。

退休公務員：先生？（停頓）先生？

老　　　闆：叫我嗎？

退休公務員：你們。

老　　　闆：什麼事？

退休公務員：對不起，我剛剛有聽到你們的談話。我有一些想法可以分享。

老　　　闆：請，說說你的高見。

退休公務員：喔，不敢當。我只是想說，切確來講，我們的重點應該像法官說的，針對這位年輕人犯案的事實，確認還有沒有任何讓他減輕刑罰的各種可能因素。

停頓。

老　　　闆：嗯。

會　計　師：我們剛剛講的天花亂墜，各式各樣什麼都講。從無期徒刑、威嚇、給社會一個交代、最後還扯到納稅，我的天。

退休公務員：應該要……咳咳……聚焦一點。

老　　　闆：哇，經驗老道！你應該參加這個很多次了吧？

退休公務員：沒有，第一次。

老　　　闆：怎麼可能！

退休公務員：因為以前是公務員，按規定不能參加陪審團的，因為跟政府有直接關係。

老　　　闆：現在換工作了？

退休公務員：退休了，退休兩年了。

老　　　闆：享福！哈哈！

退休公務員：呃……算是吧。
老　　　闆：那你為什麼這麼了解這些技巧？
退休公務員：沒有技巧。就是在公家機關待久了，覺得凡事應該要
　　　　　　有一個流程。

口譯員走到品牌行銷旁邊。

口　譯　員：你還好嗎？
品 牌 行 銷：……
口　譯　員：嗨？
品 牌 行 銷：啊？
口　譯　員：你還好嗎？
品 牌 行 銷：喔，沒事。怎麼了？
口　譯　員：看你在發呆。
品 牌 行 銷：我沒怎樣。
口　譯　員：沒事就好。
品 牌 行 銷：謝謝。

停頓，口譯員站在品牌行銷旁邊。

口　譯　員：我覺得你可以去跟她道個歉。
品 牌 行 銷：為什麼？
口　譯　員：你嚇到她了。
品 牌 行 銷：我沒有說錯。
口　譯　員：或許吧，但也不應該嚇到她。
品 牌 行 銷：喔——是她自己先講那些話的，我只是說我的想法，
　　　　　　為什麼我還要為她的心情負責？好像我是他爸一樣。
口　譯　員：嗯……不管要不要負責，至少要讓她知道你沒有惡意
　　　　　　吧？我想這對等一下的討論也有幫助。

沉默。

口　譯　員：怎麼樣？

沉默。

品 牌 行 銷：好。

品牌行銷起身到動保小妹旁邊。
沉默。

品 牌 行 銷：嘿。

動保小妹沒有回應。

品 牌 行 銷：嘿。
動 保 小 妹：（埋著頭）幹嘛？
品 牌 行 銷：我想跟妳說⋯⋯我剛剛沒有惡意。
動 保 小 妹：嗯。
品 牌 行 銷：但我說的也沒錯⋯⋯
口　譯　員：（打斷）幹嘛啦？
品 牌 行 銷：什麼？
品 牌 行 銷：我不是要你跟她吵這個。

沉默。

品 牌 行 銷：好。

沉默。

品牌行銷：（對動保小妹）我想說⋯⋯對不起。

沉默。

動保小妹：（埋著頭）嗯。
品牌行銷：但我要說那不代表——
口　譯　員：（打斷）好了好了！
品牌行銷：幹嘛？
口　譯　員：讓她自己靜一靜。

口譯員拉走品牌行銷。

幼稚園老師：（對會計師）請問一下。
會　計　師：什麼？
幼稚園老師：你有沒有看到我的戒指？
會　計　師：什麼戒指？
幼稚園老師：剛剛掉的那個。
會　計　師：它長得怎麼樣？
幼稚園老師：就是⋯⋯就是⋯⋯
會　計　師：我沒有看到。
幼稚園老師：奇怪了⋯⋯

幼稚園老師趴到桌子底下。會計師看錶。

會　計　師：時間好像差不多了。
幼稚園老師：（從桌子底下）⋯⋯什麼多了？
會　計　師：時間好像差不多了。
幼稚園老師：喔喔。（從桌底爬出來，看錶）真的耶，好快。大家，
　　　　　　時間到了，準備來開會吧！

工　程　師：來吧。
模　特　兒：來吧！

眾人漸漸坐定。

老　　　闆：（對會計師）你可以把窗戶關好嗎？很熱。
會　計　師：（看了一眼）可以。

會計師關窗戶。

廚　　　師：那我們從哪裡開始？
幼稚園老師：從……剛剛討論結束的地方，等我一下喔──
退休公務員：（舉手）主席。
幼稚園老師：請說。
退休公務員：我提個建議。不知道剛剛妳有沒有聽到，但因為是休息時間，總之我現在可以重複一下。
幼稚園老師：好，麻煩你。
退休公務員：謝謝。嗯……是這樣的，剛剛休息時間的時候，我跟幾位先生討論到，雖然我們剛剛討論了很多，但以現在的場合跟情況來說，應該回到案件本身。也就是法官給予我們的任務：確認有沒有任何原因，可能可以讓這名犯案的少年減刑。
幼稚園老師：這個討論方向有沒有人有疑義？
裁　縫　師：沒有。
會　計　師：那快點開始吧。
幼稚園老師：好。那針對這名在大型公園隨機殺人、引起社會不安少年的少年，他的罪行造成四死二十七傷，並經將近一百名警力多方圍捕……
模　特　兒：可以不要唸這些嗎？

幼稚園老師：喔，好。
模 特 兒：不好意思。
幼稚園老師：所以──有沒有任何人覺得應該讓他減輕罪行的？

停頓。

工 程 師：沒有。

停頓。

品 牌 行 銷：沒有。

口譯員看動保小妹一眼。
動保小妹低頭，沉默。

幼稚園老師：好，如果沒有疑慮，那我們現在進行投票。投票內容是：本案中的少年是否應該被判處死刑？如果答案是否定的，他就會接受無期──
裁 縫 師：（打斷）不好意思。
幼稚園老師：怎麼了？
裁 縫 師：我剛剛想到一件事。
幼稚園老師：什麼事？
裁 縫 師：我剛剛突然想到關於這個議題的補充。

沉默。

幼稚園老師：請說。
裁 縫 師：根據律師在法庭上的辯詞，他們提出了幾個疑點。
會 計 師：（用力嘆氣）唉──妳剛剛不是沒有問題？

裁 縫 師：突然想到。
會 計 師：妳不可以這樣突然想到啊，妳剛剛就應該要講。
裁 縫 師：嗯。
幼稚園老師：沒關係吧，難免會有這種情況，我有時候也會忘記自
　　　　　　己要講什麼。所以，請說。

裁縫師左右看了一下。

會 計 師：講啊，律師怎麼樣？
老　　　闆：（插話）等一下，妳要講律師，我先幫妳補充一個常
　　　　　　識。大家都知道，會幫這種殺人狂辯護的律師，一定
　　　　　　都有特定目的，可能是想提高曝光率，也可像剛剛說
　　　　　　的，把自己包裝得很偉大。簡單來說，就是假的！
動 保 小 妹：什麼叫包裝得很偉大？
幼稚園老師：停停停——
動 保 小 妹：怎樣包裝？你為什麼可以這樣血口噴人？
幼稚園老師：（同時）停！
退休公務員：（同時）好了！
口 譯 員：（同時）等一下！

停頓。

幼稚園老師：吵什麼吵！幾歲了啊！講話不可以人身攻擊！
老　　　闆：我沒有啊？我怎麼人身攻擊？
幼稚園老師：好，那我們也不要涉及主觀判斷的部分。就事實來討
　　　　　　論，可以嗎？
會 計 師：天啊。
廚　　　師：大家不要這樣嘛，聽聽他的說法。
老　　　闆：我的天啊。OKOK。

12 LOOP　211

裁　縫　師：嗯……律師提到幾個論點，大概七八個，當然不是每個都很有力，但有三個我印象比較深刻的，覺得可以討論。
工　程　師：哪三個？
裁　縫　師：第一個是，我記得他有一些精神疾病，好像叫……我看一下……
廚　　　師：叫什麼？

動保小妹翻資料，但還沒翻到。

口　譯　員：葛瑞夫茲氏症。
動 保 小 妹：（找到資料）對！
老　　　闆：有人什麼事都知道。
會　計　師：為什麼會記得？
口　譯　員：因為對這個疾病不太清楚，所以當時特別查了一些資料。
裁　縫　師：謝謝。這個病會引起的症狀，包括甲狀腺亢進、急躁、睡眠障礙、易怒等等，這是醫生確診的事實。
工　程　師：我記得這件事情，但檢察官說了，這並不影響行為能力。換句話說，對他的判斷一點影響都沒有，他的思考跟正常人幾乎是一樣的。
裁　縫　師：可是我在想──當你焦躁易怒的時候，每個人都有這種時候吧？──你不會說自己跟正常人的思考是一樣的吧？
工　程　師：很抱歉，但我就是要這麼說。因為他並沒有偏離正常狀況太多。焦躁、易怒？這些狀況每個人都會有，但不代表這種狀況下殺人可以被減輕罪刑。
老　　　闆：沒錯。
工　程　師：不要忘了，他還是有行為能力！

幼稚園老師：檢察官有提到這件事。

裁　縫　師：那是檢察官的說法，檢察官當然會站在對凶手不利的那邊。

老　　　闆：醫生都已經有檢查報告了。

裁　縫　師：醫生不會說他有沒有行為能力，這是法官的工作。在我們這個案子裡，法官採納了檢察官的說法，認為他是有完整行為能力的。

老　　　闆：要不然咧？妳覺得他沒有行為能力嗎？

裁　縫　師：我不知道。

老　　　闆：喔！又來了！妳看妳！

裁　縫　師：但我真的不知道。反過來問，你知道他當下的精神狀態有沒有行為能力嗎？

老　　　闆：有啊！

裁　縫　師：怎麼知道的？

老　　　闆：可能不是百分之百確定，大概有。

裁　縫　師：問題就是這樣，我們沒有人百分之百確定。

老　　　闆：所以妳想要用他沒有完整行為能力說服我們應該減刑？

裁　縫　師：有這個可能。

老　　　闆：不可能！這麼恐怖的凶殺案，經過精密的規劃，還挑在那麼大的公園裡發生！回想一下檢察官說的，妳記得他怎麼在群組裡怎麼告訴他朋友的嗎？他說……他買好刀回來了，要醞釀一下情緒再出門！然後妳現在要跟我說這個人沒有行為能力？

裁　縫　師：有可能，在那個情境底下。

老　　　闆：妳在跟我開玩笑！

裁　縫　師：我沒有開玩笑，我們可以模擬一下。

老　　　闆：哇，越來越天馬行空了是吧？神經病。

裁　縫　師：想想看，如果一個人因為甲狀腺亢進，長期處在焦躁、易怒、失眠的狀態，像……嗯……我需要一個人

　　　　　　當這個人。

眾人左顧右盼。

模　特　兒：我很樂意，但我好像不適合。
工　程　師：誰可以？
廚　　　師：不知道。
幼稚園老師：嗯……我有一個提議。
工　程　師：什麼？
幼稚園老師：如果本人不介意的話，我覺得他（老闆）現在剛好符合……這種……形象。

停頓。

老　　　闆：看什麼看？
裁　縫　師：你願意嗎？
老　　　闆：來啊！為了真相，要我做什麼都可以。
裁　縫　師：現在你手上拿著你買來的刀子，我們用這支筆代替。可以借一下嗎？
口　譯　員：可以。

裁縫師把原子筆拿給老闆。

裁　縫　師：你現在還在路上……可以待在遠一點的地方，像……

裁縫師帶老闆到一個角落。

裁　縫　師：你在這裡，心裡準備去做一件計畫已久的大案子。其他人，我們就像路人一樣隨便走動，像平常在公園附

　　　　　近一樣。

眾人走動。

裁　縫　師：現在，你（老闆）慢慢靠近，周圍的人越來越多，好像有人在看你。但你隱藏得很好，要實現這個計畫已久的大事……沒有人知道你的目的，你可以隨時……隨時決定……

眾人在緊繃的氛圍裡走動一陣。

老闆刺向一人，有人尖叫，有人抓住他，他掙脫以後又繼續行動。

老　　　闆：不要碰我！
幼稚園老師：冷靜！
工　程　師：結束！結束！
幼稚園老師：停！

一陣沉默。

模　特　兒：（驚呼）啊！……
工　程　師：怎麼了？
模　特　兒：好像剛剛撞到，有點痛……
工　程　師：我看看。
裁　縫　師：（小心地，對老闆）你有什麼感覺？
老　　　闆：少煩我！
裁　縫　師：你現在如果覺得很混亂，那是正常的，每個人都會。你沒有焦躁、易怒、失眠的問題，但一個長期有這種精神疾病困擾的人，到了這種環境裡，他的感覺

　　　　　　一定比你混亂很多。
老　　　闆：這個爛實驗什麼都沒辦法證明！
裁　縫　師：我知道。
工　程　師：他剛剛撞到她（模特兒）了。
老　　　闆：什麼？……我不是故意的，我也不想做這什麼爛實驗。
裁　縫　師：（對模特兒）妳還好嗎？
模　特　兒：我還好，沒事。
裁　縫　師：那就好，對不起。
模　特　兒：沒事沒事。
老　　　闆：既然妳覺得這什麼都沒辦法證明，那我們在幹嘛？
裁　縫　師：我們還是可以對事發當下的狀況稍微更了解一點。雖然還很遠，但可以想像。
老　　　闆：我要強調，我自己不可能做出這種失控的事！

老闆走到口譯員旁邊。

老　　　闆：我就是不能接受什麼沒有行為能力的狗屁。

沉默。
老闆把筆還給口譯員。

口　譯　員：謝謝。

沉默。

瑜伽老師：我們可以坐下了嗎？
幼稚園老師：可以。
工　程　師：（對模特兒）妳真的沒事嗎？
模　特　兒：嗯，真的，謝謝你。

工 程 師：不客氣。

裁 縫 師：剛剛這是第一點，還有第二點。律師說他接受醫生精神鑑定時被注射了鎮定劑；第三點，他第一次接受偵訊時是在半夜，也就是可能非常疲累的狀況下進行的。

工 程 師：檢察官有提到，這些都是他自己同意的！

會 計 師：你到底想說什麼？

裁 縫 師：如果把這三點擺在一起看，意思就是──這個孩子在疲勞的狀態，也就是可以拒絕偵訊的狀態，同意警方第一時間的偵訊；接著，他又在可以拒絕讓醫院注射鎮定劑的狀態同意了注射，並接受醫學鑑定；最後，醫生又說他有充分的行為能力。──以上我所說的這些都是事實對吧？

廚　　　　師：嗯。

退休公務員：我認為沒有錯。

裁 縫 師：那──如果這個少年根本就不想活呢？

品 牌 行 銷：什麼意思？

老　　　　闆：那我們就送他一程！

裁 縫 師：對於一個覺得自己生無可戀，所以為了挑釁社會、引起大家關注，最後透過犯重大罪行來求死的人，他當然不會在任何可以爭取權利的環節，做出常人所會做的那種，保護自己的選擇。然而面對這種情況，我們最後的做法，就是如他所願，讓他離開這個世界。這整件故事聽起來有一種──我會覺得──我們幫了他一把的感覺？

瑜 伽 老 師：這個人犯了重大罪行，而且沒有悔意。他想死，我們就送他去死，這不是很好嗎？

退休公務員：人權是很重要……但，一直考慮加害者的人權……這會不會太過了？

裁　縫　師：我不知道會不會太過了。但我知道，今天如果有一個無罪的孩子，站在高樓大廈的頂樓，觀望了很久，準備要跳下去，我們全部的人，至少大部分的人應該都會阻止他。回到今天這個案件，我覺得它的本質其實是一樣的。只是這個孩子選擇更迂迴的辦法，他沒有從高樓往下跳，他殺人，他知道他這麼做，這個社會會憎恨他、鄙視他、唾棄他，而這個國家的法律會制裁他，最後他就會如他所願，以一種沒有那麼直接的方式死掉。這個情況跟剛才那位先生（工程師）說「心都是硬的」的情況是一模一樣的。我們面對的是對「活著」這件事沒有一點正面看法的人。

回到我們身上，如果察覺到這件事情的我們，用一樣的態度來回應，一樣冰冷的態度、一樣不抱任何希望，幫他達成心裡的目標，這只是我們一起推了那個絕望的人一把而已。

反過來說，如果這樣子彼此沒有期待、彼此傷害，不完全是我們想對社會傳達的訊息，不是我們覺得理想的一種社會狀態，那今天這件事就還有討論的空間。

沉默。

幼稚園老師：大家如果沒有什麼要補充的話，我們討論就此告一段落，再來會進行投票。

口　譯　員：好。

廚　　　師：我覺得他說的算是蠻有道理的。

老　　　闆：有道理個屁！歪理。

廚　　　師：還是要尊重大家的想法。

老　　　闆：就跟你們說了要思考，要思考！沒有這裡（指大腦）一切都完了，完蛋！

退休公務員：好了，讓大家安靜地想吧。

老闆悻悻然。

幼稚園老師：那⋯⋯一樣採無記名投票。這裡還有一些紙，麻煩幫我傳下去。

眾人傳紙條。
眾人投票。
眾人把紙條傳回。

幼稚園老師：一、二、三、四、五、六、七、八、九、十、十一、十二。那我現在開票。
贊成，一票。贊成，一票。
反對，一票。
贊成，一票。贊成，一票。
反對，一票。
贊成，一票。
反對，一票。反對，一票。反對，一票。反對，一票。
反對，一票

廚　　　師：這樣是多少？
口　譯　員：五比七。[1]
老　　　闆：（搖頭）不可思議。

會計師舉手。

會　計　師：主席。
幼稚園老師：怎麼了？

---

[1] 贊成者（陪審員編號）：1、4、7、9、10；反對者：2、3、5、6、8、11、12。

會　計　師：不好意思，我想更改我的票。
幼稚園老師：更改你的票？
會　計　師：剛才我本來投贊成，我想改反對。
品 牌 行 銷：──為什麼？
會　計　師：沒有為什麼。
幼稚園老師：嗯⋯⋯好。可以告訴我這裡面哪一張票是你的嗎？

會計師靠近主席。

會　計　師：我看看⋯⋯這張。
老　　　闆：你加入他們？
會　計　師：不要這樣看我，他剛剛說的不是完全沒有道理，雖然我也有點質疑，但我更想早點回家。
幼稚園老師：有沒有有人要確認一下的？確認他沒有誤拿到你們其中哪一個人的。

模特兒、退休公務員搖頭。

幼稚園老師：那我現在正式宣布，這次的投票結果：贊成，四票；反對，八票。
品 牌 行 銷：瘋了，全部都瘋了。
瑜 伽 老 師：現在要繼續討論嗎？
幼稚園老師：嗯⋯⋯休息一下吧，大家整理一下思緒。有沒有人有意見？

沉默。

幼稚園老師：那就──休息十分鐘。

燈光轉換。

第三景

一片漆黑。
火箭飛行的隆隆聲,由遠而近。

廚師妻子的聲音由廚師以外其他演員們扮演,交錯、重疊、每次都不同。

妻　　　子:床。
　　　　　　椅子。
　　　　　　門。
　　　　　　冰箱。
　　　　　　水壺。
　　　　　　茶杯。
廚　　　師:對,沒錯,完全正確。
妻　　　子:我在哪裡?
廚　　　師:家裡,妳在家。

妻子沉思。

妻　　　子:(生氣)這不是我家,這些東西跟我沒有關係,我要離開這個地方。
廚　　　師:等一下!(抓住妻子)妳要去哪?

沉默。

妻　　　子：我不知道。

沉默。

妻　　　子：我不屬於這裡。
廚　　　師：不，這裡就是妳的——

火箭遠去的聲音。

廚　　　師：（大叫）喂！——

一片安靜。

廚　　　師：（大叫）喂！——

燈亮。
廚師從桌上猛然起身，幾個人圍著他。

模　特　兒：你還好嗎？

廚師喘氣。

口　譯　員：沒事吧？
廚　　　師：我剛剛？……不好意思……
模　特　兒：你做了什麼夢呀？
廚　　　師：我……
模　特　兒：你剛剛大叫一聲。
廚　　　師：對不起……
幼稚園老師：要不要喝水？我倒杯水給你。

廚　　　師：謝謝。（停頓，驚魂未定）我睡著了？
動保小妹：對。
模　特　兒：工作很累嗎？
廚　　　師：沒有……不是……有可能。（停頓）我剛剛很大聲嗎？
模　特　兒：嗯。
廚　　　師：對不起，嚇到大家。
模　特　兒：沒關係。
幼稚園老師：依我看喔，容易睡著、而且還容易做夢，通常不是有心事喔就是壓力很大，也有可能兩個都有。（遞水給廚師）喝點水吧。
模　特　兒：妳怎麼知道？
幼稚園老師：啊我那個班上有時候會遇到啊。
工　程　師：班上？
模　特　兒：應該是說幼稚園？
幼稚園老師：對啊。
工　程　師：哈！
動保小妹：你在笑什麼？
工　程　師：才幼稚園也會有心事跟壓力大喔？
模　特　兒：（微笑）有可能吧。
幼稚園老師：你不知道喔，有些才幼稚園，那個心事喔，感情糾紛啦、小圈圈啦、本來是好朋友然後突然反目成仇啦……
廚　　　師：我睡多久了？
幼稚園老師：差不多……（看錶）十多分鐘。
廚　　　師：喔……
模　特　兒：我們剛剛本來準備要開始，想說把你叫起來，但你好像在說夢話，一開始很小聲，結果我們拍你肩膀，你不但沒有反應，還突然大叫。
廚　　　師：真的不好意思……對不起對不起……

12 LOOP　223

裁　縫　師：是什麼夢。
廚　　　師：蛤？
裁　縫　師：什麼夢這麼恐怖。
廚　　　師：（沉默）……沒什麼，就是普通的惡夢。
裁　縫　師：（對這個答案不是很滿意）那……
會　計　師：（打斷）主席。
幼稚園老師：什麼事？
會　計　師：我們可以開始了嗎？
幼稚園老師：開始……當然可以。
模　特　兒：（對廚師）你常這樣嗎？
廚　　　師：這陣子比較常。
模　特　兒：如果有必要，要去諮詢或看醫生喔。
廚　　　師：謝謝。
幼稚園老師：（對廚師）先生？
廚　　　師：嗯？
幼稚園老師：那你要不要洗把臉什麼的？這樣 OK 嗎？
廚　　　師：呃……好，不好意思。

廚師下。

工　程　師：（看著廚師的去向）其實這樣也蠻不錯的。
模　特　兒：你說……
工　程　師：很好睡啊。
模　特　兒：可是那不是代表……
工　程　師：也有一些優點嘛。
模　特　兒：（思考）嗯……
工　程　師：我很容易失眠，或者是睡著了又醒來。
模　特　兒：是哦。
工　程　師：而且因為工程師嘛，有時候半夜會被 call 去加班啊，

久了睡眠品質就不好，再加上我又很難睡著，所以就很羨慕這種的。

模 特 兒：好睡有好睡的優點。

工 程 師：對。

模 特 兒：要是再沒有做惡夢就完美了！

工 程 師：還好啦！我是不知道他做什麼夢，但做夢是大腦休息、整理資訊的過程，表示有休息到，很正常啦。

模 特 兒：也對，而且不管記不記得，其實都有做夢，只是有沒有意識到而已。我之前在書上看到的。

工 程 師：對啊，所以他還是比我們多休息十分鐘。

動 保 小 妹：（看窗外）這個雨不知道哪時候會結束。

口 譯 員：希望快囉。

老闆拿起冷氣遙控器。

老　　　闆：（疑惑地）為什麼溫度又變了？

幼稚園老師：什麼？

老　　　闆：他現在二十九度欸，太誇張了吧！

老闆把冷氣溫度調低。嗶嗶嗶嗶嗶嗶。
瑜伽老師看老闆一眼。

廚師上。

廚　　　師：不好意思，我回來了。

會 計 師：開始吧！

工 程 師：來吧！

幼稚園老師：好，大家我們要開始了。接著剛剛的投票結果，有人要先發言嗎？

12 LOOP　225

會　計　師：我想聽剩下四個投贊成的人，說他們的原因。
幼稚園老師：很好啊！是個好方法。大家覺得呢？
口　譯　員：可以。
工　程　師：我也想聽。

沉默。

幼稚園老師：那，投贊成的是……
模　特　兒：我投反對。
工　程　師：我也投反對。

眾人面面相覷。

會　計　師：有人要講話的嗎？（對品牌行銷）你應該是投贊成吧？
品　牌　行　銷：（停頓，不正眼看會計師）對。
會　計　師：那為什麼不講話。
品　牌　行　銷：沒有啊。
會　計　師：那請說？

眾人看品牌行銷。長沉默。

品　牌　行　銷：反正我就是覺得要死刑。
動　保　小　妹：為什麼？
品　牌　行　銷：（聳肩）我心裡這樣覺得。
動　保　小　妹：總有個原因吧？
品　牌　行　銷：這種事哪有那麼多原因？
口　譯　員：但這樣沒辦法討論。
品　牌　行　銷：所以呢？
口　譯　員：什麼？

品 牌 行 銷：那妳要怎麼樣？
口　譯　員：我沒有要怎麼樣啊，我是在問你。
品 牌 行 銷：這是一個民主國家，我可以堅持我的想法。
口　譯　員：可⋯⋯
品 牌 行 銷：（不悅）可是什麼？
口　譯　員：在這個場合，每個人有義務說明自己的想法。
品 牌 行 銷：我表明我的立場了，剩下的我不知道！

沉默。

工　程　師：這⋯⋯
幼稚園老師：嗯⋯⋯

沉默。

品 牌 行 銷：幹嘛？（沉默）反正我就是這樣覺得！如果不滿意你們可以去說服其他人，如果最後真的只剩下我一個贊成的話——好，我投降，我就投反對，這樣可以嗎？
口　譯　員：如果這是你覺得最理想的方式，那我們不能阻止你。

會計師聳肩。

會　計　師：大家都聽到了。

沉默。

工　程　師：那現在怎麼辦？
幼稚園老師：我們還有三位。

沉默。

眾人面面相覷。每個人有些肢體或表情的小動作,例如模特兒可能看工程師一眼,工程師挑眉表示無奈等。

退休公務員:不好意思。
幼稚園老師:是?
退休公務員:我想我可以說一點話。
幼稚園老師:啊!太好了,老師最需要主動發言的同學,哈——不好意思,請說。
退休公務員:我承認最後四個人投贊成的人裡面,我是其中一個。
動保小妹:(驚訝地)為什麼?
退休公務員:其實剛剛這位小姐(裁縫師)說的理念我都非常認同。要解決這種事情最根本的方法還是教育。但這也是最複雜的。
動保小妹:複雜?
退休公務員:對。監獄裡的犯人是再教育。他們成長歷程、家庭、同儕關係都不一定很健全。已經有自己的一套世界觀、價值觀,沒有那麼容易被打破。
動保小妹:還是有可能啊!
品牌行銷:(諷刺地)是嗎?
退休公務員:(緊接)我舉一個例子吧。
　　　　　（對動保小妹)這位小姐,妳還記得妳上一次改變是什麼時候嗎?徹底地改變。
動保小妹:要多徹底?
退休公務員:盡可能的,妳想像得到的。
動保小妹:……我想不起來。你問這個幹嘛?
退休公務員:如果我現在起來打妳,妳會因此贊成我剛剛的想法嗎?
動保小妹:當然不會啊。

228　出界—At the Edge of Lives

退休公務員：想像一個妳最喜歡的老師，影響妳最深的那一個，他是妳什麼時候的老師？

動 保 小 妹：⋯⋯高三。

退休公務員：好。他現在站在門外，準備要進來罵妳一頓，叫妳改變看法，妳願意嗎？

動 保 小 妹：他不會這麼做。

退休公務員：如果。妳願意嗎？

動 保 小 妹：不願意。

退休公務員：那如果是妳父母呢？

動 保 小 妹：不願意，都不願意。你到底想說什麼？

退休公務員：妳很難在短時間之內就改變自己的看法吧？

動 保 小 妹：（沉默，遲疑地）

退休公務員：我們也一樣，每個人都一樣。尤其是懲罰其實只會激起更多反抗，或造成反效果。他們會再去懲罰或攻擊其他可以欺負的人。

動 保 小 妹：你的意思是需要更好的老師？更有耐心？

退休公務員：嗯⋯⋯

品 牌 行 銷：沒有這種老師！

工　程　師：可以讓他講完嗎！

品牌行銷安靜，忿忿不平。

退休公務員：（對動保小妹）時間就是金錢，這句話妳聽過吧？

動 保 小 妹：所以呢？

退休公務員：事情就是這樣。改變這些人需要花時間，就要花錢。除了家庭以外的教育都要花錢。

幼稚園老師：噢，不對。

退休公務員：怎麼了？

幼稚園老師：家庭教育也不是免費的。去沒錢的家庭裡看看就知道

了,很多跟我們現在討論的「教育」差很多。
退休公務員:喔,當然,謝謝妳。(對動保小妹)如果所有的教育都不是免費的,又沒有人願意出錢,這件事就永遠不會發生。
動 保 小 妹:所以我們現在要改變啊!
退休公務員:怎麼改變?
動 保 小 妹:我們可以想辦法。
退休公務員:好啊,那我們……怎麼開始?
動 保 小 妹:我們就……

停頓。

工　程　師:不知道。
模　特　兒:(苦笑)我們才想不出來。
動 保 小 妹:我怎麼可能現在講出全部的解決辦法。
退休公務員:就算想出來了,也不是我們實行。
裁　縫　師:那你覺得是誰?
退休公務員:我覺得沒有這個人。
動 保 小 妹:蛤?
退休公務員:沒有這個人。
動 保 小 妹:這跟沒回答一樣。
退休公務員:我比較悲觀。
動 保 小 妹:我從頭到尾根本就不知道你在悲觀什麼?
退休公務員:監獄體制從懲罰變成教育,只會由政府從推動,但剛剛說了,錢從哪裡來?畢竟它很不討喜,不管是政府或人民,幾乎沒什麼人會支持。大眾不支持,這件事又很難成為政績,就沒有人會去推動了。
動 保 小 妹:我知道這件事很困難,所以你就放棄了。這就是你的想法、你的價值觀、你的態度。

老　　　闆：對長輩的態度好一點。
動保小妹：我們在這裡不應該分輩分。
老　　　闆：等你當父母、成為億萬富翁的時候，想改變自己再去想改變，我們現在是在審犯了大錯的混蛋。
品牌行銷：不好意思。這位先生剛剛說了，要有一筆錢才能做這件事，是納稅人的錢。
老　　　闆：對。
品牌行銷：政府收錢應該花在公共福利。繳錢的人應該享受成果，就算要花請花在守法、而且需要幫助的人，不是花在這些亂七八糟的地方。一個政治人物如果還想要我的票，他最好不要花心思搞這些。

退休公務員咳嗽。

模 特 兒：你還好嗎？
退休公務員：咳咳咳……沒事……我沒事……
工 程 師：如果花人民的錢，是需要經過人民同意沒錯。
退休公務員：咳……新制度還沒建立起來，還是照現有法律去做吧。
品牌行銷：對，依法行政！
裁 縫 師：呃，不好意思，我有問題。
退休公務員：請說。
裁 縫 師：就是……我以為我們現在的決定代表法律？
動保小妹：對呀！總要有人開始，現在就是應該做不一樣決定的時候。
退休公務員：是嗎？
品牌行銷：沒有人代表法律。法律就在上面寫得很清楚，這個人犯的罪，是死刑！我們今天的工作——妳剛剛有在聽嗎？——是確認有沒有可以讓他減刑的因素。沒有人可以爬到法律上面。

裁 縫 師：但我們今天來這裡，討論的結果就代表法律的一部分。
品牌行銷：我們是被委託的，我們討論的結果會發生效力，不代表我們可以推翻它！
裁 縫 師：我的意思是⋯⋯
品牌行銷：停！妳有太多妳自己的意思了。我們的國家之所以可以維持現在的樣子，是因為有現在的制度。除非妳很確定它可以變好，不然就不要把它變糟！
裁 縫 師：呃，我們現在就在想辦法讓它變好。
品牌行銷：妳保證是變好嗎？不會有任何瑕疵？
裁 縫 師：我不敢保證。
品牌行銷：那你就應該想想其他人的感覺！
退休公務員：這是一個沒有相關措施的狀態，會把一個沒有改變過的人放回社會，對社會大眾、或被害者、被害者家屬，都是一種傷害。

沉默。

工 程 師：主席。
幼稚園老師：嗯？
工 程 師：我想改變我的票。我剛剛投反對，現在想改成贊成。
幼稚園老師：我也想把我的票改成贊成。這樣的話就是——六比六。
品牌行銷：還有誰是反對的？
動 保 小 妹：（舉手）我！
口 譯 員：（舉手）我。
廚 師：（舉手）還有我。

模特兒、裁縫師、會計師紛紛舉手。

老 闆：我想強調一件事，今天在這裡不是只有我們幾個人的

想法重要,還要顧及其他人的感受。

會　計　師:其他人是誰?

老　　　闆:所有人,整個社會!不只是被害者、被害者家屬,發生這件事情整個社會都很恐慌,大家都需要一個交代。如果等了老半天,最後得到的答案是:他能活著,還有可能被釋放,所有人的焦慮都會重新被挑起來。

口　譯　員:這屬於政府跟媒體的責任。

老　　　闆:對,責任,妳說得很好。那我們的責任呢?今天我們到這裡不就代表著人民?我們所說的話到底是我們的個人想法,還是大多數人民的期待?

動　保　小　妹:我們沒辦法代表任何人……我在這裡,我只代表我自己!

老　　　闆:對,那是因為妳只想到妳自己!(停頓)為什麼我敢說我代表其他人的想法?因為我在乎的是公理正義。所有人都在乎公理正義。今天這個人殺人卻不用償命,這符合公理正義嗎?

裁　縫　師:公理正義是充分討論的結果。

品　牌　行　銷:不要再分享妳的天方夜譚了。

裁　縫　師:這不是天方夜譚,這——

品　牌　行　銷:公理正義不需要妳討論!

幼稚園老師:嗯,不是什麼事都可以討論的。

老　　　闆:還有,做出這種胖決——(破音)

動保小妹跟模特兒笑出來。
沉默。

老　　　闆:妳們在笑什麼?

動　保　小　妹:沒有。

模　特　兒:沒事。

老　　　闆：很好笑嗎？

動保小妹：沒有。

老　　　闆：自己講話的時候這就當作嚴肅的場合，別人講話的時候就帶著開玩笑的態度是嗎？

動保小妹：沒有。

老　　　闆：太過分了！

幼稚園老師：妳們應該跟他說對不起。

模　特　兒：對不起。

動保小妹：對不起。

老　　　闆：嘴巴上講一些崇高的信念，情況對妳們不利的時候就擺出一副高高在上的態度；現在票數一度領先了，就不把別人當一回事！

動保小妹：我沒有不把別人當一回事。

老　　　闆：那妳在笑什麼？還有，妳剛剛怎麼跟老人家講話的？

退休公務員：噢，我不介意。

動保小妹：我已經說對不起了，而且——

老　　　闆：別人不介意不代表妳可以這麼做！只會拿一些說詞來炫耀、提升自我價值，撕裂這個社會！

動保小妹：啊？

老　　　闆：你聽到了。

動保小妹：撕裂社會？我？

老　　　闆：對！

動保小妹：你可以解釋一下嗎？

老　　　闆：我不要。

動保小妹：為什麼。

老　　　闆：我不想跟妳講話。

動保小妹：啊？

老　　　闆：我不跟一個不尊重我的人講話！

窗外一陣閃光,接著是沉悶的雷鳴。

廚　　　師：(低聲對幼稚園老師)不好意思,我想請問一個問題。
幼稚園老師：什麼？
廚　　　師：妳知道……失憶症會不會傳染嗎？
幼稚園老師：怎麼突然……
廚　　　師：會不會？
瑜 伽 老 師：我想問這位妹妹(動保小妹)一個問題。
口　譯　員：大家可以一起討論。
瑜 伽 老 師：今天如果是妳家人受害,妳還會堅持一樣立場嗎？
動 保 小 妹：(思考)……我會想報仇,但我知道這是不對的。
瑜 伽 老 師：其他人呢？
工　程　師：這太恐怖了。
廚　　　師：想報仇很正常,但總覺得不太好。
幼稚園老師：……我不敢想像。
模 特 兒：我也是！
瑜 伽 老 師：嗯。我相信受害者的想法跟我們一樣的。但我們很幸運,可以在這裡冷靜地談論這些事情；他們卻已經受到真正的衝擊。我們應該給他們一個交代。
工　程　師：一個公平的交代。
裁　縫　師：交代什麼？
瑜 伽 老 師：殺人償命。
口　譯　員：為什麼這對妳來說是一個交代？
瑜 伽 老 師：因為它很公平。
廚　　　師：(低聲,對幼稚園老師)所以妳覺得會嗎？
幼稚園老師：(低聲)不好意思我不知道。
裁　縫　師：它看起來很公平。
瑜 伽 老 師：對,看起來,但還不是最理想的。
口　譯　員：那更理想的方式是什麼呢？

瑜 伽 老 師：我們不應該槍決他。
口　譯　員：那就對了！
瑜 伽 老 師：因為這個方法它……不太痛。

停頓。

口　譯　員：什麼意思？
瑜 伽 老 師：到底什麼是真正的公平？我想過這件事。我覺得真正的公平是你造成了多少痛苦，你就應該要承受一模一樣的痛苦，這樣他才能理解他做了什麼。包括被他殺的人、被他殺的人的家屬、還有精神、經濟方面的損失。這些加起來概括承受，才是真正的公平。
　　　　　　所以我才說現在的槍決不是很理想。因為──不太痛。
幼稚園老師：我聽說現在都是先打麻藥才槍決，或是直接注射毒藥到靜脈裡面。
瑜 伽 老 師：這種我完全不能接受。
口　譯　員：可是沒有這種方法。
瑜 伽 老 師：所以我才說槍決是勉強可以接受的方式。
裁　縫　師：我覺得我們的問題是──家屬到底需要什麼？
瑜 伽 老 師：大家剛剛已經說明得很清楚。
裁　縫　師：對，根據直覺，我們都會想到復仇，但──讓對方痛苦，這樣家屬的問題真的就解決了嗎？
幼稚園老師：當然不是。
瑜 伽 老 師：人死了不能回生，但可以解決其他問題的大部分。
品 牌 行 銷：我知道了。

品牌行銷突然離開舞台。

會　計　師：他要去哪？

工　程　師：不知道。
幼稚園老師：先生？（停頓）先生？

品牌行銷回到舞台，手裡拿著一條皮帶。

品 牌 行 銷：我們可以來做一個實驗。
工　程　師：什麼實驗？
品 牌 行 銷：這個小姐對家屬的需求很疑惑，這個實驗剛好可以回答她的問題。
幼稚園老師：怎麼做？
品 牌 行 銷：我需要一個人幫忙。
工　程　師：（舉手）我可以。
品 牌 行 銷：實驗是這樣子，我們要現場懲罰一個人。
口　譯　員：什麼——
會　計　師：你瘋了嗎？
品 牌 行 銷：沒有人會受傷，只是一個實驗。

品牌行銷走到舞台一側。

品 牌 行 銷：我們要做的事很簡單。假設要被懲罰的人在這裡，一個想像出來的人。而這位先生（工程師）要幫忙的就是站在我後面，模擬這個犯人的反應。注意，你一定要非常逼真，這樣這個實驗才有效果。
工　程　師：嗯……我試試看。
品 牌 行 銷：其他的人，你們就是被害者家屬。想像你們的父母、子女、兄弟姊妹已經被這個人殺死了。我等一下就會在這裡懲罰他。然後結束了之後你們可以分享，你們有什麼感覺。（對工程師）當然，你要小心，不要讓自己受傷。

工 程 師：不會啦。

其他人離開桌子。

模 特 兒：真的要做這個實驗嗎？
瑜 伽 老 師：試試看嘛。
會 計 師：他在拖時間。
品 牌 行 銷：是不是拖時間等一下就知道了。我們先稍微練習一下，等一下我對空抽鞭子，然後你（工程師）感覺到痛，你就會大叫。

品牌行銷抽鞭子。

工 程 師：啊。
品 牌 行 銷：……大概是這樣，但你要再更投入一點。
工 程 師：好。
品 牌 行 銷：大家準備好了嗎？
廚 師：有點緊張。
老 闆：我準備好了。
品 牌 行 銷：那就開始了。

品牌行銷抽鞭子。

工 程 師：啊！

燈光變化。
品牌行銷抽鞭子。

工 程 師：啊！——

品牌行銷抽鞭子。

工　程　師：啊！！！

品牌行銷抽鞭子。

工　程　師：啊！！！！！

品牌行銷抽鞭子。
品牌行銷抽鞭子。
品牌行銷抽鞭子。
品牌行銷抽鞭子。
品牌行銷抽鞭子。

工　程　師：啊啊啊啊啊啊啊啊啊啊啊啊啊啊啊啊啊啊！

燈暗。

第四景

燈亮。場景同前,眾人坐在桌子前。

品 牌 行 銷:……就像我在這一行做了五年,最想放棄的一段時間,不是我不知道怎麼去行銷、怎麼去把別人的產品跟公司推出去,而是身為行銷與形象管理,我發現我對他們的東西根本就沒有認同。
　　　　　那我要怎麼辦?我心裡面已經否定這件事了,我怎麼可能再去接受它?
　　　　　但我要放棄嗎?遇到不喜歡的 case 我就不接,我可以接受這樣的工作態度嗎?
　　　　　我覺得不行。
　　　　　所以我一直告訴自己,一定要去找、找到一種可以站在他們的角度想事情的方法,這樣我才可以去接納、去支持他們。然後慢慢你就會發現,這件事是可以練習的。而且它一旦成功,整件事情就會變得非常合理,我去支持他們的時候,就非常輕鬆、非常自然。
工　程　師:我同意。
模　特　兒:有沒有站在別人的立場,真的差很多。
工　程　師:至少我們現在發現這很重要。
模　特　兒:(思考)對,可是……
工　程　師:可是什麼?
模　特　兒:雖然很重要,但又覺得……不太喜歡這種感覺。
工　程　師:什麼感覺?
模　特　兒:……看到這些事情發生。覺得有點不忍心,還是不

太舒服。
瑜 伽 老 師：我懂妳的意思。
模 特 兒：（欣喜）妳懂嗎？

幼稚園老師突然看見什麼，鑽到桌子底下。

瑜 伽 老 師：我剛剛想過這件事。我覺得問題出在，現場的氣氛也會影響我們心情。我們有同理心，這件事情沒有辦法像開關一樣，啪！關起來。所以嚴格講我們其實是受到二度傷害。
模 特 兒：對！這件事⋯⋯它很公平，但我不想看。
工 程 師：如果可以，我也不想。
老　　　闆：那到底要怎樣？
工 程 師：我覺得還是可以做，看不到就好了。
模 特 兒：應該要這樣。
瑜 伽 老 師：贊成。
品 牌 行 銷：我提醒大家一下，實際上的情況其實比剛才人道，因為是槍決嘛，不是很完美的方式。剛才主要是為了模擬復仇的心理狀態，畢竟如果只有一個人站在那邊，然後我把他——碰！倒下去。這樣應該任何人都不會有感覺。
退休公務員：執行的方式，我們其實沒有決定能力。就目前的法規來說，比較人道。我覺得比較人道的方法可以。給家屬、還有社會大眾一個交代。
口 譯 員：呃⋯⋯不好意思。
工 程 師：怎麼了嗎？
口 譯 員：主席小姐？

停頓。

幼稚園老師：（暫停動作，從桌底下）什麼？
口　譯　員：請問妳在⋯⋯？
幼稚園老師：（爬出來）沒事，我想看看能不能找到我的戒指。
老　　　闆：還沒找到！
幼稚園老師：對啊——離奇消失。
瑜　伽　老師：這個房間也才多大。
模　特　兒：感覺很重要。
幼稚園老師：（或蹲或趴）對——
工　程　師：這麼小的房間，竟然會找不到東西！
會　計　師：（不悅）不好意思，主席小姐。
幼稚園老師：（站起身）對不起，你們繼續。（持續瞄地上，感受到眾人目光，又轉而看向眾人）給家屬還有社會大眾一個交代——還有人要補充嗎？
老　　　闆：沒有。非常清楚。
幼稚園老師：那我們就投票。
裁　縫　師：（小聲地）不可思議。
會　計　師：什麼？
裁　縫　師：沒事。
幼稚園老師：好，既然大家立場都很清楚，我想用舉手表決的方式就可以了。可以嗎？
會　計　師：可以。
幼稚園老師：那⋯⋯針對這個人是否應該處以死刑，也就是除了犯罪事實以外，沒有任何應該減輕刑罰的因素，贊成的人請舉手。
　　　　　　一、二、三、四、五、六、⋯⋯

會計師突然舉手。

幼稚園老師：你有嗎？

會　計　師：有。
幼稚園老師：⋯⋯七、八、九、十、十。不贊成的請舉手。

口譯員舉手。

幼稚園老師：一票。十比一。
老　　　闆：等一下，十比一？
幼稚園老師：有人沒舉手。
工　程　師：誰？

停頓。

裁　縫　師：我棄權。
品　牌　行　銷：棄權？
工　程　師：可以棄權嗎？
幼稚園老師：根據規則，她必須投同意票才算。反對、棄權都會當作不同意見。
老　　　闆：那就是反對嘛！那妳說棄權是什麼意思？
裁　縫　師：我想講一些話，講完再決定到底要同意還是不同意。
老　　　闆：哦，好好好，「最後的掙扎」。
幼稚園老師：請說。
裁　縫　師：我發現人是一種很奇妙的動物。
老　　　闆：什麼東西啊！
裁　縫　師：幾個小時前大家聽了我的想法，很多人本來投同意的人因此改投反對。我其實⋯⋯我現在很驚訝，我本來以為大家聽懂、聽進去了，因此想通一些事，所以選擇不同立場，但⋯⋯才過多久時間，我現在看到完全不同選擇。我不太知道要說什麼。我⋯⋯我想把我剛才的話重複一次也沒有幫助，沒有意義。

品 牌 行 銷：所以妳現在在質疑大家沒有想清楚是吧？
工　程　師：可是……為什麼一定要反對才算想清楚？我們也可以想清楚之後投同意啊。
裁　縫　師：我沒有那個意思。

停頓。眾人看裁縫師。

裁　縫　師：唉。我盡力了。

裁縫師舉手。

裁　縫　師：我同意。
品 牌 行 銷：呼——
老　　　闆：普天同慶！我們可以早點結束。
品 牌 行 銷：太好了！
瑜 伽 老 師：沒那麼快。
老　　　闆：什麼意思？
瑜 伽 老 師：剛剛她是棄權，但我們還缺一票同意票呢。
幼 稚 園 老 師：對，剛剛是十比一，現在變十一比一，還缺一票同意。
品 牌 行 銷：喔，我差點忘了。
老　　　闆：怎麼沒完沒了！
品 牌 行 銷：（對口譯員）怎麼樣？妳也準備投同意了嗎？

停頓。

口　譯　員：（對裁縫師）妳怎麼了？
裁　縫　師：我說了，我盡力了，我沒辦法再說什麼。
口　譯　員：（對動保小妹）妳呢？妳怎麼了！
動 保 小 妹：（顫抖）不要問我！

口 譯 員：我……對不起，我現在很驚訝，我想知道原因。
動保小妹：不要逼我！
品牌行銷：對，妳沒有權力逼任何不想講話的人講話。
口 譯 員：（對動保小妹，溫柔地）拜託妳，我只是好奇妳的看法。
動保小妹：我不知道……我不知道如果我家人真的受害，我會怎麼做。
口 譯 員：但……妳可以堅持妳認為對的事情。
動保小妹：我不知道！我不知道什麼是對的！

動保小妹趴在厚厚的資料上。

會 計 師：好了，夠了！
幼稚園老師：怎麼了？
會 計 師：妳（口譯員）要鬧到什麼時候？
口 譯 員：鬧？我沒有鬧。
會 計 師：我們都已經討論多久，什麼看法、什麼觀點都討論過一次，妳現在還要假清高！
口 譯 員：這不是清高的問題。
會 計 師：好，那妳說一個理由，什麼原因值得妳現在還要拖大家時間。
口 譯 員：這不叫拖大家時間，這是討論。
會 計 師：如果妳現在講不出一個好原因，那就只是拖！
口 譯 員：這件事很重要。
會 計 師：對！它很重要！難道我們沒有討論嗎？我們直接決定了嗎？
口 譯 員：我覺得對我來說……有點突然。
老　　　闆：小姐妳要不要看一下時間，妳對「突然」的定義也太廣了！

12 *LOOP* 245

口　譯　員：好，就算我的定義很廣，那我想問大家，大家真的都能接受這件事是嗎？大家改變的原因是什麼？因為我⋯⋯可能是我的問題，但我看不出來！

工　程　師：妳的「改變」是指⋯⋯

口　譯　員：從不同意到同意！

老　　　闆：就是充分討論後的結果。

口　譯　員：我覺得不夠充分。對我來說⋯⋯問題變得⋯⋯它還很複雜。

瑜伽老師：呵。

口　譯　員：笑什麼？

瑜伽老師：妳的動機才很複雜。

口　譯　員：⋯⋯什麼意思？

瑜伽老師：我從開始的時候就懷疑一件事。如果一個人徹底反對死刑，她應該不能參加這個會議才對。所以從一開始看到有三個人投反對，我就擔心會不會裡面有這種人。現在我們知道答案了。

口　譯　員：我沒有徹底反對，我只是──

瑜伽老師：不用解釋了。

口　譯　員：什麼？

瑜伽老師：妳是混進來的。

口　譯　員：啊？

瑜伽老師：妳就是那種會參加抗議、遊行，大概有固定參加什麼團體，立場很強烈的人。

口　譯　員：我不是！而且這種人又怎麼了嗎？

瑜伽老師：妳看妳，妳露出馬腳了。這種人又怎麼了嗎？沒有怎麼啦，只是妳被我發現了。妳從頭到尾就是要來阻止這件事，浪費大家時間！

會　計　師：這是真的嗎？

口　譯　員：不是。

會　計　師：老實回答我，這是真的嗎！
口　譯　員：我說我不是！
瑜伽老師：騙子！
口　譯　員：——妳怎麼可以這樣講？
瑜伽老師：因為我看得出來！

沉默。

會　計　師：妳給我投贊同。
口　譯　員：什麼？
會　計　師：馬上！

會計師上前要對口譯員動手腳，被工程師、退休公務員制止。眾人騷動。

會　計　師：妳不要太過分！
口　譯　員：你幹嘛！
會　計　師：制止妳愚蠢的行為！
口　譯　員：你怎麼可以這樣評論！
會　計　師：連她們（動保小妹、裁縫師）都投贊成了，妳只是在浪費大家時間！
口　譯　員：那你呢？你改變的原因是什麼？
會　計　師：什麼我改變的原因是什麼？
口　譯　員：總是有個原因吧？有個可以讓人理解的邏輯吧？而且如果我沒記錯的話，你是所有人裡面改最多次的。
會　計　師：我為什麼要跟妳交代？
口　譯　員：不一定啊，但我想請問你。反正裡面又沒有什麼不可告人的祕密，是吧？
會　計　師：是啊！

停頓。

會計師一時語塞。

口　譯　員：怎麼了，很困難嗎？

會　計　師：我……一開始覺得死刑沒問題啊，大家也這樣覺得。後來我覺得她（裁縫師）說的有道理，就改投反對，又後來聽過老先生的講法、再經過處罰的實驗，我還是覺得死刑比較好。──我為什麼要跟妳講這些？

口　譯　員：這是你真正的想法嗎？

會　計　師：妳什麼態度？

口　譯　員：（對老闆）你相信嗎？

老　　　闆：呃，關我什麼事？

品 牌 行 銷：不要太過分。

口　譯　員：（對老闆）我單純問你相不相信他的說法。

老　　　闆：相信。

口　譯　員：（看著會計師）我不相信。

會　計　師：什麼？

口　譯　員：我不相信。我對大家的想法，還有會議討論的內容越來越困惑。（對老闆）你剛剛親眼看他從贊同改成反對，那時後他還跟你說一句話「不要這樣看我」什麼的。你那時候接納他的說法了嗎？

老　　　闆：我……我是不太能接受。

口　譯　員：然後呢？

老　　　闆：什麼然後？

口　譯　員：你覺得他實際上在想什麼？

老　　　闆：這──他顯然有一些急事，這誰都看得出來。

口　譯　員：有一些急事！那就對了。這是不對的。我想大家都很清楚，我們正在決定一個生命要離開，還是留在這個世界。對我來說，生命──生命是一件很可貴事情，

是有非常多可能性的東西。我——如果沒有很充分的理由，我沒有辦法主動強迫它離開。但是這位先生，您——您的決定沒有任何，或者至少說，沒有充分的信念。當您在考慮這名少年應不應該留在這個世界上時，您優先考慮的是您的生活、您等一下要去做的事，對我來說這——這不可思議！

會　計　師：這是侮辱。
口　譯　員：如果這是侮辱，請您糾正我。
會　計　師：妳沒有資格這樣講，那不是我唯一的考量。
口　譯　員：但這是您的考量之一。
會　計　師：對，這是我的考量之一，那又怎麼了？每個人想事情本來就有各式各樣的考量，把這個納進來錯了嗎？這是我的生活、我的狀況，這很自然！
口　譯　員：這——對不起——但是對我來說，這很可恥。
老　　　闆：這是人身攻擊！
動保小妹：不要再吵了！
老　　　闆：妳憑什麼命令我！
幼稚園老師：這……大家冷靜！

停頓。

會　計　師：妳最好解釋清楚，這為什麼很可恥。
口　譯　員：因為一條人命對你來說似乎不是很重要。
會　計　師：放屁。
口　譯　員：我希望我是。
會　計　師：妳就是。
口　譯　員：那請你反駁我。
會　計　師：它很重要！我覺得它很重要！
口　譯　員：那它就應該是你唯一的考量！

會　計　師：我沒有辦法，這叫──輕重緩急！
口　譯　員：輕重緩急！那我請問什麼情況下、什麼事情可以擋在一條人命前面？
會　計　師：另一條人命！

停頓。

口　譯　員：什麼意思？
會　計　師：⋯⋯我兒子。
口　譯　員：你兒子？
會　計　師：還有我太太。
口　譯　員：請您解釋清楚。
會　計　師：我的兒子今年國二，十四歲。我太太幾個小時前打電話給我，說她發現我們的兒子會自殘！就發生在這個會議開始之前沒幾分鐘。

（停頓）

我老婆在電話裡哭了，說小孩現在把自己鎖在房間裡面，她不知道要怎麼辦。我請問如果是你的孩子，一個那麼小的小孩，用刀片把自己的手腕畫得一痕一痕，妳能不緊張嗎？然後我問我太太怎麼回事，她說她不知道！我說小孩不是都是妳在帶嗎？每天送他上學、放學、陪他吃飯，幾乎無時無刻不陪在他身邊，妳怎麼會不知道？那是妳唯一的工作。

（停頓）

然後她就生氣了。「什麼叫我唯一的工作？我不可以

做一點其他事嗎?講得好像小孩沒有爸爸!」

(停頓)

然後我們就吵架了。她說如果我比較會帶小孩就回去,換我帶,她不是不能出來工作賺錢。我說她在亂扯,請她好好回答小孩為什麼會這麼做?

(停頓)

沒有人知道。

(停頓)

所以呢?

(停頓)

這個案子對我來說嚴重嗎?嚴重。但這件事就我看來,已經沒有什麼改變空間了,傷害已經造成。請問我的考量很過分嗎?我應該要被指責、侮辱嗎?難道我不應該重視自己的孩子和家庭,比這個殺人犯還要多嗎?

(停頓)

而且就才多那麼一點。我家裡的事,我不敢說百分之百,但至少有百分之八十的機率可以改變。我想問妳,覺得這件事、這個人可以改變的機率有多少?

　　　　　　我在這裡面的責任又佔多少？

　　　　　（停頓）

　　　　　　妳以為其他投贊同的人都很隨便嗎？
口　譯　員：我不是這個意思。我……
會　計　師：請問妳，我現在有資格投同意票了嗎？
口　譯　員：我很抱歉。我沒有要審核任何人。我只是不理解為什麼可以突然有那麼多——在我看來——我不是很明白的改變。我需要知道這個原因，不然今天的討論一點意義也沒有。
會　計　師：妳想改變一個已經不能改變的人。（停頓）而且是用說謊的方式。

瑜伽老師起身拿冷氣遙控器，把溫度調高。
嗶嗶嗶嗶嗶。
老闆看了瑜伽老師一眼。

口　譯　員：我沒有說謊。
會　計　師：妳保證嗎？
口　譯　員：對，我保證。而且我覺得你的小孩跟這個案件一樣重要。
會　計　師：不要把我的小孩跟這個殺人魔比。
口　譯　員：他們都是人。
會　計　師：對，但他不是我兒子！你不能要求我愛這個殺人犯跟愛我兒子一樣多。而且我剛剛說了，我趕時間這件事情只佔了我所有考量的一部分，不是全部。

沉默。

會　計　師：放過我們、放過你自己吧。
口　譯　員：這哪算放過？
會　計　師：這個人就算本來有什麼機會，都已經錯過了。
口　譯　員：你怎麼知道？
會　計　師：妳還要談教育嗎？妳還要這樣鬼打牆嗎？到底有完沒完？
口　譯　員：（對動保小妹）妳為什麼要放棄？
動 保 小 妹：我不是放棄，我是……不知道怎麼樣比較好。
口　譯　員：（對裁縫師）那妳呢？妳為什麼要放棄？
裁　縫　師：（聳肩）
口　譯　員：（對幼稚園老師）妳說妳是一個媽媽、一個幼稚園老師，告訴我，小孩難道生下來就是想殺人的嗎？
幼稚園老師：這……當然不是！
口　譯　員：所以妳覺得他是後天改變的。
幼稚園老師：對。
口　譯　員：如果是後天環境造成的，就這樣處死他就是妳覺得最好的辦法嗎？
幼稚園老師：其實……我很不願意去想像跟他有關的任何事情，但我也覺得，他應該也曾經很可愛、很活潑，跟大家一起上學、回家、考高中、上大學……然後……然後就……變成這樣子。（沉默）那怎麼辦？（沉默）你就只能。（沉默）你就只能這樣處理啊。（沉默）這都是他自己選擇出來的啦。
口　譯　員：妳說什麼？
幼稚園老師：都是他自己選擇出來的。
口　譯　員：他自己選擇出來的。
幼稚園老師：對啦。
口　譯　員：跟妳選擇不願意想像一樣嗎？跟妳選擇投贊成票一樣嗎？

會　計　師：放過我們、放過妳自己吧。
口　譯　員：這哪算放過？
會　計　師：這個人就算本來有什麼機會，都已經錯過了。
口　譯　員：你怎麼知道？
會　計　師：妳還要談教育嗎？妳還要這樣鬼打牆嗎？到底有完沒完？
品 牌 行 銷：（緊接）不要再鬧了！
口　譯　員：我沒有！
老　　　闆：妳已經語無倫次了。

沉默。

口　譯　員：我知道我在說什麼。你們可能覺得我語無倫次。但我覺得一定還有溝通的可能，只是還沒找到。明明剛才大家都還一度相信有教育的可能、矯正的可能啊，但突然間一切都不一樣了。
老　　　闆：因為我們考慮了別人的感覺。
口　譯　員：別人的感覺！所以就應該讓我們放棄對的事情嗎？
工　程　師：可能我們前面的想法才是錯的。
口　譯　員：我不知道你們每個人的原因是什麼，我不用知道。我只知道我沒有被說服。所以我不應該放棄，我應該繼續當那個想再討論一下的人。
品 牌 行 銷：被發現自己是騙子應該很緊張吧？
口　譯　員：請你不要血口噴人。
品 牌 行 銷：我就覺得妳是騙子。她（瑜伽老師）說得對。還有誰這樣覺得？

眾人一陣騷動。

口　譯　員：我不是！
品 牌 行 銷：那你證明給我看啊！

品牌行銷起身靠近口譯員，進行肢體衝突。

會　計　師：如果這一切是準備好的，那你這個人不可原諒！
瑜 伽 老 師：靠說謊來達成自己的目的。
幼稚園老師：我知道妳的理想很好，可是……
品 牌 行 銷：為什麼不願意還給社會一個安寧？
老　　　闆：我們只是想要正常的生活！
廚　　　師：大家好好談……
品 牌 行 銷：（推擠）談個屁！我都在這裡跟她談幾個小時了！
工　程　師：（試圖阻止品牌行銷）冷靜一點！
品 牌 行 銷：（推開工程師）走開！

退休公務員咳嗽。

品 牌 行 銷：妳現在就給我頭同意！

退休公務員起身試圖阻止品牌行銷。

退休公務員：好了好了。
品 牌 行 銷：我不好！

退休公務員失足跌倒。

退休公務員：啊！——
幼稚園老師：天啊！
工　程　師：怎麼了！

退休公務員在地上哀嚎。

動保小妹：醫生！叫醫生！
工　程　師：我會急救！我看看。

工程師上前急救，但沒有起色。
裁縫師突然想通什麼。

裁　縫　師：（指著品牌行銷大喊）是你推他的！
品 牌 行 銷：啊？
模　特　兒：什麼？
裁　縫　師：是你推他的！如果他出什麼事你要負責！
品 牌 行 銷：我什麼時候推他？
裁　縫　師：大家都看見你推他了！
工　程　師：（對退休公務員）哪邊痛？
幼稚園老師：怎麼了！
工　程　師：（對退休公務員）這邊？這邊？
幼稚園老師：（驚嚇地）天啊！
裁　縫　師：你要為這件事情負責。
品 牌 行 銷：是他自己跌倒的！
裁　縫　師：大家都看見你推他了！大家都看見你推他了！
品 牌 行 銷：我沒有！
裁　縫　師：我會去告訴法警。我會跟他說你所做的事情，我會讓你接受法律的制裁！
品 牌 行 銷：這是誣賴！
裁　縫　師：大家都看到了吧？是吧？（對模特兒）妳離他最近，妳有看到吧？
模　特　兒：我……
品 牌 行 銷：她沒有！

裁　縫　師：她有！
模　特　兒：（驚嚇，哽咽地）我……
工　程　師：不好了。
幼稚園老師：怎麼了？
動 保 小 妹：要不要叫醫生？叫警衛進來！警衛──（下場）
工　程　師：可能是骨折，很嚴重。
裁　縫　師：你為什麼要推他？
品 牌 行 銷：妳為什麼要誣賴我？
裁　縫　師：你可以不推他，但你推了！
品 牌 行 銷：想清楚妳在講什麼吧！
模　特　兒：他（退休公務員）昏過去了！
工　程　師：我來。

工程師對退休公務員反覆進行急救跟確認。

工　程　師：叫救護車！我們要把他抬出去！
模　特　兒：我……我來叫！
裁　縫　師：是你造成的。
品 牌 行 銷：什麼？
裁　縫　師：你剛剛推他一下，大家都看見了，是你造成的。
品 牌 行 銷：想清楚妳在講什麼好不好。誰看見了？
裁　縫　師：（指模特兒）她有看見。
模　特　兒：（崩潰）喂，你好，我們這邊有位老先生，可能是骨
　　　　　　折，也可能是──
品 牌 行 銷：她沒有看見。
裁　縫　師：在場所有看到的人都可以作證。
品 牌 行 銷：妳到底想怎麼樣？
裁　縫　師：你現在很擔心嗎？不用擔心。反正如果你真的什麼都
　　　　　　沒做，國家跟法律會還你清白。

12 *LOOP*　257

品 牌 行 銷：這就是你的目的？
裁　縫　師：我說的是事實。
品 牌 行 銷：根本就沒有人看到。
模　特　兒：（害怕，哽咽地）不要這樣……怎麼會這樣……
裁　縫　師：到時候她可以作證。我們其他所有人都可以作證。
瑜 伽 老 師：主席，我們現在要怎麼辦？
幼稚園老師：南無阿彌陀佛南無阿彌陀佛南無阿彌陀佛南無阿彌
　　　　　　陀佛……
老　　　闆：一定開不了了。
會　計　師：都白討論了。
口　譯　員：為什麼是白討論？
瑜 伽 老 師：反正討論也不會有結果，因為我們之中有一個騙子。
口　譯　員：我不是。
瑜 伽 老 師：我要走了，再見。

瑜伽老師下。

口　譯　員：你怎麼可就這樣走掉？
瑜 伽 老 師：我要去廁所。
裁　縫　師：（對品牌行銷）我十歲的時候我父親就過世了，因為
　　　　　　一場工地意外。那是一個政府標案……
品 牌 行 銷：（打斷）你夠了沒？

停頓。

裁　縫　師：我只是想說，政府跟法律不一定會還你公道，有時候
　　　　　　你要自己爭取，他們不是你的萬靈丹。
品 牌 行 銷：滾。
裁　縫　師：你很快就會知道了。

會　計　師：這下好了，我看我們所有人都會被傳喚。
模　特　兒：救護車 10 分鐘之內就會到了！我們要不要先把他抬出去？

工程師持續急救。

口　譯　員：我們不能自己移動他。

眾人持續討論，一片混亂。
燈漸暗，音效轉換。

燈亮。

場上剩下廚師和動保小妹兩人，正在收東西。。

廚　　　師：那個。
動 保 小 妹：什麼？
廚　　　師：失憶症會傳染嗎？
動 保 小 妹：……啊？
廚　　　師：我的老婆有失憶，已經三個月了，但我沒辦法拋棄她。我只是在想，如果我也什麼都不記得，是不是就……什麼事都沒有了。

沉默。

動 保 小 妹：這是你剛剛做的惡夢嗎？
廚　　　師：這是我剛才的惡夢，也是我現在的惡夢。
動 保 小 妹：我很抱歉。我……

燈光漸暗。

動保小妹走到門口。

動保小妹：我們走吧。

救護車鳴笛聲越來越大。

投影出，太空梭在宇宙裡遇到緊急狀況。

廚師呆滯，他在門口一個人環顧四周。

太空梭爆炸。燈光大亮。

（全劇終）

四姊妹[1]
Silent Sisterhood

---
[1] 本劇由「故事工廠」授權出版,此處收錄劇作家定稿,實際演出因應不同需求後續有若干更動。

〔首演資訊〕

演出單位：故事工廠
故事發想：王珩
導　　演：王珩
演　　員：丁寧、范瑞君／鄭家榆、謝汶錡（阿嬌）、蔡燦
　　　　　得、溫貞菱、蕭東意
舞台設計：張維文
服裝造型：林俞伶
燈光設計：高一華
音樂設計：黃韻玲
影像設計：鄭雅之
日　　期：2022.08.19
地　　點：國立臺灣戲曲中心大表演廳

〔劇作簡介〕

　　家是歸宿。家是魅影。家是斬不斷也說不清。

　　多年未見的四位大齡姊妹，在母親忌日五週年這天，回到早已賣掉、而後被改成民宿的老宅住一晚。嚴格說起來，四個人沒有彼此好像也不會活不下去。因此，漫漫人生裡的各自悲傷、心坎，就像洗舊的內衣褲，自己藏起來就好，沒有人會看見。

　　除了家人。

　　家人是唯一會看見的那群。

　　於是，傷疤一一揭曉。有些問題可以解決；有些，我們只能學著與它相處，就已經是最好的結果了。

〔人物〕

廖玉梅：大姐，55 歲
廖玉嫻：二姐，54 歲
廖玉燕：三姐，51 歲
廖玉嬌：小妹，40 歲
簡巧蓁：玉梅的女兒，颱風夜當時 29 歲，新書發表會時 39 歲
送外賣年輕人：24 歲

Preset

大幕落下。舞台上有一張搖椅,不時晃動著。
燈暗。

序場

輕快的爵士樂,或令人放鬆的鋼琴聲。大幕起,舞台上放著一支架好的麥克風。
巧蓁上場。

巧蓁:哈囉,大家好,我是簡巧蓁。很開心看到麼多人來參加我這本書的第一場發表會。這是我的第五本書,十年前的我沒有想到有天竟然會把這一切寫出來,而且還有人要出版。所以要先謝謝出版社,更謝謝支持這本書的你們。

其實,開始寫作比較長一段時間之後,我經常會想,做這件事是為了什麼?有人可能是要自我疏理、有人可能是要養成觀點,當然也可能單純是一種自我療癒,這些都很好。但我要說的是,在創作這本《四姊妹》的時候,我常常陷入一種很深的自我懷疑,那就是:其他人為什麼要聽我碎碎唸、講這些家族故事?我很平凡,不是什麼偉人或王宮貴族。

在回答這個問題之前,我想先說,大部分的時候,我其實覺得我媽是一個很自私的人。她有一堆我不太能理解的擔心、煩惱,會隨時隨地、理所當然地倒在我身上。這種感覺從我爸爸在我高中畢業那年肝癌過世後,越來越明顯,那種感覺就像我精心挑好一件白色洋裝要去法式餐廳約會,然後走在路上,被人用便利商店的廉價咖啡潑得滿身都是一樣。當時這種事已經不能算是什麼突發狀況,而是每天、隨時隨地都在發生,好像我被困在一部不斷反覆播放的 DVD 裡。

而這本書裡提到的那個颱風夜，就像 DVD 被刮壞、還是機器突然故障的瞬間，雖然當下很惱人，但卻變成某種沒辦法抹滅的記憶。

那是她們四姊妹的最後一場聚會。發生在十年內最強的一個颱風裡。

現在，我的二阿姨已經定居在美國，曾經想自殺的三阿姨還活著，小阿姨是個很棒的媽媽，有三個女兒、一個兒子、和一個小她七、八歲的老公，過著幸福快樂的日子。

而我逃出來了。

對，「逃」。如果是那時候的我，一定會用這個詞，因為我媽在兩年前的一場車禍中過世了。老實說，她的大腸癌痊癒之後，我真的沒有想到她依然還會是四姊妹之間第一個離開的。走得很突然，沒留下什麼話、什麼值得紀念的小東西、還是手寫信之類的，我們不是那種母女關係。

然後我發現，我沒有東西可以懷念了。所以怎麼辦呢？我只好⋯⋯開始試著想像她，想像她的世界，想像她可能會掛念的任何人事物。然後我很快就想到了那個颱風夜。

回到剛剛的問題。對現在的我來說，寫作就像是一條繩子，它把我、跟媽媽、還有那個晚上的任何一切連繫在一起。這個故事你們可能很快就忘了，但無所謂，我只是希望這條繩子，可以透過這本書交到你們手上，然後去連繫住那些現在、或未來可能會覺得重要的人⋯⋯

燈光、場景轉換。
呼嘯的風聲 fade in。

S1-1 重聚

黑暗間。
一陣腳步聲伴隨幾個行李箱車輪，還有塑膠袋的聲音，玉梅和巧蓁上。
兩個人提著兩大一小的行李箱，還有其他提袋，行李分量看起來像要在這裡住上一星期。

以下玉梅說話的同時，燈光像老舊電燈開關開啟時那樣閃爍幾下。
燈亮。

玉梅：錢這種事吼從年輕的時候就要開始規劃，這樣妳老了才有辦法過比較好的生活。而且這不只是為了妳耶，還有為了妳以後的老公、小孩，妳想想看，結婚基金啦、買車的錢啦、買房的錢啦、還有小孩的尿布錢、教育費啦，更不要說你們的退休金，這些都是錢耶。結果現在有賺錢的大好機會不要，妳有把握靠妳那個什麼家的工作維生嗎？還要為了這種事特地出國留學，我跟妳講，錢是幫妳留好了，但絕對不會讓妳花在這種地方。（巧蓁站著看手機，沉默）我在講話妳有沒有在聽？

巧蓁：什麼？

玉梅：妳不要太過分喔──

巧蓁：好了好了知道了啦，（一邊把蔬菜拿進去廚房）妳剛剛在車上就已經講一整路了，我有聽到啊。而且妳一直要求別人聽妳講的，然後我講的妳又不聽，這樣是要怎麼溝通？（沉默）媽？媽？

巧蓁從廚房出來,看見玉梅停止動作,環顧著四周。

巧蓁:媽妳在幹嘛?
玉梅:(回過神)什麼?
巧蓁:妳在做什麼?
玉梅:沒有啊,我就……看一看。
巧蓁:喔,看到什麼?
玉梅:這裡跟以前不一樣了。
巧蓁:都過那麼久了……至少二十年了吧?我記得妳說我上國小之前就賣掉了,當然不一樣啊。
玉梅:(四處走動)家具都換了,但格局……格局差不多,我還記得樓上是你阿公阿嬤的房間,然後一樓有個小房間,之前是阿公的書房,雖然東西都不一樣,但這些我都記得。(驚喜地)咦,這張搖椅!
巧蓁:搖椅怎麼了?
玉梅:這以前是放在妳阿公書房的,很貴耶,當初要訂做還要瞞著妳阿嬤,結果送來那天阿公不在,阿嬤聽到價錢馬上說要退貨,結果人家說不行,她氣到晚上要阿公睡客廳。不過花了錢,還是很漂亮吼,以前的東西就是一分錢一分貨,耐用。
巧蓁:好了媽,不要再講錢了好不好?
玉梅:不過阿公過世之後就沒有在用了,大家都覺得那是阿公的東西,所以不會坐,但也捨不得丟,沒想到現在還留著,這間民宿主人也蠻有眼光的嘛。
巧蓁:好了啦,妳要不要把東西先擺一擺?很多欸。
玉梅:奇怪,我回自己家看一看也不行?
巧蓁:沒有不行啊,妳可以等一下再看,不要我一個人在這邊搬東西,啊妳在那裡逛大街。
玉梅:奇怪了,意見很多,又不是叫妳搬沙發、搬冰箱,這樣也要囉哩八唆。

玉梅手機響，一則簡訊的聲音，她點開來。

玉梅：「我會晚點到」？（立刻按下回撥，等待，來回踱步。巧蓁在這段時間拿行李上樓。對方沒有接，玉梅又再打一次，響了幾聲之後被對方掛掉）什麼東西啊，很沒禮貌欸！沒頭沒腦就傳一個簡訊來說會晚到，不接電話就算了，還把我掛掉！
巧蓁：（下樓）誰啦？
玉梅：還有誰？就妳三阿姨啊。
巧蓁：她沒事吧？早上去拜阿嬤她也沒來，現在又說會晚到。
玉梅：我怎麼知道。
巧蓁：她是妳妹啊。
玉梅：我已經五年沒有看過她本人了。
巧蓁：妳是不是說她有段時間出國去環遊世界什麼的？
玉梅：出國？
巧蓁：對啊，妳說的。
玉梅：（思考）哦。嗯。對啊。對對對。所以都沒有她的消息。現在要收什麼？
巧蓁：都收好了啦，可以休息一下。

兩人坐在客廳，巧蓁在搖椅上晃啊晃。

玉梅：簡巧蓁，起立！
巧蓁：幹嘛？
玉梅：妳坐到妳阿公了！
巧蓁：（彈起來）什麼鬼？
玉梅：什麼鬼？妳阿公的靈魂啦！
巧蓁：幼稚欸，最好是啦，無聊！

巧蓁看了一眼搖椅，還是換了位置。

停頓。

玉梅：我還是要跟妳討論一下。
巧蓁：我不要。
玉梅：我還沒講耶，妳又知道我要說什麼？
巧蓁：不就是辭掉工程師的事，我們剛剛在車上講過了！
玉梅：妳都幾歲了？
巧蓁：二十九。
玉梅：人家說三十而立，妳現在辭掉工程師那麼好的工作，說要去當什麼⋯⋯畫家還是作家？
巧蓁：繪本作家。
玉梅：我不管什麼家，我看妳是打算坐在家吧？妳有錢嗎？
巧蓁：有。
玉梅：那妳要出國為這個唸一個學位的錢是哪來的？
巧蓁：好，妳不要給我就算了，我可以自己存、自己賺、或是去貸款，這妳剛剛都講過了。
玉梅：講過了又怎麼樣？妳還不是一樣，一下說要當空姐，一下說要學小阿姨去當心理諮商師。我就問，妳的心理諮商師執照呢？
巧蓁：這跟之前不一樣。
玉梅：怎麼不一樣？每次被男朋友甩就在那邊自暴自棄，過一陣子就突然說，「哇我想通了！我有一個全新的人生計畫！」叫什麼什麼什麼。
巧蓁：這跟什麼男友有什麼關係，沒有人二十九歲還要這樣被管的啦！
玉梅：妳要是有妳三阿姨的本事，我就管不到妳。
巧蓁：哈！我真的跟三阿姨學妳才怕吧？
玉梅：（突然痛苦地掙扎）啊！

巧蓁：怎麼了？
玉梅：我……這裡……
巧蓁：肚子？妳肚子怎麼了？
玉梅：痛……
巧蓁：為什麼會這樣？妳有吃什麼嗎？
玉梅：……沒有啊。
巧蓁：沒有吃？早上到現在都沒吃？
玉梅：沒有……
巧蓁：是不是血糖太低？我就跟妳說今天會很忙，一定要吃東西……
玉梅：沒有那麼嚴重！
巧蓁：那……我扶妳到沙發上。我去拿我的軟糖來給妳……
玉梅：（痛苦地）不要不要……幫我去我的包包拿那個萬精油……
巧蓁：哪裡？
玉梅：我那個包包前面。
巧蓁：（找到萬精油後還是拿了軟糖，回到玉梅身邊）找到了……來，啊軟糖在這裡。
玉梅：我不要軟糖啊！
巧蓁：快點，吃了再給妳萬精油。

玉梅吃下軟糖，一邊塗抹萬精油到肚子上。

巧蓁：我怎麼覺得妳最近常常肚子不舒服啊？
玉梅：有嗎？
巧蓁：妳前幾天也突然肚子痛。要不要再去看醫生？
玉梅：不用啦！哪有人肚子痛在看醫生的，太誇張了。
巧蓁：哪會。欸，妳不要忘記妳之前——
玉梅：（打斷）不用。忍一忍就過去了。
巧蓁：如果真的生病怎麼辦？

玉梅：不要詛咒我。
巧蓁：到時候是我要負責欸。
玉梅：負妳個頭。妳先對妳自己負責就好。
巧蓁：（喃喃自語）說都是這樣說啊，到時候我也不可能不負責……

玉嫻帶著簡單的行李上，她穿著典雅性感，一邊大聲地講電話。

嫻：說得那麼簡單，妳覺得我有可能不用負責嗎？貨卡住了，公司轉不動，最後人家是叫妳出面還是叫我出面？當然是我。所以不要說什麼出問題妳會負責這種話，想辦法把進貨的事情處理好，就這樣。（掛掉電話，對著空氣聞了聞）好濃的媽媽的味道。
玉梅：虎標萬精油。
巧蓁：二阿姨好。
嫻：到現在還在用？妳怎麼了，頭痛？肚子痛？
玉梅：剛剛肚子有點不舒服。
嫻：有病要看醫生。
玉梅：啊我就沒病嘛。
嫻：沒病都被妳裝到變有病。我的房間呢？
玉梅：自己找。
嫻：我要住樓上。（提著行李上樓）
玉梅：欸，等一下！
嫻：幹嘛？
玉梅：嗯……沒事。
嫻：幹嘛啦！
玉梅：樓上剩一間。
嫻：那就是我的啊。
玉梅：等一下老三來也會說她要那一間。
嫻：那她不會早點來？

四姊妹 Silent Sisterhood　271

玉梅：妳們等一下又要吵架。今天是媽過世五週年，妳們能不能和和氣氣的⋯⋯
　嫻：又不是我的問題。如果她先來，要哪個房間當然隨便她啊。為什麼這個家老是有人幫她講話？
玉梅：我沒有幫她。
　嫻：不然妳現在在幹嘛？
玉梅：不是幫不幫的問題。
　嫻：不然是什麼？
玉梅：妳也知道她比較⋯⋯特別。
　嫻：我看她待遇最特別。
玉梅：妳都已經是一間公司的老闆了，不要再跟妳妹計較這些——
　嫻：這跟老不老闆有什麼關係？老闆就應該被欺負、被佔便宜嗎？我怎麼就沒看過這個家有誰這樣幫我講話？
玉梅：妳是姊姊。
　嫻：對，我是姊姊，我也是妹妹。
　　　（對巧蓁）我講的有不對嗎？
巧蓁：沒有。對。妳是姊姊也是妹妹，very complicated。
　嫻：烙什麼英文啊？
巧蓁：sorry。
　嫻：搜什麼蕊？
巧蓁：對不起。

沉默。
玉嫻看了一下，發覺包包不知道要放哪裡，只有搖椅還空著，於是把包包甩上去，繞到廚房。

　嫻：（off stage）買了什麼這麼多啊？
玉梅：為了要餵飽妳們啊。
　嫻：（off stage）怎麼都是生的？

272　出界—At the Edge of Lives

玉梅：自己煮才好啊，又省錢。
　嫻：（off stage）我都快餓死了，今天還沒吃東西。
巧蓁：怎麼妳們都不吃東西？

玉嫻從廚房出來。

玉梅：不然妳跟老三睡同一間。
　嫻：我不要。她睡覺都會聽音樂，誰要跟她同一間。
玉梅：那等一下她來妳們再討論一下吧。
　嫻：哪有什麼好討論，以前爸在的時候把她當寶貝，爸都死這麼多年了，她還以為她還能繼續當老大。
玉梅：不要說「死」這個字。

玉嫻快速拿起包包，逕自上樓，留下搖椅不斷晃動。
玉梅起身去停下搖椅。

玉梅：一副好像要來度假的樣子。
巧蓁：我覺得好像要去約會……二阿姨現在有男朋友嗎？
玉梅：她一直都有啊，但不知道是不是同一個。
巧蓁：原來是高手。
玉梅：什麼高不高手？講話不正經。去拿廚房的東西來備料。

巧蓁走進廚房，拿出一包帶殼花生準備要剝。

巧蓁：我覺得啊……妳戀愛經驗太少，應該跟二阿姨學兩招。
玉梅：欸！噴！三八空空！
巧蓁：妳跟爸爸是初戀吧？
玉梅：是啊。
巧蓁：哇，初戀就結婚，這樣好嗎？是不是應該要有嚐百草的精神？

玉梅：妳以為在試毒啊？
巧蓁：不試試看怎麼知道自己需要什麼？
玉梅：沒有比較沒有傷害。不像妳滿腦子胡思亂想。
巧蓁：可能是基因遺傳吧。
玉梅：我哪時候胡思亂想！妳少把責任推到我身上。
巧蓁：有啊，我是把心思花在寫作上面，妳是一天到晚弄那些有的沒的手工藝。
玉梅：那又不一樣。我做的東西是可以用的，妳那是在心裡面想一些亂七八糟的。

玉嫻一邊下樓，一邊插話。

嫻：妳阿公就是因為那些心裡面亂七八糟的東西才去自殺的。
巧蓁：什麼意思？
嫻：妳外公是國文老師啊。
巧蓁：國文老師，然後呢？
嫻：他如果不要去學那些，應該會比較正常。
玉梅：好了啦，不要再講了。
巧蓁：不一定吧。
嫻：一定。
玉梅：好了啦。
巧蓁：自殺有那麼多種原因。
嫻：想也知道。
巧蓁：文學也太無辜了吧！
嫻：妳外公才無辜。
玉梅：好了啦！
嫻：哇，這個花生米是要給我吃的吧。（拿起剝好花生米來吃）
玉梅：妳不要亂拿！這是等一下要煮火鍋的，被妳吃光就沒了。
嫻：我才拿這麼一小把欸，講話不要那麼誇張好不好。而且妳說

這要拿來煮什麼？火鍋？
玉梅：對啊。
　嫻：哇賽，好久沒吃到這麼怪的煮法了，果然媽媽的味道！
玉梅：還要加辣蘿蔔乾。
　嫻：對！

玉嫻坐到沙發上開電視。

電視：接下來為您帶來的是氣象預報。今天氣象局針對北部發布了豪大雨特報，尤其山區的降雨量可能會超過二十毫米，伴隨每小時十公里左右的強風，請北部尤其是山區的朋友做好準備。

　嫻：好熱。
巧蓁：會嗎？我已經開冷氣了。
　嫻：空調沒壞吧？這麼久了，我看好像還是同一台。
巧蓁：我去檢查一下。

巧蓁下。

玉梅：妳要去檢查一下。
　嫻：冷氣？巧蓁去了啊。
玉梅：我是說身體。容易燥熱，可能是更年期。
　嫻：拜託，我這個月的才剛結束。
玉梅：還是要檢查一下。
　嫻：先檢查一下其他人的狀況吧，是怎樣，都還沒來。感覺要下大雨了。
玉梅：不要烏鴉嘴。
　嫻：（指電視）它講的。

玉梅：（肚子隱隱作痛）我去一下廁所。

巧蓁上。

巧蓁：會涼呀。
　嫻：什麼會涼？
巧蓁：空調。
　嫻：熱死了，妳過來這邊坐坐看。

巧蓁到玉嫻旁邊的沙發坐下，並且東張西望，伸出手來感覺溫度。

　嫻：妳有男朋友了嗎？
巧蓁：誰？我？
　嫻：不然鬼呀？
巧蓁：我……我沒有男朋友。
　嫻：怎麼會沒有。
巧蓁：我現在對那個沒什麼興趣。
　嫻：那就找個條件不錯、讓妳有「性趣」的呀。公司有些年輕人我覺得蠻不錯的。
巧蓁：不用那麼麻煩，呵呵。
　嫻：一點都不麻煩，來，二阿姨滑一下有哪些人選哈……

玉嫻拿出手機，巧蓁想阻止卻無從下手。

巧蓁：（小聲）其實我自己滑 Tinder 就可以了……
　嫻：什麼東西？妳看這個旻澔……嗯……算了這個不好，感覺有點花。裕文……蠻認真的，但話有點少，（對巧蓁）木訥的型妳可以接受嗎？
巧蓁：其實……

276　出界－At the Edge of Lives

嫻：可以是不是？
巧蓁：我才剛結束一段感情，需要自己整理一下。
嫻：不用整理！有什麼好整理？妳又不是房間！
巧蓁：就是讓自己……
嫻：啊想太多了啦，趁妳還這樣白拋拋幼咪咪的時候，好好享受就對了。
巧蓁：但我也不知道現在自己要什麼啊。
嫻：哎唷，這種東西不是靠頭腦想出來的，是靠身體力行去體會出來的啦。妳看妳看，這個聖熙也很好啊，我覺得他蠻帥的。
巧蓁：那二阿姨留著自己用就好了。阿姨我想跟妳說……

玉嫻的手機響。

巧蓁：阿姨妳的電話。
嫻：（接起）喂？

（停頓）

貨又有什麼問題？

巧蓁發現媽媽不見了，找了一下，最後在廁所找到媽媽。

巧蓁：（off stage）妳還好嗎？
玉梅：（off stage）沒事，忍一忍就過去了。

嫻：那他的總金額有超過三萬美金嗎？

（停頓）

這是你的責任,你要查清楚。

玉梅跟巧蓁上。

嫻:另外那個 Smith 的訂單,最後如果有超過三十萬美金要給他優惠,打九五折。

(停頓)

對,就是這樣。

(停頓)

好。

(停頓)

好。

(停頓)

掰掰。

巧蓁:妳今天肚子痛兩次了耶。都沒有拉?

玉梅:沒有。再去幫我拿那個萬精油。

巧蓁:妳擦這個就沒有用啊!不要一天到晚做這種安慰自己的事情好不好?到底是怎樣,不想要我去做我喜歡的事、實現我的夢想,也不用用這種方法把我留下來吧?是故意要等到出事了我再去陪妳住院、賺錢幫妳治病嗎?

玉嫻掛掉電話。

嫻:怎麼這樣跟妳媽講話?
玉梅:啊她都嘛這樣。妳公司怎麼了?感覺不是很順?
嫻:還不就那樣,一堆事。(對巧蓁)妳剛剛跟我說什麼?

巧蓁：喔我是說，樓下這邊還有一間房間，可能比較小，但應該也蠻不錯的，如果不想跟三阿姨住可以考慮看看。因為她當初訂房只有算人頭，沒有算房間數，所以一定會有兩個人要住同⋯⋯（起身往一樓小房間走進去）妳看，這裡面──（突然尖叫）啊！
玉梅：怎麼了？

巧蓁從小房間連滾帶爬地跑出來。

巧蓁：裡面⋯⋯裡面⋯⋯
玉梅：裡面怎麼了？
巧蓁：（驚恐地）有人！
玉梅：有人！

玉梅轉身去找可以當武器的東西。

巧蓁：妳要去哪？
玉梅：（用手示意）噓，等我。

玉梅拿著一支掃把上。

玉梅：他在房間的哪裡？
巧蓁：在床上⋯⋯
玉梅：好。

玉梅拿著掃把躡手躡腳地走進去。

玉梅：（off stage）我打死你！我打死你！我打死你！我打死你！

房間裡傳來一陣玉嬌的哀嚎。

  嫺：（打電話）喂，請問是警察嗎？我這裡有人，有強盜入侵民
    宅——
玉梅：（off stage）我打死你！我打死你！我打死你！我打死你！
  嫺：（off stage）等一下！

玉嬌從房裡跑出來，頭髮散亂，十分驚恐且狼狽。
玉嫺跟巧蓁嚇得後退三步。

  嫺：姊？（停頓）妳幹嘛啦！

玉梅小心翼翼地從房間裡走出來。
玉嫺目瞪口呆地看著這一切，手裡的手機還頻頻發出對方說話的聲音。

玉梅：廖玉嬌？
巧蓁：小阿姨？
  嫺：妳打我幹嘛！
玉梅：我才問妳為什麼要躲在裡面咧！

玉嬌環顧四周，看見玉嫺和她手上的電話。玉嫺也注意到電話還沒掛掉。

  嫺：（緩緩拿起話筒）好……好像沒事了，掰掰。
  嬌：妳們瘋了啊？
玉梅：我們以為有小偷還是屍體！
  嬌：（哀嚎）痛死我了……
玉梅：妳脂肪這麼厚，不會怎麼樣吧？

嬌：最好是！

玉梅：妳是不是又胖了？

嬌：還好吧？

玉梅：簡巧蓁，妳為什麼不看清楚再跟大家說？

巧蓁：我、我也沒有說錯啊⋯⋯我就只有說「有人」。

玉梅：有人？所有人都被妳嚇傻啦！

嬌：算了啦⋯⋯反正死不了⋯⋯

玉梅：欸！

嬌：幹嘛？

玉梅：不要說「死」這個字！

嬌：好啦！

玉梅：妳幾點來的？

嬌：我早上七點多拜完就直接過來了，還遇到管家在整理房間咧。

玉梅：我跟巧蓁來的時候還以為沒人。

嬌：咦，啊三姊還沒有到嗎？

嫻：沒啊。

嬌：不是已經⋯⋯（看手錶）

嫻：我就是不懂她。從小──

玉梅：（打斷）好了啦。

沉默。

門外突然傳來一聲鈴響。

叮咚。

巧蓁：三阿姨！（一邊衝到門邊打開門）歡迎歡迎！

門外站著一個送外賣的小弟。

四姊妹 Silent Sisterhood　281

小弟：呃，您好！披薩外送？
玉梅：（回頭看大家）外送？
小弟：對，請問廖小姐在嗎？
玉梅：（同時）我們都是廖小姐。
嫻：（同時）我們都是廖小姐。
小弟：呃，那……
嬌：（大喊）外送喔？
梅：（大喊）對。

玉嬌來到門邊。

嬌：是找我的啦，披薩外送嘛？
小弟：是，請問是廖小姐嗎？
嬌：對對對。
小弟：叫披薩嘛。
嬌：不是。
小弟：蛤？
嬌：我叫廖小姐。
小弟：哈……您很幽默喔，廖小姐您好。
嬌：您好。
小弟：那……麻煩這邊幫我確認一下您的餐點，一共四個大披薩，然後兩個炸雞桶，兩瓶飲料，確認一下。
嬌：四個披薩、兩個炸雞桶、兩瓶飲料……沒錯。
小弟：這邊是您的發票。
嬌：不要說您，感覺好奇怪。
小弟：喔，好。這是發票，還有什麼需要為您服務的嗎？
嬌：噴，不要說您。
小弟：喔，對，哈哈。這是發票，還有什麼需要服務的嗎？
嬌：沒有。等等。有。

小弟：什麼？
　嬌：（停頓）沒事。
小弟：啊？喔，好，哈哈。那我先走囉。謝謝。
　嬌：要不要進來坐一坐，休息一下？
小弟：啊？
　嬌：進來坐一下啊。

小弟尷尬。
沉默。

玉嫻離開，把電視機開大聲。

電視：接下來為您帶來的是氣象預報。（訊號斷斷續續）今天⋯⋯氣象局針對北部⋯⋯豪大雨特報⋯⋯山區⋯⋯可能會超過二十⋯⋯二十⋯⋯二十⋯⋯

電視被關掉。

小弟：好像快下雨了，我趕著下山，不好意思。
　嬌：好吧。謝謝「您」喔。
小弟：啊！不要說您。
　嬌：學「您」的。
小弟：哈哈！您真的很幽默。
　嬌：「您」也是啊。
小弟：哈哈，謝謝。那⋯⋯再見！
　嬌：再見！

外賣小弟下。
玉嬌要把披薩、飲料提進來，玉嫻坐在沙發上故意不幫忙，玉梅在

旁瞪著玉嬌。

玉梅：這些是妳叫的？
嬌：對啊！妳看山裡這麼遠他們竟然還是可以送過來，很方便耶。
玉梅：（中途打斷）為什麼要花這個錢？
嬌：哎唷，我想說不用那麼辛苦啊。
玉梅：買這個很浪費，而且又不健康，更何況我跟巧蓁把料都已經——
嬌：（中途打斷）我那時候又不知道。
玉梅：最好是不知道！我在群組裡都已經講了，妳自己想辦法帶回去，我才不要吃這些東西。
嫻：（學玉嬌）「要不要進來坐一坐，休息一下？」、「謝謝您喔！」
嬌：幹嘛？
嫻：都結婚的人了。
嬌：用一下賀爾蒙啊。
嫻：妳賀爾蒙不要亂噴啦，噴到滿地都是。呸。
嬌：誰像妳沒有賀爾蒙了。講話一定要這樣帶刺嗎？
嫻：這樣有帶刺嗎？自己想到什麼去了。

一陣中東風格的音樂響起。玉燕上，她的頭頂纏著一條頭巾，且戴著一副墨鏡，整張臉被遮去大半，乍看神似伊斯蘭教打扮，又帶著一點時髦的氣勢跟氣息。

燕：（關掉音樂）嗨！大家好！
巧蓁：三阿姨！
嫻：肖欸。都幾點了？
燕：哎唷，自己人，幹嘛計較那麼多？

玉梅：妳沒事吧？
燕：我沒事啊，怎麼這樣問？
玉梅：我看妳……
嫻：妳是怎樣，去環遊世界完就變這副德性。
燕：環遊世界？什麼環遊世界？
玉梅：好了好了不重要，去把頭巾拆掉，又不是長頭蝨。
嫻：怪裡怪氣。
燕：美感。（玉燕把墨鏡戴在玉嫻臉上）妳不懂。反正如果看不順眼，也只是一個晚上而已。
巧蓁：忍一忍就過去了。
燕：對！忍一忍就過去了。
嫻：那妳今天晚上也忍一忍吧。
燕：什麼意思？
嫻：樓上房間一間是大姐的，一間是我的。

停頓。

燕：那這樣我睡哪？
嫻：妳愛睡哪睡哪。客廳也不錯啊。

停頓。

燕：那張是爸的搖椅嗎？
嫻：對啊。
燕：還在啊。
嫻：反正爸那麼喜歡妳，睡客廳也沒什麼不好吧？
燕：嗯……
玉梅：玉嫻妳就讓一下妹妹……
嫻：為什麼？

四姊妹 *Silent Sisterhood* 285

玉梅：什麼為什麼？
嫻：（難過地）為什麼搞得好像我是壞人？
玉梅：沒有人說妳是壞人。
嫻：明明就是我先來的，而且是她訂房的時候沒有想清楚，小時候可以睡一間不代表長大還是可以睡一間，結果最後我還要來負責擦屁股。
燕：好了好了，大家不要為我吵架。
嫻：少在那邊臭屁。
燕：我睡客廳也可以啊。
玉梅：不好吧。
燕：怎麼了嗎？
玉梅：我是怕妳這樣……
燕：哎唷，我不會怎麼樣啦。二姐上班那麼辛苦，讓她睡房間也很合理呀。而且今天大家好不容易聚在一起，我覺得就是要和和氣氣的，這樣問題就解決了，不是很好嗎？

停頓，玉嫻盯著玉燕。

燕：怎麼了嗎？
嫻：妳是吃錯藥喔？
燕：沒有啊，怎麼這樣講？
嫻：妳以前明明就會跟我吵到底。
燕：人會長大嘛。
嫻：現在是諷刺我長不大就是了？
燕：姊，妳想太多了啦。
嫻：妳今天真的很奇怪。
燕：很奇怪嗎？
嫻：（頓）我改變心意了。
燕：什麼意思？

嫻：我才不會上妳的當。

燕：上我的當？

嫻：我要睡客廳。

燕：妳幹嘛？

嫻：妳以為我會讓妳一個人在那邊假裝很大方嗎？

燕：哎唷，妳想太多了啦！

玉梅：這樣好。

嫻：不過有一個條件。

玉梅：什麼？

嫻：只要我睡客廳，那這裡晚上就是我的房間，任何人都不准進出。

嬌：屁啦！那我要上廁所怎麼辦？

嫻：繞旁邊，不准從中間穿過去。

嬌：那我如果要去廚房拿東西吃呢？

嫻：一樣。

燕：這樣大家反而不方便。

巧蓁：沒關係啦，一個晚上而已，忍一忍就過去了。

嫻：要聊天、要幹嘛請去其他地方。

嬌：真的假的啦？

玉梅：好好好，就這樣決定了，聽妳的。

嫻：（對玉燕）上去把我的行李拿過來給我。

燕：好。謝謝姊。

嫻：少來。

玉燕上樓。

巧蓁、玉梅把準備到一段落的食材拿到餐桌或廚房。

嫻：一個晚上而已，忍一忍就過去了。

巧蓁：對對對，忍一忍就過去了。

嫻：（對玉梅）姊。
玉梅：幹嘛？
嫻：老三她是不是怪怪的？
玉梅：欸……
嫻：算了她本來整個人就怪怪的，當我沒說。

外面傳來一聲巨大的雷響。
轟隆——

巧蓁：要下雨了。
嫻：嘖，麻煩。
巧蓁：什麼事麻煩？
嫻：每件事都麻煩。

樓上傳來疑似東西掉落的巨響。

玉梅：（往樓上看，大喊）玉燕，妳還好嗎？

停頓。

玉梅：玉燕？

玉梅要上樓的同時，玉燕出現在樓梯處。

燕：姊，妳過來一下。（小聲）二姊為什麼說我去環遊世界？
玉梅：（小聲）就妳憂鬱症住院那陣子，我都這樣跟人家說啦。妳還好嗎？
燕：沒事，我沒事。

兩人回到客廳。

玉梅：妳小時候很怕雷聲，每次都會嚇到躲起來⋯⋯
　燕：妳們剛剛有沒有聽到一個水龍頭在滴水的聲音？
玉梅：滴水？沒有啊。
　嫻：剛剛打雷那麼大聲。
　燕：哦，那沒事。
玉梅：大家都整理好了嗎？餓了吧？來把這些東西放進去慢慢滾。
　燕：（鼓掌）耶！
　嫻：今天晚上的重頭戲來了。
玉梅：我就是為了這鍋來的。

玉梅進廚房。

　嬌：（準備拆開披薩）如果餓的人可以先吃──
　嫻：不准。所有人都不准碰。大姐現在去煮，沒事的可以幫忙，不想幫忙就乖乖等。
　嬌：但這個我拿回去也吃不完啊。
　嫻：妳可以分送鄰居啊、朋友啊，妳不是朋友最多了嗎？
　嬌：對啦對啦，不像妳沒朋友。
　嫻：妳說什麼？
玉梅：（從廚房）通通過來幫忙！

巧蓁、玉嫻進廚房。
玉嬌打開披薩想要偷吃。
玉梅從廚房出來。

玉梅：廖玉嬌。
　嬌：吼唷，妳去忙妳的啦。

玉梅：等一下我煮的妳就不要吃不下。給我過來。
　嬌：是，遵命！

玉梅進廚房，玉嬌還是咬了一口披薩。

　嬌：（對著披薩說話）你們等等我喔，忍一忍就過去了。
玉梅：（大喊）廖玉嬌！
　嬌：來了！

玉嬌進廚房。
半晌。
玉燕一個人對著空蕩蕩的客廳東張西望，好像在回憶著什麼，最後目光停在搖椅上。

閃電的光。
一聲巨大的水龍頭滴水聲。

玉燕想起什麼似地突然害怕起來，縮在沙發上。
她調整呼吸，設法讓自己鎮靜下來。
她起身打開手機，播放輕柔的音樂，跟著輕輕起舞，接著默默上樓。

燈漸暗。
風雨聲漸強。

S1-2 我需要被支持

一樓，玉嫻一個人在客廳沙發上看電視，
巧蓁、玉嬌在餐廳區，前者在打電腦，後者戴著耳機收聽 podcast。

巧蓁：（突然地）啊啊啊！想不出來。
　嬌：（拿下耳機）怎麼啦？
巧蓁：要投給報紙的文章想好主題了，但一直想不到開頭。
　嬌：妳現在常寫文章喔？
巧蓁：就是……想往這個方向發展。
　嬌：咦？那妳本來的工作？
巧蓁：辭掉啊，而且我要再出國唸一個藝術創作的碩士。
　嬌：哇！這麼勇敢！
巧蓁：所以小阿姨覺得這是好事對不對？
　嬌：當然。
巧蓁：我就知道！小阿姨妳一定會支持我。不像我媽一天到晚只會說這樣不好那樣不好。
　嬌：嗯，怎麼說呢……對我們這一輩來講，生活穩定很重要、也很不容易。妳媽媽又比我大很多，她肯定比我更在意呀！
巧蓁：我只是在實現自己的夢想。
　嬌：那是妳命好，才可以去實現夢想。妳以為妳媽媽沒有夢想喔？
巧蓁：沒想過這個問題。
　嬌：妳看吧，妳只要想妳自己就好了，不用有那麼多問題。
巧蓁：那阿姨妳也有夢想嗎？
　嬌：有啊！很多噢。想要去滑雪、想要去高空彈跳、想要去爬喜馬拉雅山、想要在鄉下開一間可愛的民宿，啊，講不完啦。

巧蓁：那妳現在做完哪些了？

玉嬌比出食指。

巧蓁：一樣！哪一樣？
　嬌：不是，這叫做：一個都沒有。
巧蓁：什麼啦！為什麼？
　嬌：我結婚啦。
巧蓁：結婚就不能做這些事嗎？
　嬌：你姨丈希望我待在家裡。
巧蓁：待在家幹嘛？
　嬌：很忙喔，打掃、煮飯、洗衣服、燙衣服，有小孩之後就更不用說了。
巧蓁：所以家庭主婦不是妳的夢想。
　嬌：總是要取捨啊。
巧蓁：蛤，這樣講聽了很難過欸。
　嬌：吼唷，幹嘛難過啦？妳可以有妳自己的決定啊！只要喜歡自己的決定就好了。
巧蓁：那妳喜歡自己的決定嗎？
　嬌：喜不喜歡喔……呵呵呵……

玉燕從樓上下來。

　燕：姊。（停頓）姊！
　嫻：幹嘛？
　燕：妳來看一下。
　嫻：看什麼？
　燕：樓上後面的陽台的門關不起來。
　嫻：關不起來？

燕：對啊。門打開就是往一樓後面的逃生梯，這樣雨水會一直灌進來，現在那邊的地板都是濕的。

嫻：為什麼關不起來？

燕：我不知道，所以叫妳上來幫我看一下。

嫻：（一邊起身）又叫我住樓下，又叫我去管樓上，莫名其妙。

燕：我沒有叫妳住樓下喔！不要怪到我頭上。

嫻：讓我怪一下是會少一塊肉喔？

玉嫻、玉燕上樓。

巧蓁：呼，我還以為她們要吵架了。

嬌：不要看她們兩個好像很合不來，其實還是相親相愛的啦，相愛相殺嘛，就跟妳和妳媽一樣。

巧蓁：不要提了，我真的是要被她氣死。

嬌：怎麼了？

巧蓁：她就生病都不去看醫生啊。

嬌：生病？什麼病。

巧蓁：不知道，但是她最近一直肚子不舒服。

嬌：她又不想花錢吼。

巧蓁：小阿姨妳懂！怎麼省錢省在這種地方咧？

嬌：這種時候妳就要陽奉陰違知道嗎，不要跟她正面起衝突，但最後還是連哄帶騙把她帶去醫院。

巧蓁：怎麼感覺妳很有經驗？

嬌：她很需要別人支持啦。其實每個人都一樣，有人支持妳，妳才會覺得自己的決定是好決定。

巧蓁：好像蠻有道理的。妳還沒說妳喜歡自己的決定嗎？

嬌：不知道耶。但我在想，可能今天晚上過後會有不一樣的答案。

巧蓁：咦？什麼意思？

玉嫻的聲音從二樓傳下來,她一邊走回客廳。

嫻:(off stage)我沒辦法啦。
燕:(off stage)(大喊)那這樣我要怎麼睡?
嫻:還是可以睡好嗎,妳睡覺都可以聽音樂了,再加一點風雨聲算什麼。
燕:(off stage)那又不一樣!
嫻:妳就當作在聽大自然的音樂吧。(小聲地)麻煩死了,嘰哩呱啦。
嬌:沒辦法修嗎?
嫻:修什麼修?我又不是水電工。
嬌:幹嘛兇我?
嫻:我沒有兇!
嬌:對對對,妳只是講話大聲!

玉梅端著一道菜上。

玉梅:滷白菜來囉!
嬌:哇,我看,裡面有豬皮耶。咦,啊就只有豬皮,妳沒有加別的喔?
玉梅:媽就是這樣煮的啊。
嬌:這樣會不會有點⋯⋯太「媽媽的味道」了。
嫻:嫌東嫌西是不會自己去煮?
嬌:幹嘛啦?講一下也不行?
玉梅:馬上就好了。
嬌:再等我就要吃我的披薩了。
嫻:妳不要那麼白目好不好?
玉梅:來把其他的菜端一端,看一下火鍋好了沒,好了就可以開動了。

嬌：我來！

玉嬌跟玉梅到廚房把菜端出來。

嬌：來喔，小心燙喔。
嫻：有火鍋就夠了，幹嘛還炒菜？
玉梅：這樣才吃得到各種媽媽的味道啊，真的太多也可以打包回去。
嬌：很香欸。我看不用打包喔，大家一定會吃光光！
玉梅：能吃完是最好。
嬌：好神奇喔，好像真的回到小時候。
玉梅：跟吃外面東西感覺還是不一樣吧？
嬌：對啊。
嫻：跟小時候唯一的差別就是，以前不會一次出現這麼多種，媽都份量都算得剛剛好。
嬌：對，很怕吃不夠。
嫻：貪吃鬼。
嬌：這叫捧場好不好。但還是有跟小時候一樣的地方。
玉梅：什麼？菜色喔？
嬌：不是啦，菜色不用講，重點是——我們最後都會吃完。
玉梅：那妳要說到做到。
嬌：放心啦，包在我身上，哈哈哈。
巧蓁：啊！我知道要怎麼開頭了，可以從食物下手，然後再連結到記憶，完美！
玉梅：什麼東西的開頭？
巧蓁：沒事，我們吃飯吧。
嬌：妳在說妳那篇文章吼？
巧蓁：（笑）對。
玉梅：那我們準備開動吧。玉燕呢？
嫻：在樓上。

玉梅：在樓上幹嘛？廖玉燕！
燕：（off stage）馬上來。
玉梅：妳的馬上是什麼時候？每次都嘛上！
燕：（off stage）妳們不用等我啦！
玉梅：我們先吃吧。
嬌：耶！

玉嬌開動。

玉梅：等一下。
嬌：什麼？
玉梅：之前媽還在的時候吃飯要說什麼？
嬌：（不好意思地）喔，對不起。
眾人：いただきます。

眾人開動。
玉燕下樓。

玉梅：快來吃飯。
燕：好。
嬌：我們真的好久沒有聚在一起了。
嫻：沒辦法，忙嘛。
嬌：大家最近都過得怎麼樣？大姊找到新對象了沒？
玉梅：找什麼新對象，光學校的事情就忙不完了，家裡還有一個人要我擔心。
巧蓁：我又沒有要妳擔心我。
玉梅：妳的行為舉止就是讓人擔心。
嬌：再這樣單身下去，小心會變成怪人喔。（做怪物狀）吼！
玉梅：才不會。神經。

嬌：媽不就是這樣子嗎？
玉梅：講媽做什麼？
巧蓁：外婆怎麼了？
玉梅：沒事。
嬌：姊，我問妳喔。
玉梅：幹嘛？
嬌：妳是不是覺得不交新男朋友比較負責任。
玉梅：我沒有想那麼多。
嬌：那不然是什麼？嫌麻煩？
嫻：會嫌麻煩就是因為妳對別人太好。
玉梅：我都沒有講話欸！
嫻：（忽略玉梅）妳看我缺對象嗎？不會啊，原因就是我不會想那麼多，什麼責不責任的，就只是找個人作伴而已嘛。而且我還有祕訣，絕對不會交往超過一年，因為過了一年我就會慢慢變他們的媽，到時候要分都分不乾淨。只要遵守這個原則，我就只要對自己負責就好了，分手後他們要怎麼辦，那是他們的事。我呢，只要開開心心過自己的日子，自然就會找到下一個。妳的問題就是把什麼事情都想得太認真了，廖老師！
玉梅：⋯⋯我還沒有準備好。
嫻：妳老公都已經ㄙ——我是說，過世幾年了？
玉梅：十年。
嫻：十年，妳現在去找一個伴，沒有人會怪妳。妳不去找，老了就會變巧蓁的負擔。
巧蓁：我沒有講喔！
嫻：妳要是再這樣下去，真的會跟小妹說的一樣，怪裡怪氣。
玉梅：我有我的工作、我的生活，我怎麼樣怪裡怪氣？
嫻：一個老女人，超過十年沒有伴，整天埋在工作裡面，不打扮、不逛街，也沒有任何休閒娛樂，這樣就叫怪裡怪氣。

玉梅：隨便妳怎麼說。
　嬌：姊。
玉梅：幹嘛？不要再講我了啦，聊一點別的。
　嬌：我有點……
玉梅：什麼啦？

玉嬌站起來走向廁所。
玉嬌吐了。

　嬌：噁──
巧蓁：天啊！

玉嬌想要摀住嘴巴，但又吐在自己手上，嘔吐物流得到處都是。

玉梅：拿抹布來！

巧蓁衝去拿抹布又衝回來，期間眾人照顧玉嬌，先帶她到浴室清洗，從浴室裡又傳來幾聲乾嘔，巧蓁一個人把客廳地板反覆擦了幾次，眾人回到客廳。

玉梅：先躺下來。
巧蓁：還好嗎？有沒有發燒？
玉梅：摸起來沒事。
　燕：怎麼會突然這個樣子……？
　嬌：就是……突然……有點不舒服。
玉梅：不是食物的問題吧？
　嬌：應該不是……
　燕：如果是食物的問題，那我們應該也會不舒服。
玉梅：那怎麼會？

巧蓁：最近有這樣過嗎？

嬌：有幾次。

嫻：妳該不會……

嬌：哈哈……

玉梅：懷孕了？

嬌：對。

巧蓁：恭喜阿姨！

玉梅：好事、好事。

嫻：我以為妳是變胖。

嬌：這叫深藏不露。

燕：太好了，有一個新生命跟我們同在，會讓彼此的能量更加圓滿，妳們知道嗎？因為每個人都是一個不朽的精神個體（被玉梅的下句打斷），這個新到來的生命是要來提醒我們自己原先的本質……

玉梅：妳如果早點說，我可以幫妳多煮一點補身體的。

嬌：不用麻煩啦。

嫻：補太多也不好，而且我看最後都嘛補到媽媽身上，小孩子不知道有沒有吸收。

玉梅：好了妳不要一直開她玩笑。

嬌：二姊沒有賀爾蒙很可憐，讓她高興一下沒關係啦，我會包容。

嫻：妳再講啊？包什麼容？

玉梅：已經幾週啦？

嬌：現在差不多八週。

玉梅：真是意外驚喜吼。

嫻：妳們還蠻活躍的嘛！

嬌：妳很煩欸。

嫻：不過還是替妳高興啦。

玉梅：對啊，這樣很好，而且妳現在當媽媽也已經很上手了。

嬌：對啊，不過對我來說還是蠻驚嚇的。

四姊妹 Silent Sisterhood 299

嫻：什麼意思？

嬌：⋯⋯沒有啦沒有啦。

玉梅：為什麼要驚嚇？家裡這樣熱熱鬧鬧很好。

嬌：對。

玉梅：不用擔心啦，這方面妳是專家。

嬌：謝謝。

嫻：妳看起來真的很驚嚇欸，是怎樣？

嬌：沒有啊，哈哈。

嫻：還說沒有，給我老實講喔，是在想什麼？

嬌：就⋯⋯我還不知道要不要把這個小孩生下來。

玉梅：欸！幹嘛不生？

嬌：吼唷，事情很複雜啦，但我簡單講⋯⋯反正⋯⋯他在外面有別的女人了。

嫻：慣犯！

巧蓁：蛤？二阿姨妳早就知道囉？

嫻：我跟妳們講，他就是這種人，有一就有二，有二就有三。

玉梅：（對玉嫻）等一下啦，妳不要打岔！（對玉嬌）妳好好講清楚，到底是怎樣？

嬌：他前一陣子就突然開始上健身房啊，買新的香水啊，那時候我就覺得怪怪的，有一天我不小心瞄到他的對話紀錄⋯⋯

玉梅：不小心？妳看他手機喔？

嬌：嗯。就看到他在跟另一個女生交往。

玉梅：妳有看清楚嗎？會不會是搞錯了？

嫻：我敢保證，沒搞錯，就是劈腿！

玉梅：不要吵啦，妳是有看到喔？

嫻：我都看他看幾年了，看到不想看，我還不懂那個人在想什麼喔。

玉梅：我不要聽妳講。（轉對玉嬌）所以妳那時候看到什麼？很確定嗎？

嬌：確定啊，我還怕自己看錯，又偷偷回去看很多次。
嫻：哎唷，傷眼睛。
嬌：我怕我搞錯嘛。
嫻：所以是妳認識的人嗎？
嬌：好像是公司的新人。
嫻：年輕妹妹，完全是他的 style。
玉梅：妳不要一直在那邊講一些有的沒的。如果是現在這樣，更應該要把這個小孩生下來！
嫻：不要！幹嘛？
玉梅：這樣兩個人之間的關係就會改善啊。
嫻：最好是，兩個人不合，生幾個都沒用好不好。
玉梅：哎唷，不一樣，小孩長大是另一回事，但是有新的 baby 那種感覺……妳懂嗎？啊算了妳不懂。妳沒結過婚。妳不要講話。
巧蓁：那個……我先去上廁所……
玉梅：妳去樓上！
巧蓁：我什麼都沒聽到！

巧蓁拿了電腦跟耳機退到旁邊。

玉梅：哎呀！反正就是這樣，生下來就對了，其他問題都還可以解決。
嫻：我看是分一分吧。
玉梅：妳以為是在交往喔？這是婚姻欸。
嫻：婚姻怎麼樣？可以離啊！我這個人勸離不勸合。
玉梅：妳就是什麼都想得太簡單。
嫻：啊都不適合了，幹嘛互相為難？
玉梅：妳根本沒有經歷過婚姻，妳怎麼知道婚姻是什麼樣子？這種事都是這樣，睜一隻眼閉一隻眼就過了。

嫻：妳以為什麼事都是跟聚餐一樣，忍一忍就過去啦？這個忍是要忍到妳掛掉那一天欸。妳看爸跟媽，到死那天都還在忍。
玉梅：不要說「死」這個字！而且妳懂屁啊，扯爸跟媽幹什麼？
嫻：要求自己就算了，少拿自己那一套用在每個人身上。
燕：好了好了，大家冷靜一點，現在氣氛有點緊繃，但是呢，我覺得沒有那麼嚴重，最重要的是要顧好自己，對不對？我講說，每個人都是能量，重要的是這股能量可以跟妹妹、妹夫互相融合，起到彼此增強的效果。（被打斷）人跟人之間已經有太多界線，我們現在就是藉著這個機會打破……
玉梅：我們剛剛講到哪？
嫻：講到……
巧蓁：（從旁插話）三阿姨妳真的很酷……
燕：那當然。
玉梅：（對巧蓁）妳還是在聽嘛！
嬌：好啦，妳們的建議我都知道了，我要再想一想。
玉梅：妳還要想什麼？
嫻：（小聲地）妳就讓她自己想一下會怎樣嘛，妳又不是她媽。
玉梅：妳講什麼？
嫻：沒有。

玉梅的手機鈴聲響起。

嬌：接妳的電話啦。
玉梅：妳能不能不要囉哩八唆？
　　　（接起電話，遮遮掩掩地）啊對，我一直忘記去拿報告。那結果……？

　　　（停頓）

啊⋯⋯

（停頓）

好。

（停頓）

我知道了。

（停頓）

那我再找時間去拿。

（停頓）

好。

（停頓）

謝謝。掰掰。

玉梅掛掉電話。

嫻：誰啊？
玉梅：沒啊。
嫻：誰是沒啊？
玉梅：不重要。
嫻：誰是不重要？

玉梅：妳很無聊。
嫻：所以是什麼不重要的事嘛？什麼報告？
玉梅：學校。
嫻：學校怎麼會不重要，學校跟巧蓁在妳心中並列第一名。
玉梅：就……現在老師很難當。
嫻：怎樣難當，講一下嘛，讓我們這些做妹妹的幫妳分擔一下啊。
玉梅：怎麼分擔，妳要幫我上課嗎？
嫻：不領情就算了。
玉梅：我可以照顧自己。
嫻：說都是這樣說，等妳真的生什麼病妳就知道。
玉梅：妳又知道我得什麼病。
嫻：我不知道啊，反正妳都不講。

玉嫻手機響起。

玉梅：換妳接電話啦。
嫻：要妳管。

（接起電話）喂？

（停頓）

那要哪時候才可以放行？

巧蓁湊到玉嬌旁邊。

巧蓁：小阿姨。
嬌：嗯？

（停頓）

現在就是卡在那裡,如果一直進不來,我沒辦法賣,這樣公司就轉不動啊。

（停頓）

不是已經檢查過品項都沒問題了嗎?
為什麼現在會突然被扣查?

（停頓）

臨時?

（停頓）

我已經沒有多的可以擋了。

巧蓁:妳不是還想去高空彈跳、開民宿什麼的嗎?
嬌:對啊。但結婚生小孩之後就比較少想了啦。

巧蓁:為什麼?
嬌:要當家庭主婦啊,每天恨不得自己有三頭六臂,沒辦法兼顧這麼多啦。

巧蓁:嗯……小阿姨。
嬌:嗯?
巧蓁:雖然我沒有結過婚,也不太懂結婚生小孩的生活什麼的,但妳當初選擇結婚,擇結婚,應該也是覺得是一件快樂的事吧?
嬌:當然啊!

（停頓）

那妳要我怎麼辦？

巧蓁：那妳可不可以答應我一件事？
嬌：什麼事？

巧蓁：就是……不管妳最後做什麼決定，都要像妳教我的那樣。
嬌：什麼意思，我教妳怎樣？

（停頓）

我不管，妳去想一個辦法出來。

（停頓）

就這樣，我不跟妳講了。這件事情妳負責。

巧蓁：要喜歡自己做的決定啊！因為我覺得，結婚生小孩，應該說不管什麼事，應該都跟妳說的這句話沒有衝突才對。
嬌：（思考）好。

（停頓）

再見。

巧蓁：那我們打勾勾。
嬌：好，打勾勾。

玉嫻掛掉電話。

玉梅：誰啊？

嫻：沒啊。

玉梅：誰是沒啊？

嫻：不重要。

玉梅：誰是不重要？

嫻：妳很無聊，不要煩好不好，我不是她們倆，我不需要妳操心。

玉梅：所以妳在操心啊。

嫻：我沒有。

玉梅：公司遇到什麼問題？還好嗎？

嫻：管好妳自己就好。

玉梅：（突然痛苦地）啊──！

嫻：妳怎麼了？

玉梅抱著肚子。

巧蓁：妳又肚子痛嗎？

燕：什麼叫「又」肚子痛？

巧蓁：剛剛妳們還沒來的時候也發生過一次。

燕：怎麼會這樣？

嫻：要不要去廁所？

巧蓁：應該不是那個問題⋯⋯

玉梅：幫我拿藥⋯⋯

嫻：什麼藥？

巧蓁：她的止痛藥。

嫻：一般的止痛藥？

巧蓁：對。

嫻：真的都沒有去看過醫生？

玉梅：哪有那麼嬌貴，肚子痛在看醫生的。

嫻：妳以為妳是金剛不壞之身嗎？把三妹跟小妹養得那麼嬌貴，然後自己什麼毛病都不看醫生。（對巧蓁）她這樣子多久了？

四姊妹 Silent Sisterhood　307

巧蓁：大概一兩個月了，時不時就會肚子痛。
　嫻：我要叫救護車。

玉嫻起身去拿手機。

玉梅：沒有那麼誇張好不好！

玉嫻準備撥出119。

玉梅：我去看了！我知道是什麼問題！

停頓。
玉嫻放下電話。

　嫻：妳看了？
玉梅：對。
　嫻：所以是什麼？腸胃炎？盲腸炎？
玉梅：都不是。
　嫻：那是什麼？
玉梅：就⋯⋯我有趁巧蓁不在的時候偷偷去醫院檢查。剛剛那通電話不是學校打來的，是在醫院工作的高中同學打來的。我⋯⋯
　嫻：到底是怎樣？
玉梅：我本來沒有要說的。
　嫻：妳現在就說。
玉梅：我確診了大腸癌。

停頓。

玉梅：哎唷，沒有那麼嚴重，不要每個人都一副愁眉苦臉的，我又不是明天就要死了。

嫻：（同時）不要說「死」這個字！

嬌：（同時）不要說「死」這個字！

巧蓁：（同時）不要說「死」這個字！

巧蓁：之前陪妳去醫院照超音波，那時候不是說沒什麼問題嗎？醫生到底是怎麼講的？

玉梅：醫生說再觀察看看。

巧蓁：觀察看看？還有呢？

玉梅：我也記得不是很清楚。

巧蓁：那個醫生怎麼可以這樣不負責任！他沒有寫一些要注意的事情給妳？而且妳後來要去醫院複診的事我也都不知道，我又不是小偷，為什麼要這樣防我？

玉梅：妳在忙啊。

巧蓁：我忙什麼？我平常說要工作、要寫稿，妳都沒有在管我忙不忙，這種時候妳就拿這當藉口。

玉梅：我不想讓妳擔心嘛。

巧蓁：妳真的有把我當女兒嗎？我到底是不是妳親生的啊？

嫻：好了巧蓁，不要說了。（停頓）報告有說第幾期嗎？

玉梅：第一期。

嫻：第一期……我之前有朋友也是第一期，後來好像動手術切除腫瘤就沒事了。

嬌：真的嗎？

嫻：應該是，我再去問他一下要注意什麼事情。

玉梅：對啦對啦，我就說沒有那麼嚴重嘛，我有查資料，網路上有醫生說動完手術、好好調養，存活率高達九成耶！又不會馬上死。

嫻：（同時）不要說「死」這個字！

嬌：（同時）不要說「死」這個字！

玉梅：好了知道啦！拜託，要不是我肚子痛，妳們一定覺得我是整個家裡最健康的。（停頓）妳們看這桌菜是誰煮的？人家不是都說，生這種病最重要的是正常生活，保持愉快的心情，所以妳們要幫我啊，要快快樂樂的，這樣我才能好好養病，才能放心，才會有機會好起來，對不對？

嬌：大姊。

玉梅：幹嘛？

嬌：抱一個。

玉嬌擁抱玉梅，玉燕、玉嫻跟著抱在一起，只有巧蓁在旁邊生悶氣。不久後幾人分開。

燕：如果我可以代替大姐就好了。

玉梅：妳在說什麼東西啦？

巧蓁：我決定了。我不出國留學了。

玉梅：那跟這有什麼關係？那筆錢是用來給妳——

巧蓁：（打斷）那筆錢是用來給妳養病的。

玉梅：不用。

巧蓁：不用什麼？如果我真的出國了呢？如果我拿了學位回來，到時候妳是不是就不在了？那我到時候……我就沒有家人了耶！

玉梅：不是啊，我是在替妳著想。

巧蓁：妳根本就不相信我！

玉梅：我不是不相信妳，我是想說，如果治療成功，搞不好這個事情就過去了，到時候妳也不用多操這個心。

巧蓁：妳這樣讓我很害怕。

玉梅：哎唷，真是的，沒什麼好怕的……

嬌：啊！我想到了！

嫻：什麼？

嬌：一個兩全其美的辦法啊！爸媽不是有留下一筆錢嗎？我記得

好像三百多萬，大家說好像這種吃飯的場合就拿出來用，當作爸爸媽媽請客。我是想說，從那筆錢裡出大姐的醫藥費跟生活費，這樣巧蓁還是可以出國唸書，大姊也可以安心養病，妳們覺得怎麼樣？

沉默。

　　嬌：二姊？

玉嫻看起來若有所思。
沉默。

　　嫻：嗯……目前可能不行。
　　嬌：為什麼？
　　嫻：因為……
　　嬌：怎樣？
　　嫻：那筆錢現在不在我身上。
　　嬌：不在妳身上？什麼意思，妳拿去存定存？投資？公司周轉？都不是，啊不然是怎樣？
　　嫻：沒什麼啦，過一陣子可能就回來了。
　　嬌：什麼叫過一陣子？妳以為是回力鏢啊，那它現在去哪了？
　　嫻：我……借給朋友。
玉梅：哪裡的朋友？
　　嫻：一個澳洲的錶商。
玉梅：澳洲的錶商？妳什麼時候去澳洲？認識什麼錶商？
　　嫻：吼，做生意本來就會認識很多人，跟妳在學校不一樣啦。
玉梅：那就跟他要回來啊。
　　嫻：不太方便。

大家盯著玉嫻。

嫻：就……有一次有個時裝發表會，我在高職認識的設計師朋友在裡面發表作品，所以可以去他們的 after party，而且可以攜伴一起，那她知道我也在開服裝店，所以就邀請我一起，我其實本來是沒什麼興趣，但是人家的好意不好意思拒絕嘛，所以後來還是去了，欸，結果那邊還蠻漂亮的，氣氛很不錯，酒也很好，大家就在那裡交換名片、聊天什麼的，所以就認識啦。他叫做 Bruce，聽起來很帥對不對？真的是蠻帥的，我們也算蠻投緣的，所以私下還有再約出去幾次，大概是這樣。……妳們幹嘛用那種眼神看我？

玉梅：廖玉嫻。

嫻：幹嘛？

玉梅：妳從小說謊的時候都會把事情講得特別仔細，如果真的有這些事，妳根本懶得跟我們講！妳說這麼多，到底有沒有這個人？叫什麼名字？老實說！

嫻：……啊好啦！有這個人啦。（停頓）是在交友軟體上認識的。

嬌：我怎麼有一種不詳的預感……

玉梅：然後呢？

嫻：我們就很合啊，認識兩個禮拜之後開始交往，也交往了幾個月，他都已經跟我求婚了，結果他說他們公司臨時出狀況，需要一筆錢周轉，保證風波過後一定能賺回來，到時候穩定下來再結婚。我問他需要多少，他說一千萬，我說我沒有那麼多錢，但會盡量幫他，所以就把三百萬借給他了。我已經一個多月聯絡不上他，傳訊息打電話都沒有回應。

沉默。

玉梅：三百萬三百萬三百萬……三百萬欸！從以前國中要跟男朋友

私奔就被人家放鴿子,還跟爸媽吵到全家不得安寧,最後也是我半夜跑到山上去把妳找回來,妳能不能醒醒?什麼時候才會學乖啊?

嫻:都多久以前的事了!現在講這個有什麼意思?

玉梅:當然要講,因為妳是慣犯啊。

嫻:我也很難過啊!誰想遇到詐騙集團?我本來以為只要跟他撐過這一波,兩個人結婚,我就一帆風順了,到時候服裝店還要不要開、還是要頂給別人都可以自己決定。然後我就自由了!誰知道會變成這個樣子。(停頓)所以妳們現在想要我怎樣?

玉梅:妳要想個辦法負責。

嫻:(看著玉嬌)妳也這樣覺得?

玉嬌別過頭沒有正面回應。

嫻:那就是了。(停頓)好啊,反正你們每個人都有立場指責我,從小大姊有人體諒、三妹有爸爸愛、小妹做什麼都會被原諒,就我在這個家裡,什麼都不是。妳們知道我為什麼想出去自己開店創業嗎?不是因為我喜歡冒險犯難欸,也不是因為我喜歡管理,是因為這樣可以讓我有存在感,可以讓別人用正眼看我、重視我。一個五十四歲的女人,不想再勉強自己做不喜歡的工作,想要找到一個依靠,一起過平凡的日子。但今天她的家人告訴她,她錯了!她不應該有這種期待!

(停頓)

為什麼連期待都不願意給我呢?

沉默。

四姊妹 Silent Sisterhood　313

燕：姊，妳知道他的生日跟出生地點嗎？
嫻：幹嘛？
燕：我最近有學一套卡牌，只要用這些基本資料，就可以算出對方的位置。
巧蓁：真的嗎？
嫻：（沒好氣地）謝謝妳喔。
巧蓁：阿姨妳之前就用過這個方法？
燕：我沒有，但我看人家用過。
巧蓁：那就來試試看啊！什麼方法都好，妳有帶那一套牌嗎？
燕：有啊，我去拿一下。

玉燕起身的同時，一聲轟然巨響。
一個人影從通往二樓的樓梯連滾帶爬地摔下來。

嬌：（尖叫）啊！
巧蓁：誰！
玉梅：不准動！

那人是名男子，躺在地板上哀嚎。
眾人小心翼翼地湊上去。

玉梅：怎麼有點眼熟？
巧蓁：這是……剛才送披薩的？

男子持續痛苦地呻吟。

巧蓁：喂。

停頓。

巧蓁：叫你啊！
小弟：（痛苦地）對不起，啊……
巧蓁：你是剛剛送披薩來的那個人吧？
小弟：對。
玉梅：你是怎麼跑進來的？你這行為我可以告你你知不知道？
小弟：我真的不是故意的……
巧蓁：你什麼時候上去的？為什麼突然從樓上冒出來？
小弟：因為外面下大雨，下山的路斷了沒辦法走，我今天晚上就回不了家了，想說來這裡請妳們幫忙，但我剛剛在外面敲門敲很久都沒有回應，所以不知道怎麼辦，後來發現後面有個逃生梯通往樓上，門也都開著，就想說先進來躲雨，找個適合的時機再出面問妳們願不願意幫忙，讓我借住一晚。但剛剛妳們好像一直在吵架，我找不到適合的時間點，本來想去找找看有沒有廁所，結果就不小心滑倒……
嬌：那你現在沒事吧？
巧蓁：小阿姨妳幹嘛關心他！
嬌：不然要怎麼辦，把他抓去警察局喔？
巧蓁：對啊！
嬌：怎麼這麼沒有同情心！
小弟：真的很對不起，我真的不是故意的，實在是想不到辦法了，才想來問問看妳們願不願意幫忙……
嫻：所以我們剛剛說的話你都聽見了？
小弟：對。對不起……
嫻：很好。
小弟：蛤？
嫻：你在你們家是老幾？
小弟：我們家只有我一個。
嫻：也行。你來評評理，你覺得我剛剛說的有沒有道理？
小弟：蛤？

嫻：你不是說你都有在聽。

小弟：對……

嫻：那你說嘛，假設你有兄弟姊妹，但全部的人裡面只有你被忽視，你會不會想去外面證明自己？

小弟：呃……

嫻：怎麼了，這個問題很困難嗎？

巧蓁：不是，這關他什麼事？

嫻：他想留下來，這就關他的事。回答我，會不會？

小弟：會，可是——

嫻：好了！不用可是。

玉梅：那我也問你，今天大家共有的遺產突然被其中一個人拿去全部借給不認識的人，這是不是一件很嚴重的事？

嫻：他不是什麼不認識的人！

玉梅：這不是重點。回答我，是不是？

小弟：是。可是——

玉梅：好！停！不用可是。好啦，本來可以把三百萬裡自己那部分拿去看病跟生活，現在也沒辦法了……

嫻：不要在那邊裝可憐喔，妳們這些人就會同一招，玉嬌也喜歡裝可憐，現在大姐也要裝可憐。

玉梅：我裝什麼可憐，我說我要拿自己那一份去看病，這樣也叫裝可憐。事實就是錢已經被妳花掉了嘛！

嫻：妳怎麼知道這裡面有多少是要給妳的？

玉梅：什麼意思，不就是平分一人一份嗎？

嫻：那從小到大花爸媽錢比較多的，現在也是拿一樣的錢嗎？（對外賣小弟）來，你評評理，這樣合不合理？

小弟：是還有討論的空間……

嫻：什麼討論空間？

小弟：就是……

嫻：沒有討論空間！

小弟：（驚嚇地）對！沒有討論空間！

玉梅：小弟弟，你是來主持公道的，不是來附和她的，你要用你自己的腦筋去思考好不好？

小弟：好！

玉梅：你今年幾歲？

小弟：二十四！

玉梅：二十四，這麼年輕，還不好好用腦。

小弟：對不起！

玉梅：廖玉嫻，妳要怎麼知道從小到大誰花了爸媽多少錢？

嫻：我是不知道誰花了最多錢，但我知道誰花了最少錢。就是我！

玉梅：那妳說，在妳心裡那三百萬有多少是我的？

嫻：你跟玉燕、玉嬌分一百萬，剩下的兩百萬都是我的！

嬌：為什麼！

玉梅：我盡心盡力照顧妳們長大，今天還煮這一桌菜給妳們吃，在妳心裡我就只應該拿三百萬裡面的三十萬。

嫻：這才叫「真正的公平」！

巧蓁：是這樣子嗎……

玉梅：我今天不是要看感冒流鼻水欸，我得的是癌症！癌症！

嫻：是我叫妳得癌症的嗎！

玉梅：妳聽聽看妳在講什麼東西！

嫻：是妳先拿癌症威脅我！

玉梅：妳每次都這樣！

嫻：怎樣？

玉梅：這樣！

輕柔音樂淡入。燈光轉換，玉燕身上有一顆 spotlight。
眾人動作持續，但從爭吵轉為溫馨、歡笑、打鬧的樣子。
以下對話的聲音透過預錄的方式播出，聽起來有些遙遠。

四姊妹 Silent Sisterhood

嫻：妳才每次都這樣！
小弟：好了好了，有話好說嘛。
嫻：我跟她之間沒有什麼話，也不用好說！
玉梅：我也是。自私鬼！
小弟：至少你們還有家人可以吵架，不像我連吵的對象都沒有。
嫻：要吵不會去跟你爸媽吵？
巧蓁：（對小弟）你幹嘛加入啦？
小弟：我爸過世了，我媽整天都在喝酒，又不理我。
嫻：你的意思是你最可憐就對了？
小弟：不是……但我很羨慕妳們。
巧蓁：現在到底是什麼情況……
小弟：我也希望我家可以像你們這樣熱熱鬧鬧。
玉梅：有什麼好熱鬧，跟一群自私鬼生在一個家有什麼好熱鬧！

輕柔音樂，以及眾人歡笑、打鬧的樣子持續，玉燕變得只是在旁靜靜看著。
搖椅上出現父親身影，玉燕走近。
一聲巨大的水龍頭滴水聲。

燕：爸爸？

眾人打鬧的身影暗去，只剩玉梅一個人回頭。
父親的身影消失，但玉燕動作彷彿還是拉起了他，隨音樂起舞。
滴水聲持續。

燕：爸爸？
父親：噓。
燕：爸爸……
父親：噓，不要講話。

滴水聲消失。

父親身影逐漸消失在黑暗中，剩玉燕一人獨舞，她把頭巾摘下來，露出底下的小平頭和戒疤。

　　燕：爸，我很快就會去找你了，我會去找你說清楚。

輕柔音樂淡出。

燈暗。

（中場休息）

S2-1 好好愛我

大幕維持落下，巧蓁拿著麥克風走上台。

巧蓁：我跟我媽印象最深刻的對話之一，是有一次我們去餐廳吃晚餐，我坐在她對面，發現她額頭旁邊有一道淡淡的疤，以前都沒有注意過。
所以我就問她那是怎麼來的？她說沒什麼、不重要，只是小時候跌倒撞到門。（笑）跌倒撞到門？我媽真的是一個很不會說謊的人，我才不信，我繼續問她到底是怎麼來的？她被我逼了老半天才終於說是跟她爸爸，就是我外公起衝突。我說你們在吵什麼？一定很嚴重，不然怎麼可能去撞到頭？她說反正是跟三阿姨有關的事，外公那時候很生氣，打她一巴掌，她跌倒才撞到頭。我說三阿姨怎麼了？她就不講了。我也是自己後來東湊西湊，才把事情拼出一個大概。
所以這個故事到底哪部分是真的？哪部分是假的？我也不知道。但這是我選擇「記得」的方式。

燈暗。

大幕起。

黑暗間傳來巨大的水龍頭漏水聲。

滴。滴。滴。

一陣腳步聲,接著是敲門聲。

 嫻:廖玉燕。(停頓)廖玉燕。
  總電源開關在哪裡?停電了,快點出來幫忙。

一陣敲門聲。
水龍頭漏水聲持續。滴。滴。滴。

 嫻:廖玉燕!
  民宿管家的電話是多少?廖玉燕妳總有管家他們的聯絡方式吧?

停頓。

 嬌:她怎麼了?
 嫻:我怎麼知道。
 嬌:還是⋯⋯去敲大姊的門?
 嫻:我不要。
 嬌:吼唷,跟她說聲對不起,她就會原諒妳了。
 嫻:我不需要「被原諒」。

玉梅房間的門打開,巧蓁跟玉梅走出來。

玉梅:廖玉燕呢?

玉嫻沉默。

 嬌:她把自己關在裡面,不知道是睡著了還是怎樣。
玉梅:(敲門)廖玉燕。

巨大的水龍頭漏水聲持續。
玉燕房間門打開。

　　嫻：妳是菩薩還是神明？這麼難請就對了。
　　燕：……妳們有沒有聽到一個，水龍頭一直在漏水的聲音？
　　嫻：什麼？
　　燕：就是一個，水龍頭的水一直在滴的聲音……

巨大的水龍頭漏水聲停止，轉變為外頭風雨聲。

　　嫻：外面雨這麼大，哪來什麼水龍頭漏水的聲音。
　　燕：但是我一直聽到……

一聲巨大雷響。
玉燕整個人縮瑟了一下。

玉梅：大家先到樓下集合，蠟燭或手電筒之類的一起帶著。我待會
　　　再跟玉燕下去。

巧蓁、玉嫻、玉嬌下樓。

玉梅：妳說……妳聽到水龍頭的漏水聲？
　　燕：對。
玉梅：從哪裡傳來的呀？
　　燕：（指）那裡。
玉梅：廁所？
　　燕：有人在裡面。
玉梅：誰在裡面？

玉燕看著玉梅。

　燕：妳。
玉梅：我在這裡呀，來，看我，裡面沒有人，因為我在這裡。（停頓）不然……我們一起去廁所看看。（兩人走到廁所）妳看，沒有人對吧？水龍頭也是關好的。
　燕：嗯。
玉梅：走吧。
　燕：好。
玉梅：等一下。

玉梅幫玉燕重新戴上頭巾。

玉梅：好了。

場景逐漸轉換，小弟坐在一樓的搖椅上滑手機，觀眾看不清他的臉，只有螢幕的微光兀自晃動。
眾人點起蠟燭。
玉梅扶著玉燕下樓。

　燕：（遞出手機）民宿主人的聯絡電話。
小弟：我來幫忙打。（停頓）沒有訊號，打不通。
巧蓁：我試試看。（停頓）我的也是。

燈突然亮起。

　嬌：電來了！
小弟：真的耶！電來了！
玉梅：那我把碗盤收拾一下。

小弟：那我也把碗盤收拾一下！（玉梅、小弟進廚房）
玉燕：那我要回樓上了。（玉燕上樓）

玉嬌看著玉嫻，本來要回房間，但又覺得不妥。

玉嬌：我⋯⋯我去關心一下三姊。

玉嬌跟著上樓，巧蓁左看右看，二阿姨看起來心情很差，於是她趕緊跟在玉嬌後面上樓回房，客廳只剩玉嫻。
她眼看四下無人，拿出手機來滑，但影片的聲音播了幾秒就嘎然停止。

玉嫻：唉唷我的道明寺！怎麼偏偏這時候沒了⋯⋯

玉嫻起身在包包翻找充電線，但找不到。
她四下張望，看見小妹的房間門開著，走了進去。
她環視小妹房間。
她坐上床，在上面彈來彈去。

玉嫻：床這麼軟，睡太好了吧，憑什麼？

一陣敲門聲。
玉嫻回頭。

燈瞬暗。

場景轉換至二樓。

　嬌：我可以進來嗎？

燕：嗯。

嬌：三妳妳還好嗎？臉色怎麼這麼差？

燕：沒有。

嬌：妳真的……出家了？（玉燕搖頭）那妳頭上的……是戒疤嗎？怎麼來的？（沉默）妳不想回答也沒關係。

燕：我本來想出家，結果又自己逃出來。

嬌：為什麼？

燕：我不想去西方極樂世界，也不想去天堂。

嬌：唉喲！那還不簡單，有一個地方叫地獄啊……沒有啦我開玩笑的。那妳想去哪？

燕：雖然我的名字裡有個燕子的燕，但我好像再也不想飛了。

嬌：沒關係呀，休息一下也不錯。

燕：玉嬌。

嬌：嗯？

燕：我覺得我好像不屬於這裡。

嬌：這裡？妳是說……？

燕：這個家啊。

嬌：為什麼會這樣想！

燕：妳有沒有發現媽媽好像討厭我？

嬌：討厭妳？沒有啊！如果媽真的有討厭誰的話，應該是討厭我吧？我這麼會吃，爸跟媽都快要被我吃垮了，我是食物處理機妳知不知道？所以才吃成現在這樣。妳才是大家的小公主，而且妳找大家回來這裡聚一聚，媽知道了一定很開心。

燕：會嗎？

嬌：會啊！妳該不會還在為媽過世的事情愧疚吧？那又不是妳造成的，那是意外，只是妳剛好在那個地方而已。

燕：媽不是下樓梯的時候跌倒的。

嬌：……那是怎樣？

燕：那天我有見到媽媽。

門鈴音效聲。
叮咚。
玉燕緩緩走進另一個光區。

  燕：媽。（沉默）媽？

廖母的聲音從空氣中傳來，無需由單一演員飾演（可用任何其他方式呈現）。

廖母：是妳啊。
  燕：我……剛好路過，想說就進來看一下。（沉默）妳有沒有需要什麼？我去幫妳買。
廖母：不用了。妳有什麼事嗎？
  燕：幹嘛這樣……一定要有事才能來找妳嗎？
廖母：沒什麼事的話我先去忙了。
  燕：媽。（停頓）我有話想跟妳說。
廖母：什麼？

停頓。

  燕：妳那時候為什麼不保護我？

沉默。

廖母：我不知道。
  燕：妳一直都知道爸爸對我做的事。
廖母：我不知道。
  燕：妳真的很討厭我對不對？
廖母：我……不知道。

326 出界－At the Edge of Lives

燕：我也是妳女兒啊！

廖母慢慢走向玉燕，拿起玉燕的手，往自己的臉上打，一下、兩下、三下。

　　燕：（把手抽回來）媽妳幹嘛！妳這樣子我不會比較舒服。
廖母：那妳覺得我應該要怎麼樣？
　　燕：我只是想坐下來好好聊一聊這件事。
廖母：他也死了，妳也長大了，我再活也沒有幾年，要聊什麼？
　　燕：為什麼這件事不能跟任何人說？
廖母：我不要讓別人覺得好像我們家有問題。
　　燕：（逼近一步）所以我們家沒有問題嗎？
廖母：我很怕失去妳爸爸，也很怕失去妳。
　　燕：（逼近一步）妳不想失去我，那妳為什麼不保護我？
廖母：我想說時間久了，這件事就過去了。
　　燕：（逼近一步）但是它沒有過去！它一直在我身上！
廖母：我……

廖母往後退，失足摔下樓梯。玉燕試著拉著她。

咚。巨大的迴音。

玉燕呆看著下方。玉嬌上前，慢慢從光區裡把玉燕拉回。

救護車的聲音來了又去。

　　嬌：沒事了、沒事了。（停頓）我怎麼都不知道這些事情？所以爸……
　　燕：妳不用知道啊。

嬌：但妳如果想說，隨時可以找我啊，我是有牌的心理諮商師耶。

燕：謝謝。

嬌：不敢說一模一樣啦，但類似的事情我看的可多了，要處理起來，我真的是專業的！這種童年的創傷喔，如果沒有處理好的話，可能會在心裡面壓抑太久，然後就生病了捏。但我敢拍胸脯保證，這種情況絕對不會發生在妳身上，因為我們會一起面對，我們一起來解決這個問題，我們一定可以！……對不對？對不對？

燕：嗯。

嬌：反正我現在平常都待在家嘛，妳可以隨時來找我啊。雖……然我只有開業一年，然後也不知道多少年沒有親自出馬了，但我跟妳講，只要我一出馬，那真的是像……猛虎出閘！……這樣講也怪怪的，我又不是要吃了妳，我的意思是說喔……

燕：玉嬌。

嬌：蛤？什麼？

燕：可以了。謝謝妳。

嬌：不客氣！

燕：前諮商師。

嬌：欸怎麼這樣講，我證照還沒過期好不好？咦等一下，還是已經過期了……

兩人笑。
水龍頭漏水的巨大聲響 fade in。

燈暗。
場景切換至廚房，外賣小弟跟玉梅正在洗碗，發出水龍頭沖水的聲音。

沉默。

半晌。

玉梅：（突然地）哎唷！
小弟：怎麼了怎麼了？
玉梅：突然被電到。
小弟：被電到喔？是漏電還是怎麼樣，妳這個要擦一點乳液舒緩一下。

小弟去拿乳液幫玉梅擦，玉梅看著小弟。

小弟：妳如果累了就去休息，這邊我弄就好。
玉梅：（搓著雙手）沒關係，我喜歡做家事，可以讓我有平靜的感覺。
小弟：好啊，那一起。（看著玉梅半晌後，抽了幾張衛生紙）來，給妳。
玉梅：為什麼？
小弟：妳流汗了啊。
玉梅：噢，謝謝，我⋯⋯（要擦掉手上還沒塗勻的乳液）
小弟：欸欸欸，不要浪費，我來。（小弟幫玉梅擦額頭的汗）
玉梅：⋯⋯謝謝。
小弟：不客氣。

沉默。

小弟：噢，我還沒自我介紹，我叫阿智，今年二十四，很高興認識妳！（伸手握手）
玉梅：（愣）我也很高興認識你。（兩人手握著，停格，玉梅突然覺得尷尬，趕緊把手抽回來）二十四⋯⋯所以在工作了嗎？

小弟：剛考上研究所，現在碩士一年級。
玉梅：唸什麼啊？
小弟：我是電影研究所的紀錄片組。
玉梅：電影研究所……所以是唸藝術的？
小弟：對啊。
玉梅：唉。
小弟：咦，為什麼嘆氣？
玉梅：喔，沒事沒事。你平常很忙吧？送外賣可以支撐生活嗎？
小弟：很累啊。但我覺得這樣好，晚上躺下去就睡著了，不會想一些有的沒的。
玉梅：但搞藝術不就是要想一些有的沒的嗎？
小弟：（尷尬地）呵呵。
玉梅：喔我不是那個意思，我是說那種有的沒的，不是說那種有的沒的，就是……反正就是……啊你懂我意思嗎？
小弟：懂懂懂。
玉梅：哈哈，那就好。所以你那個電影——
小弟：（打斷）紀錄片。
玉梅：哦，那個紀錄片是拍什麼呀？
小弟：因為我現在有在送外送嘛，所以我想結合這個經驗，拍一個《外送人生》。
玉梅：外送人生？外送聽起來很像那種——
小弟：哪種？
玉梅：就特種行業啊！
小弟：哪有這種說法！
玉梅：哪沒有！那是你不知道，我們以前……

水龍頭的聲音越來越大，直到蓋過他們倆談話的聲音。
燈暗。水龍頭的聲音停止。
燈亮。場景轉換至一樓小妹房間。

玉嫻在小妹的房間裡晃來晃去，什麼東西都拿起來看一下。
她拿起香水，往自己身上噴兩下，然後聞了聞。
她拿起帽子，對著鏡子戴上。左看右看。
她拿起口紅，塗了一點在自己嘴唇，然後無聊地把整支口紅都轉出來。
她用口紅在鏡子上寫字。
口紅應聲斷裂。

嫻：啊！

水龍頭聲 fade in。
燈暗。
場景轉換至廚房。水龍頭聲恢復正常，玉梅跟小弟依然在洗碗，一陣愉快的笑聲。

玉梅：我是聽不太懂，但感覺蠻有趣的。
小弟：真的吼。
玉梅：以後變成李安不要忘記我……們喔。
小弟：（尷尬地）哈哈，比較像……可能……妳知道《日常對話》那個黃惠偵嗎？（玉梅搖頭）趙德胤？《冰毒》？（玉梅搖頭）啊啊啊，我知道了，齊柏林！
玉梅：啊！
小弟：知道了吼！
玉梅：誰？
小弟：就……電影院廣告不是常常有，（模仿）「齊柏林，看見台灣；大金，疼惜台灣！」
玉梅：哦……好像聽過。不過啊，我們每個人身上其實都有很多故事，你可以來訪問我……們啊。
小弟：好啊！

四姊妹 Silent Sisterhood

玉梅：像這裡，你知道嗎？這裡其實是我們四姊妹小時候的家。

小弟：是喔！這是妳們老家。

玉梅：後來大家都搬出去了，爸爸過世，媽媽一個人住又太大，就賣給人家，被改裝成現在這個民宿。

小弟：那回來這邊感覺應該很親切喔？

玉梅：感覺蠻複雜的。

小弟：有一些不開心的童年回憶就對了。

玉梅：不是啦，沒有啦，哈哈。

小弟：我現在已經在訪問妳囉！

玉梅：是喔，哈哈。其實我們四個很少見面，回來這裡真的有種時光倒流的感覺，想到我媽媽還在，我老公也還沒過世的時候，現在想起來，那好像是我人生最幸福的時刻。

小弟：哦……老公過世。那……妳現在幸福嗎？

玉梅：哎唷你在說什麼啦！

小弟：妳終於笑了！

玉梅：謝謝。

小弟：我跟妳講，日本有個劇作家說，人生有三種道。妳知道是哪三種嗎？

玉梅：哪三種？

小弟：第一種，上坡道。

玉梅：嗯。

小弟：第二種，下坡道。

玉梅：嗯。

小弟：第三種，想不到。

玉梅：不好笑。

小弟：搞不好之後有什麼好事在等著妳呀。

玉梅：真的是做藝術的，都在想一些有的沒的。

小弟：我是說真的！

玉梅：謝謝你的鼓勵啦。（肚子突然又痛起來）啊……

小弟：怎麼了？
玉梅：肚子又開始痛……
小弟：還好嗎？是這裡嗎？還是這裡？來妳先放輕鬆……

小弟試著攙扶玉梅，玉梅一邊發出疼痛的哀嚎，一邊偶爾被小弟碰到癢處，發出嬌喘聲。
舞台上畫面看起來很像兩人在親熱。

水龍頭聲持續。

燈漸暗。
水龍頭聲漸大。

場景切換至小妹房間。
水龍頭的聲音 fade out。

玉嫻正手忙腳亂地把斷掉的口紅塞回去，另一手拿著打火機。
玉嬌冷不防出現在後頭。

 嬌：妳在幹嘛？
 嫻：沒有啊。
 嬌：那妳拿打火機幹嘛？抽菸喔？
 嫻：沒有啊。
 嬌：那妳另外一隻手上是什麼？我看。
 嫻：就……口紅。
 嬌：欸！妳要把我口紅給燒了啊！
 嫻：沒有啊，它剛剛掉到地上，我撿起來。

玉嬌聞玉嫻的脖子、肩膀。

嫻：幹嘛？

嬌：妳幹嘛噴我香水？

嫻：我、我忘了帶充電器,然後妳房間門沒關,我就進來找找看。

嬌：妳就是進來亂翻的嘛。

嫻：沒有。

嬌：(從桌上一處很明顯的地方拿起充電器,往玉嫻頭上插)拿去。

嫻：幹嘛啦？

嬌：妳被詐騙到腦子壞掉,幫妳充電一下。

嫻：不需要！

玉嫻接過充電線,準備離開。

嬌：欸,這樣就要走囉？

嫻：(愣)謝謝。

嬌：不是這個啦。

嫻：不然咧？

嬌：我是在想那個錢的事情。

嫻：我會想辦法,妳顧好妳自己就好了。

嬌：吼唷,妳真的跟媽很像。

嫻：我哪裡跟她像？

嬌：愛逞強。

嫻：聽不懂妳在說什麼。

嬌：如果妳需要幫忙,可以跟我說啊。我不知道大姐跟三姐怎麼想,但如果妳需要,至少我那一份可以給妳,需要多的錢周轉也可以商量。只要妳腦子不要再被詐騙集團炸掉就好了。

嫻：⋯⋯我有說我需要幫忙嗎？

嬌：妳是沒有,但再怎麼說我們都是姊妹,一家人互相幫忙也是應該的啊。

嫻：妳就當我是從石頭裡迸出來的。
嬌：吼！我真的要瘋了，妳跟三姊都很奇怪，要嘛覺得自己不屬於這個家，要嘛說什麼從石頭裡迸出來的，太好了，我們真的是一家人，一家神經病。
嫻：嗯啊，一家神經病。

沉默。

嬌：我結婚的時候還在想，不知道妳的感覺會怎麼樣。
嫻：但妳還是結了。
嬌：那是因為——我想要離開家裡，不然媽都把我當小孩。
嫻：不管我們幾歲，她永遠都覺得我們是小孩。（停頓，指著玉嬌肚子）那現在這個妳要怎麼辦？
嬌：怎麼辦，送妳啊。
嫻：什麼啦？
嬌：我應該還是會把小孩生下來。
嫻：妳該不會是要聽大姐那一套吧？什麼婚姻、什麼忍耐，我跟妳講，忍不過的啦，不適合就分開。
嬌：跟大姐沒關係啦。
嫻：那不然是怎樣？
嬌：我跟妳說，但妳不要跟別人講。
嫻：什麼？
嬌：其實把他生下來很冒險。
嫻：廢話妳都幾歲了。
嬌：不是那個問題。
嫻：不然？
嬌：（超小聲）我不太確定這個孩子的爸爸是誰。
嫻：蛤？
嬌：（超小聲）我不太確定這個孩子的爸爸是誰。

四姊妹 *Silent Sisterhood*

嫻：這房間只有我們兩個，不用這麼小聲好嗎。
嬌：（正常音量）我不太確定這個孩子的爸爸是誰。
嫻：（驚訝地）嗯。（停頓）啊。（停頓）哦。（停頓）嗯。
嬌：妳真的不能講出去喔！
嫻：我不會！我如果講出去我就、就——
嬌：好好好，我知道了，不用發毒誓。
嫻：那到底是怎樣，妳講清楚。
嬌：就是⋯⋯我知道他外遇之後很生氣，就自己跑去夜店喝個爛醉，然後就跟別人⋯⋯那個那個。
嫻：蛤？欸⋯⋯不是，妳這個年紀、這個條件，還有人要喔？
嬌：重點不是這個好不好！雖然是蠻值得炫耀的，而且對方是小鮮肉。
嫻：妳說，跟那個外賣弟一樣？
嬌：差不多喔。
嫻：Bitch。
嬌：羨慕吼？
嫻：沒有！
嬌：妳羨慕別人的時候就會罵人。
嫻：所以⋯⋯好，孩子是⋯⋯這個陌生人的？
嬌：妳先聽我說完嘛，隔天回家我就覺得有點愧疚，看到老公之後想說我們還有沒有可能有什麼火花，然後就又⋯⋯
嫻：又？
嬌：妳知道的啊，那個那個。
嫻：靠！妳體力很好欸！
嬌：妳不要一直歪樓好不好！
嫻：好好好，不歪樓不歪樓。不過既然這樣，妳為什麼還要生？妳不怕生下來可能會露餡嗎？
嬌：我想到巧蓁跟我說的話。
嫻：巧蓁？她說什麼？

336　出界－At the Edge of Lives

嬌：她說，不管怎麼樣，我都要做讓自己快樂的決定。所以我後來想，孩子的爸爸是誰不重要，重要的是這個小孩是我的，我希望他來陪我，我也想陪他長大。
嫻：哇……這……妳真的很有種。
嬌：應該是巧蓁的話給我勇氣吧。
嫻：那我們就說好囉？
嬌：說好什麼？
嫻：小孩要送我啊，我幫妳帶！這樣我不用結婚，又有小孩可以玩，還可以保持身材，哈哈！妳就可以繼續去完成妳的夢想。

兩人對看，微笑，玉嬌擁抱玉嫻。
玉嫻準備離開。

嬌：姊。
嫻：（回頭）不客氣。
嬌：（遞）充電器。
嫻：噢，謝謝。

巨大的水龍頭聲 fade in。
燈暗。

二樓的燈亮，小弟扶著玉梅上樓，
場景轉換至二樓。
巨大的水龍頭聲 fade out。

玉梅腳步蹣跚地回到房間。
巧蓁臉色非常差。

玉梅：（肚子仍隱隱作痛）唉唷喂……

巧蓁：妳又幹嘛？
玉梅：沒事……
巧蓁：沒事？天塌下來妳都嘛沒事。
玉梅：妳過來，我有東西要給妳。
巧蓁：什麼？

玉梅拿出一本存摺遞給巧蓁，又拿出第二本、第三本存摺遞給巧蓁，接著拿出一個牛皮紙袋。

巧蓁：妳給我這些幹嘛？為什麼把存摺都帶在身上？
玉梅：放在家不安全。我跟妳說，這些密碼我都寫起來了，放在家裡五斗櫃最下面那一層的最右邊，用一個信封裝著。然後這個是我們家房契，之後妳要注意……
巧蓁：幹嘛突然跟我說這些？
玉梅：先把之後的事交代清楚。
巧蓁：什麼之後的事？現在重點是去看醫生、讓病好起來。之後的事情之後再講。妳不要突然一副好像在交代什麼遺言的感覺好不好？
玉梅：早交代晚交代，不是都一樣。
巧蓁：不一樣！妳要好起來，要再活好幾十年！我沒有兄弟姊妹，爸爸也不在了，妳如果真的怎麼樣，那我就真的只剩一個人，妳不可以一副好像都無所謂的樣子。
玉梅：我不是無所謂。我是想趁還健康、頭腦還清楚的時候，把該講的事都跟妳講一講，不要到時候這裡痛、那裡痛，整天躺在床上，腦子不清楚，身上還插一堆管子，要講也講不了。
巧蓁：好，就算妳要講，我們也等病好了再來講可以嗎？
玉梅：妳如果真的想要我趕快好，就把工程師的工作繼續做下去。
巧蓁：這跟那有什麼關係？我當工程師妳的病就會好嗎？
玉梅：會生這個病就是因為肚子裡太多苦水。

巧蓁：妳不要——妳是故意的對不對？妳就是想要我覺得很愧疚對不對？妳明明知道這兩件事根本就沒有關係！
玉梅：唉，妳都不懂，身體跟心是連在一起的，一個出毛病，另外一個喔⋯⋯
巧蓁：好了我不想聽！妳可不可以⋯⋯可不可以不要表現得那麼消極？我們一起把這個病養好這樣不好嗎？妳的手術是什麼時候？在哪家醫院？

玉梅沉默。

巧蓁：媽！

玉梅沉默。

巧蓁：好，不要講，通通不要講，隨便妳！

巧蓁離開房間。
房間只剩下玉梅，她緩緩把臉埋進雙手。

巨大的水龍頭聲 fade in。
場景轉換至一樓廚房。
巨大的水龍頭聲 fade out。

巧蓁怒氣沖沖走進廚房，看到外賣小弟一個人在滑手機，先是一陣尷尬，接著逕自開冰箱拿出啤酒，一口接一口地灌。

小弟：喂。

巧蓁繼續喝啤酒。

四姊妹 Silent Sisterhood　339

小弟：喂。

巧蓁繼續喝啤酒。

小弟：好了不要這樣喝。
巧蓁：你管我幹嘛啦？
小弟：因為——因為——沒有什麼因為啊，因為妳在我旁邊，這樣可以嗎？
巧蓁：講什麼東西。

沉默。

小弟：這個颱風害我少跑好多單。
巧蓁：很好啊，那就當休假啊。
小弟：休假就沒錢了，哪來那麼多時間休假。
巧蓁：好，那就休息，我看你一定也沒什麼在休息。
小弟：忙起來才不會想那麼多。
巧蓁：（停頓，思考）送外送應該不是你的夢想吧？
小弟：誰會把外送當夢想啦！
巧蓁：那你想過自己真正要做的事是什麼嗎？
小弟：拍電影。
巧蓁：那你有在拍嗎？
小弟：邊跑單邊拍，這是紀錄片。
巧蓁：什麼的紀錄片？
小弟：《外送人生》。
巧蓁：哈！我還外帶人生咧，誰要看那種東西啊。

沉默。

巧蓁：你都把時間花在賺錢，哪有空想其他事，這樣怎麼可能創作？
小弟：還是要賺啊，不然餓死是要怎麼創作？
巧蓁：你不會請你爸媽幫一下喔，他們總有錢吧？
小弟：沒有。
巧蓁：騙人。
小弟：我爸過世了，我媽每天酗酒，還要我養她。
巧蓁：噢……對不起。
小弟：唉唷沒關係啦。好了不要講我了，啊妳的計畫咧？妳有什麼計畫？
巧蓁：我想當繪本作家，之後可能要去美國 SVA 唸 Illustration as Visual Essay。
小弟：什麼 essay？
巧蓁：Illustration as Visual Essay。
小弟：……
巧蓁：SVA 你知道嗎？
小弟：不知道。
巧蓁：反正就是紐約的一間視覺藝術學院。
小弟：幹，很猛欸。
巧蓁：但我媽很反對。
小弟：為什麼？
巧蓁：她叫我繼續當電腦工程師啊，不准我辭職，說什麼當繪本作家會活不下去，又不是每個人都幾米。
小弟：所以妳現在是電腦工程師？哇靠！妳真的很多才多藝。
巧蓁：你快點去拍一點真正的東西，不要再整天錄那種沒意義的。人家紀錄片是要看一些很特別的事，誰要看滿街都是的外送員生活，你這個只是生活側拍。
小弟：妳又知道外送員的生活是什麼？
巧蓁：我是不知道。
小弟：那就對啦！

巧蓁：但我還是不想看。
小弟：可能我們 level 不一樣吧。
巧蓁：又不是 level 的問題。
小弟：就是 level 的問題！

（停頓）

沒有啦，我是想說，妳還有媽媽、阿姨這些人支持妳、聽妳抱怨，妳不覺得很幸福嗎？至少我看了覺得很幸福。

巧蓁沉默。

巧蓁：（拿出酒杯）希望你成功。乾杯！
小弟：敬什麼？
巧蓁：敬──我們的未來都心想事成！
小弟：未來喔⋯⋯
巧蓁：嘿啊。
小弟：好，敬──未來。
巧蓁：敬未來。

兩人乾杯同時，燈瞬暗。

時鐘滴答滴答的聲音。

一陣小孩的腳步聲。

玉梅：（童稚的聲音）爸爸⋯⋯（敲門聲）爸爸我睡不著⋯⋯爸爸⋯⋯

黑暗中傳來水龍頭的聲響,童年的玉梅小聲哭泣。

隆隆的低沉音效聲 fade in。

玉燕：(尖叫)啊！

音效停止,燈乍亮。

一樓,玉嬌從房間裡出來找玉嫻。

 嬌：怎麼了？發生什麼事？
 嫻：我也不知道。
 嬌：是三姊的聲音嗎？
 嫻：是吧。
 嬌：她從剛才吃完飯就一直怪怪的,我上去找她的時候,她還
   說⋯⋯
 嫻：說什麼？
 嬌：沒什麼,就是心情很不好。
 嫻：大姊會處理。

燈暗,快速的敲門聲,場景轉換。

玉梅：廖玉燕？廖玉燕！

試圖開門的聲音,但門從裡面反鎖了。

玉梅：廖玉燕開門！

再次試圖開門,但沒用。

燕：我沒事。
玉梅：妳快點開門。

停頓，門打開。

　燕：有什麼事嗎？
玉梅：妳還好嗎？妳剛剛叫了很大一聲。
　燕：我沒事，對不起吵到妳們。
玉梅：妳怎麼了？
　燕：就是……做惡夢。
玉梅：那妳現在有好一點嗎？
　燕：我想要走了。（轉身收拾行李）
玉梅：現在外面在下大雨，風又那麼大，妳要怎麼回去！
　燕：妳不用管我，沒關係啦。
玉梅：妳剛剛吃晚餐的時候不是還好好的嗎？怎麼突然變這樣子？
　燕：（停下動作，看著玉梅）大姊，我是說真的，妳不用管我。就這樣子吧，我已經沒關係了。

長長的沉默。

玉梅：對不起。
　燕：不要說對不起。對不起有什麼用呢？
玉梅：這些年，我也會想起那件事。

玉燕沉默。

　燕：我問妳。
玉梅：嗯。
　燕：如果爸爸那麼「愛我」，為什麼他自殺的時候不帶我一起？

玉梅：我……

燕：為什麼是我？為什麼事情偏偏發生在我身上？爸爸媽媽都愛妳們，根本就不愛我，我要被媽媽討厭，又不敢去找爸爸。（停頓）我有時候覺得這樣很好，妳們都沒事，可以快快樂樂地長大……但我有時候又很恨妳們，覺得事情為什麼不是發生在妳們身上呢？妳們憑什麼沒事啊？憑什麼我一個人要承受這些？……我很爛。我爛死了。……我覺得我整個人都爛掉了。（停頓）但是沒關係，我覺得可以了，我可以去找爸爸了。反正我想活著或死掉都沒有人會支持我，也沒有人會聽我的意見。……對不起……對不起對不起對不起……

玉梅：（擁抱玉燕）不要對不起，這不是妳的錯，不是妳的錯。

燕：爸爸自己走了，我連恨的人都沒有……我沒有人可以恨了……

停頓。

燕：我可以恨妳嗎？

沉默。

燕：姊我可以恨妳嗎？

玉燕打了玉梅一拳。玉梅沒有反應。

燕：可以嗎？

玉燕打了玉梅一拳。

燕：可以嗎？

四姊妹 Silent Sisterhood 345

玉燕打了玉梅一拳。

玉燕對玉梅一陣亂打，直到精疲力盡，癱軟在玉梅身上。

長長的沉默。

 燕：跟妳說一個祕密。
玉梅：好。
 燕：我是來跟大家說再見的。

長長的沉默。

玉梅：那妳幫我記得一件事。
 燕：妳說。
玉梅：我知道我阻止不了妳，妳那麼聰明，不管把妳關起來、綁起來、吊起來，妳只要下定決心，沒有人可以阻止妳，對吧？然後我又沒有辦法真的幫妳分擔什麼，雖然我非常想這麼做。所以我只能跟妳說，就算妳真的這樣選擇，我這輩子接下來的時間一定會非常、非常難受，但如果這是妳覺得最好的方式，那我支持妳。妳要把這些話放在心裡，妳一定要記得，我永遠都站在妳這邊。

沉默。

 燕：嗯。

停頓。

 燕：（指著玉梅的額頭）這裡。
玉梅：什麼？

燕：這裡有一個疤耶，怎麼弄的啊？

玉梅：噢，沒有啊，就是很小的時候跌倒撞到門。

燕：撞到門？

玉梅：對呀。

燕：什麼時候的事？

玉梅：就⋯⋯很小的時候。

燕：我怎麼都不知道有這件事。

玉梅：不重要，沒事啦。（停頓）我今天晚上睡這裡可以嗎？

玉燕拉著玉梅，兩個人像母女一樣依偎在一起。

燈漸暗。

S2-2 帶著心裡的傷繼續前進

早上九點半，蟲鳴鳥叫聲。

燈亮。

場上傳來瑜伽輕柔的音樂聲，玉嫻正在客廳做瑜伽。

玉梅拿著掃把、畚箕、拖把、水桶等物踢踏踢踏下樓，東掃掃，西掃掃，過程不斷路經玉嫻做瑜伽的地方。玉嫻起初耐心閃避，最後終於忍不住。

　　嫻：大姊！
玉梅：幹嘛？
　　嫻：妳為什麼一定要在這邊打掃咧？
玉梅：起床第一件事就是要把家裡整理乾淨啊。
　　嫻：這棟房子那麼大！妳不能去掃其他地方嗎？二樓啊！
玉梅：二樓掃完了。
　　嫻：這裡是我房間耶！
玉梅：現在都已經幾點，早就該起來了，起來後這裡就不是妳房間，是大家的客廳。
　　嫻：又來了，其他人都還在房間做自己的事，只有我要被趕走。
玉梅：我要掃地。
　　嫻：（停頓）一定要這樣是不是？好，拿來我掃。
玉梅：妳幹嘛？
　　嫻：妳身體不是還在不舒服？那就換人當大姊，走開走開，拿

過來。

玉嫻搶過掃具。
玉嬌從房間出來。

　嬌：大家早！
玉梅：早。

玉嬌走向廚房。

玉嬌：（off stage）（尖叫）啊！——
玉梅：怎麼了！
玉嬌：廚房地上躺了一個人！好像是⋯⋯

玉梅走進廚房。

玉梅：（off stage）弟弟，弟弟？起來了，你為什麼睡在這？

外賣小弟上。

小弟：噢，對不起，我晚上不知道要睡哪裡，隨便躺在這，結果就睡著了。
玉梅：也太隨便了！
小弟：隨遇而安嘛。
玉梅：那你也要照顧自己啊。

玉嫻移動到其他地方打掃，外賣小弟和玉梅在客廳的空沙發上坐下來。

嫻：（停止動作）不是啊，大姊，這裡現在是民宿，又不是我們家，為什麼要幫人家打掃啊？

廚房傳來果汁機的巨大聲響，蓋過輕柔的音樂。
轟轟轟轟轟轟轟轟──

嫻：廖玉嬌。（停頓）廖玉嬌！

果汁機聲音停止，她從廚房探出頭來。

嬌：有人叫我嗎？
嫻：妳在幹嘛？
嬌：我在打蔬果汁啊，妳要一杯嗎？
嫻：我不要。妳很吵，我的音樂都被妳果汁機的聲音蓋過去了。而且妳為什麼昨天晚上明明還要喝啤酒、吃披薩，早上起來變成要自己打蔬果汁，妳都不覺得很錯亂嗎？
嬌：還好吧。晚上要放縱一點，早上就是要健康啊。我早餐已經弄一半了，大家等一下就可以一起吃。
玉梅：妳早餐準備到一半了？
嬌：對啊。
玉梅：妳準備什麼？
嬌：昨天的披薩，我放進電鍋加熱。
嫻：披薩？我有聽錯嗎，請問剛剛說早上要健康一點的人是誰？
嬌：哎唷，養生這種事，有時候就是意思意思。
玉梅：妳，去把電鍋關掉，我已經煮好雜炊，等一下重新熱一下就可以吃。
嬌：雜炊？
嫻：有人早餐吃雜炊的嗎？
玉梅：為什麼不行，豐盛又有營養。

350　出界－At the Edge of Lives

嫻：我的天啊。

樓上傳來大聲的搖滾樂。
四人一起往上看。

嫻：廖玉燕。（停頓）廖玉燕！

玉梅：她聽不見啦。
　嫻：奇怪，戴耳機很困難嗎？
玉梅：問妳啊，戴耳機很困難嗎？
　嫻：我這又不一樣，我剛剛是要做運動。而且我平常自己在家幹
　　　嘛戴耳機！
玉梅：只能說現在不平常囉。
　嫻：廖玉嬌，妳去叫她把音樂關掉。
　嬌：喔。

玉嬌上樓。
客廳的電話鈴聲響。

　嫻：怎麼這麼多事！

玉嫻接起電話。

玉嫻：喂？

　　（停頓）

　　喂？

（停頓）

不好意思我聽不清楚。

樓上的重金屬搖滾樂停止。

玉嫻：可以再說一次嗎？

（停頓）

很好，都很好。

（停頓）

沒有需要幫忙。

（停頓）

什麼？十一點？

（停頓）

能不能延後一點，看要加多少錢。

（停頓）

喔。好那我知道了。

（停頓）

謝謝。掰掰。

玉嫻掛掉電話。

玉梅：誰啊？
玉嫻：民宿的管家，說十一點就要趕我們走，不能延，因為有下一組客人。

玉嬌跟玉燕下樓。
玉燕看著搖椅。

玉梅：那我們趕快吃早餐吧。我去把雜炊熱一下端出來，你們準備碗筷。
　嬌：（數人頭）一、二、三、四、五，等一下，我們是不是少一個人？
　嫻：誰啊？
　嬌：啊！巧蓁啦！她應該還在樓上睡，我去叫她下來。

玉嬌上樓。

　嫻：（對玉燕）妳幹嘛不坐？
　燕：蛤？

玉梅端著一鍋雜炊上。

玉梅：好了，大家準備來吃飯吧。咦？小妹人呢？
　嫻：上去叫巧蓁。
玉梅：睡到現在還要人家叫，真的有夠丟臉。

玉嬌、巧蓁下樓。

巧蓁：怎麼這麼早就要起來啊？
玉梅：不然是要睡到民國幾年？
巧蓁：我都十一點才起床欸。
　嫻：（同時）十一點就要退房了！
玉梅：（同時）十一點就要退房了！
巧蓁：喔。

眾人坐到餐桌前。

眾人：いただきます！

玉梅：來，大家多吃一點，這個雜炊喔，又暖胃，又什麼營養都有，
　　　蛋白質啦、蔬菜啦、澱粉都在裡面，而且外面吃不到料這麼
　　　豐富的。玉嬌妳這樣盛太少了，再多一點。（拿走玉嬌的碗）
　嬌：……謝謝大姊。
　嫻：姊，我們其實可以自己來。
玉梅：欸，我跟妳們講，這一鍋沒吃完妳們是不能走的喔。

眾人看向外賣小弟。

小弟：呃，好，我會負責。

沉默。

　燕：那個……
玉梅：什麼？
　燕：我是想說，我其實有一筆存款，雖然不多，但也是一筆錢，

354　出界－At the Edge of Lives

可以讓大姊專心治病的時候當生活費，這樣巧蓁就不用把留
　　　學基金拿出來了吧？
玉梅：我本來就沒有要動她那筆錢。
　燕：但我們總不可能什麼都不做啊。
巧蓁：妳看！三阿姨也這樣說。
玉梅：我又不是負擔不起。
　嬌：吼，不是妳能不能負擔的問題，是妳拒絕我們，好像我們都
　　　不是姊妹一樣。什麼事情都往肚子裡吞，那裡面不知道有多
　　　少祕密，就是這樣才悶出病的啦。
　嫻：同意。
　燕：我不怎麼需要花錢，那筆存款大概一百萬，就給大姐當治病
　　　期間的生活開銷。
玉梅：這樣很奇怪。
巧蓁：妳才很奇怪！妳看又不是只有我講而已，現在是四比一喔。
　嫻：我是覺得妳就收下，等病治好了，妳真的想還也無所謂。小
　　　妹有小孩要顧，我……反正暫時拿不出錢，之後找到辦法，
　　　我也會幫忙。
　嬌：我也可以出一點，妳收下，我們才像一家人。
玉梅：我不想欠別人錢。
　嬌：拜託！我們又不是別人！而且家人就是這樣欠來欠去才有感
　　　情嘛！
巧蓁：媽！
玉梅：……好啦好啦！
　嬌：耶！大姊最棒了。（擁抱玉梅）
玉梅：現在還在吃飯，噁心巴啦。
　嫻：那三百萬我會想辦法賺回來。
　嬌：咬唷，其實沒有三百萬又怎麼樣，還不是一樣活得下去。而
　　　且我們還有彼此啊，對吧？

客廳的電話鈴響。

嬌：我去接！

玉嬌接起電話。

嬌：喂？

（停頓）

很好啊，沒什麼問題。

（停頓）

嘿，十一點。

（停頓）

好謝謝，掰掰。（掛掉電話）

嫻：誰啊？
嬌：民宿管家。
嫻：怎麼又打來一次？
嬌：（聳肩）挖阿災。我吃飽了。
玉梅：這麼快？
嬌：減肥。
嫻：我也吃飽了。
小弟：我……

玉梅盯著小弟。

小弟：……我想再吃一點。
玉梅：好乖。

四姊妹準備要進廚房收拾。

嫻：停。（對玉梅）妳，到旁邊休息。
玉梅：幹嘛啊？
嫻：叫妳休息就休息。（搶過玉梅手上的碗筷）去坐好，對，就是這樣，不准進來。

玉嫻、玉燕、玉嬌進廚房。
客廳剩玉梅跟小弟，玉梅不太知道要講什麼。

玉梅：味道還可以嗎？
小弟：嗯，很好吃。

叮。一聲手機響。

玉梅：誰的手機？
小弟：（拿出自己的手機）喔我接到一個單，現在要出門了。
玉梅：這麼快？
小弟：沒辦法嘛，要賺錢。
玉梅：那你這碗還是要吃完，這是我的心血！

玉嫻、玉燕、玉嬌上。

小弟：好……（快速扒完）那，碗筷……

四姊妹 *Silent Sisterhood*

玉梅：給我就好。
小弟：謝謝。那我先走囉，抱歉昨天很突然闖進來，但……謝謝妳們給我一種家的感覺。
玉梅：那，歡迎你隨時回家。
小弟：那妳們要幫我把這個「家」照顧好。

二姊、三姊、小妹互看。

玉梅：好，我……我們會的。小心安全！（停頓）啊你的電影如果上映，要找我們去看欸！
小弟：好啊！搞不好我會拍一部叫《家》的紀錄片，趁這個機會了解一下我爸媽的事。
玉梅：你要拍《家》就要來訪問我……我們！
小弟：對對對，哈哈！那我走了。
玉梅：騎慢一點！
小弟：好！謝謝！掰掰！

外賣小弟下。

嫻：（小聲）欸。大姊跟那個弟弟是不是有什麼？
嬌：嗯，我覺得有。
玉梅：妳們在講什麼？不要亂講話！

叮咚。門鈴響。

玉梅：是不是忘記拿東西？

玉梅衝上前開門，結果外頭走進來一個陌生人，是民宿管家。

管家：哈囉，不好意思打擾了，我先來收拾一些東西準備一下，妳
　　　們十一點再走就好。
玉梅：噢，沒事，我們也差不多了。
管家：真的嗎？妳們可以休息一下，不用理我沒關係。
　嬌：我們等一下也有事。
管家：哦，好。
　嬌：那我去收行李。
　嫻：我去上廁所。

眾人各自下場。玉梅走最後一個上樓。
場上剩下玉燕，她看著玉梅的背影。

玉燕：大姐！
玉梅：（停下腳步）嗯？
玉燕：⋯⋯沒事。
玉梅：沒事就是有事。
玉燕：（揮揮手）沒事沒事。
玉梅：我先去收東西。

玉梅離開。

玉燕：（站在搖椅旁）我只是想說⋯⋯雖然不知道我什麼時候會真
　　　的原諒妳，但我一直都很愛妳。

玉燕要上樓的時候踢到搖椅。

玉燕：哎唷！

玉燕看了一眼搖椅，搖椅輕輕地晃動。

停頓。玉燕下。

一小段沉默後,巧蓁上場。

巧蓁:就像我一開場的時候說的,後來她們沒有再聚過了,可能久久才通一次電話,電話裡面也是這樣子,相愛相殺。不知道那個拍電影的現在怎麼樣?那部叫《家》的紀錄片拍出來了嗎?
　　我現在已經到了故事中我的小阿姨那個年紀,現在想起那天晚上跟媽媽吵架,然後她一直想要、好像交代遺言的那個場景,我可能有一點能理解她的感覺了。遺產什麼的根本就不是重點,重點是希望有一個人,可以一直記得自己。
　　我今天早上發現一件事情,我發現我懷孕了。我還沒有跟我男朋友講,他今天沒有來,你們比他還要先知道。但我剛才做了一個決定,我決定要把他生下來,我無論如何,我要陪伴他,或許他也會陪伴我。我們會各自找到一種彼此記得的方式。
　　有人記得自己是一件很幸福的事情。
　　好了,差不多了。

工作人員開始上台撤佈景、道具。

巧蓁:如果人生是一則故事,那嚴格來講,我媽的故事還有很長,它應該結束在兩年前那場車禍。
　　這是我為什麼寧可寫小說,而不是報導文學。因為故事一定有個結局,那個結局不一定要是⋯⋯死亡,還可以是很多其他的。在這個版本裡,她和她們四姊妹身上能解決、不能解決的,多少都有了一個交代。然後故事就停在這裡。The End。

這樣當我以後再想起我媽，我就會想到這麼一個故事，它意味著在某一個可能裡——雖然沒有人能夠確定，但確實有這麼一種可能——我媽的故事，早就已經有了一個很不錯的結局了。她「經過」了那個結局，只是她自己不知道而已。

如果這樣想，那代表我們看到、接觸到的任何一個人，不管多累、多辛苦，他的生命可能都有某種被好好安放的方式吧。他們可能都曾經「經過」屬於自己的那個美好結局。至少我是這樣相信的。只要這樣想，那這個世界從某種角度而言，就沒有那麼讓人手足無措。我們就有勇氣繼續挑戰當下那些瑣瑣碎碎、大大小小的困難，然後讓這個世界再更好一點。

而之所以能有這份勇氣，是我媽用她的一生、還有她的離開，留給我的禮物，一種溫暖。

我把它透過這本書跟你們分享。

謝謝大家。

巧蓁拿著麥克風下場。

舞台空無一物。

觀眾席燈亮。

（全劇終）

再一步，天堂？！[1]
One Step to Heaven ?!

---
[1] 本劇為「金枝演社」委託創作，此處收錄劇作家定稿，實際演出因應不同需求後續有若干更動。

〔首演資訊〕

演出單位：金枝演社劇團
導　　演：施冬麟
演　　員：李允中、林純惠、曾鏵萱、林采慧、邱任庭、高郁婷
舞台設計：李柏霖
服裝設計：林秉豪
音樂設計：柯智豪
燈光設計：李琬玲
日　　期：2023.03.24
地　　點：雲門劇場

〔劇作簡介〕

　　2019年，「十貳劇場」於水源劇場搬演《12》，當時施冬麟導演來捧場，結下前緣。2021年中，他相約見面，希望可以改編沙特《無路可出》，於是得以有機會大刀闊斧肢解沙特。

　　這個時代，原作「他人即地獄」概念已經變成老生常談。經過再三討論與思索，決定倒讀經典，將「地獄」元素替換成「天堂」：若有機會進入理想中的天堂，但人們卻往往基於某種原因拒絕抵達，那可能是什麼原因？

　　劇本同時加入科幻、虛擬世界元素，過程參考數部相近世界觀的創作，在此羅列：動漫作品《刀劍神域》、HBO影集《西方極樂園》、電影《脫稿玩家》、《追憶人》、Netflix影集《黑鏡》第二季第四集〈白色聖誕夜〉。

〔人物〕

張　達：男，四十二歲
吳瑪莉：女，四十六歲
孫　西：女，二十八歲（還在唸研究所，或剛畢業）
服務生：性別不拘，看起來年輕
職員甲
職員乙

Preset

背景輕鬆愉快的遊戲音樂。

不時穿插廣播：「歡迎來到『天堂』，一個讓你重新活過來的地方。一個為了你而存在的地方。一個沒有暴力與仇恨的地方。在這裡，你可以擁有任何你想要擁有的。應有盡有，盡在天堂。」

S 1

輕鬆愉快的遊戲音樂 fade out。
燈暗。

一片漆黑間,舞台上傳來成年男性的聲音。

張　達：(喃喃自語)這樣是對的⋯⋯這樣是對的⋯⋯這樣是對的⋯⋯這樣是對的！

一個小女孩的尖叫聲。尖叫聲嘎然而止。

燈乍亮。一間明亮、淺色調、簡約的房間,有一張高級而寬敞的白色單人沙發,一張圓桌,跟兩把椅子。
張達從白色單人沙發上猛地醒過來。

服務生：張先生,你還好嗎？
張　達：(痛苦地)噢⋯⋯
服務生：頭很痛？
張　達：這裡是哪裡？
服務生：你不記得了？
張　達：什麼？(頭痛)噢！⋯⋯我應該要記得嗎？

服務生看著張達。停頓。

張　達：我想想看。

停頓。

服務生：OK，沒關係。除了頭痛之外，你的身體現在感覺怎麼樣？
張　達：我的身體？
服務生：對，尤其是右手，你現在可以把右手舉起來嗎？
張　達：（痛苦地）啊⋯⋯沒辦法。
服務生：沒關係，沒關係。你躺著，我們等一下，等一下就沒事了。
張　達：所以我在⋯⋯醫院？
服務生：嗯⋯⋯
張　達：你是護士？
服務生：不算是。
張　達：那到底──
服務生：你還覺得有點累吧？好好休息，沒關係的。這裡就是要讓你放鬆的。

張達躺著，眼睛睜開，稍微冷靜了些。

服務生：我們來試試其他方法好了。你叫什麼名字？
張　達：我叫⋯⋯張達？
服務生：恭喜你。
張　達：我是怎麼來到這裡的？
服務生：別擔心，你可能還沒有印象，但你是自願來到這裡的。
張　達：所以我也可以離開？
服務生：嚴格來說當然可以，但我不建議。這裡比外面好太多了。
張　達：我不太懂你在說什麼。
服務生：張達先生，你聽過「天堂」嗎？
張　達：啊？
服務生：嗯。
張　達：所以我──

服務生：（打斷）我說的「天堂」不是指各種宗教信仰裡人死後可能會到的地方。我說的「天堂」，是一種服務。

張　達：……這裡？

服務生點點頭。

張　達：（四下張望）這裡什麼都沒有。

服務生：（示意張達坐回沙發）請坐。（張達緩緩回到沙發上坐下）「天堂」是我們公司所提供的一種虛擬實境服務。

張　達：虛擬……實境？

服務生：對。換句話說，現在你感覺到的身體，不是你真正的身體。

張　達：所以這裡的一切都是假的？

服務生：看情況。

張　達：那我真正的身體在哪？

服務生：你放心，它非常安全，就在一個類似像這樣的房間，只是處於……你可以理解成熟睡的狀態，會有專人隨時在你旁邊──就像我現在的角色一樣──確保你的身體機能一切正常，而你的意識就可以自由地在我們提供的虛擬實境中做任何事。

張　達：所以我自己來你們公司，申請這個服務？

服務生：是。

張　達：為什麼我一點印象都沒有？

服務生：這很正常，每個人的腦神經網路都非常複雜，要跟公司的儀器相容需要花一點時間，多來幾次之後就會習慣了，剛剛那些什麼頭痛、不舒服等等的狀況都不會再發生。

張　達：好，就算是你說的那樣好了，但是這裡……這裡不是天堂吧？天堂應該是長這個樣子的嗎？這也太──對不起我沒有冒犯的意思，但也太簡陋了！

服務生：這只是一個中繼站。

張　達：那我們什麼時候出發？
服務生：張先生，你有沒有想過，如果世界上真的有「天堂」的話，會是什麼樣子？
張　達：我不知道。
服務生：這就對了，所以我們還不能走。你還沒準備好。
張　達：啊？
服務生：「天堂」是按照你的想像，專門為你設計的地方，你可以決定裡面的場景、房子的樣式、擺設、你穿的衣服，所有你想得到的。
張　達：這些我都可以決定？
服務生：這就是我們公司存在的意義。
張　達：噢……我有點懂了。那我怎麼開始？呃，按什麼按鈕？還是畫什麼圖什麼之類的，畢竟這裡——（示意這個房間空蕩蕩的）
服務生：都不用。
張　達：都不用？
服務生：在這個中繼站，意味著你的大腦正在跟我們公司儀器進行磨合。只要你在這裡穩定下來後，腦中出現什麼畫面，我們都可以透過電腦讀取得到。我們現在只要等待就好了，一切都會恢復自然的狀態。不信的話，來，我們現在再試一次。你叫什麼名字？
張　達：張達。
服務生：你記得你是怎麼來到這裡的嗎？
張　達：我——我想起來了！我在路上看到你們公司的廣告看板，然後就……
服務生：看吧，慢慢地，你就會什麼都想起來了。
張　達：（鬆了一口氣）啊，這樣感覺安心多了。
服務生：可惜有時什麼都想起來不一定是好事。
張　達：什麼意思？

服務生：你在這裡很安全，你可以待一下，整理一下思緒、記憶。總之，最後你能想像出來的「天堂」場景，越詳細越好，這樣對你來說這個服務也才值回票價。

張　達：所以我只要在這邊先待著就好了，不用特別幹嘛？我是說除了想像我的「天堂」以外。

服務生：對。所以我就先不打擾你，如果有什麼需要的話，門旁邊有一個電鈴，你只要按一下我就會盡快趕過來。

張　達：對了，我應該怎麼稱呼你？

服務生：叫我服務生就好了。

張　達：呃，沒有姓氏，或是綽號什麼的？

服務生：叫我服務生就好了。

張　達：還有一個問題。

服務生：請說。

張　達：我想問──我只是問一下，如果我想終止這個⋯⋯「天堂」的服務，我應該要⋯⋯

服務生：你想要？現在？

張　達：沒有。

服務生：那就沒事了，我們不要把時間花在一些沒有意義的假設上。還有其他問題嗎？

張　達：（頓）暫時沒有。

服務生：那我就把這個空間留給你。

服務生準備下。

服務生：啊，對了，這裡不允許施展任何肢體的暴力，否則會被剔除資格。

張　達：⋯⋯哦。

服務生下。

張達躺在單人沙發上沉思。

張　達：天堂……天堂……我想起來了……對……

張達猛地起身。

張　達：（恐慌地）等一下，這……這都是我的記憶嗎？

張達抱著頭，努力想辦法確認。

張　達：好，冷靜。就是因為這樣，所以你才更需要天堂。沒事的，沒事的，這些都會過去的，都過去了，我可以的，我可以的……

此時，門突然打開，服務生與吳瑪莉小姐上，張達嚇了一大跳。

服務生：張先生？
張　達：什麼事！
服務生：你還好嗎？
張　達：沒，我沒事。
服務生：確定？
張　達：確定。
服務生：好吧。那……這位是吳小姐。吳小姐，這邊請。
吳瑪莉：我不會要一直待在這裡吧？
服務生：當然不會，妳看得出來，這不是天堂，這只是一個中繼站。
吳瑪莉：（不耐煩地）唉。要等多久？
服務生：不會讓您們等太久的。
吳瑪莉：最好不要浪費我太多時間。
服務生：我對我們公司有信心，在這裡的時光絕對稱不上是浪費。

吳瑪莉：你該忙什麼就去忙吧。
服務生：好的，有什麼問題可以按這個鈴，我會用最快的速度趕過來。記得這裡不能有肢體的暴力發生。
吳瑪莉：我要怎麼確認過來的是你，不是其他人？我不要你們一直換來換去，搞不清楚狀況。
服務生：您只要說找服務生就好了。

服務生下。
他關上門的同時，燈暗。
舞台周圍原先空間以外的地方，有藍或紅色燈光微微亮起。
搬動桌椅的聲音，以及腳步聲交錯。

職員甲：生命跡象？
職員乙：穩定。
職員甲：這一個張達？
職員乙：目前看沒什麼問題。

職員甲打了一個哈欠。

職員乙：累啦？
職員甲：也不是。唉，你懂的。
職員乙：我懂。

燈亮。
場景被轉了一些角度，也被移了一些位置。張、吳兩人基本上都還在空間中一樣的相對位置上。
舞台周圍藍或紅色的燈光暗去。

吳瑪莉在房間裡，從一個地方走到一個地方，停頓一下之後，又走

到另一個地方，就是不願意坐下，看起來十分不耐。

在她移動腳步的同時，張達不斷從側面觀察她，但只要吳瑪莉稍微靠近他，他就也移動腳步躲開來，兩人因此維持著一定的距離。

吳瑪莉：請問你在幹嘛？
張　達：什麼？
吳瑪莉：我問你你在幹嘛？
張　達：沒、沒有啊。

吳瑪麗盯著張達。

張　達：幹嘛？
吳瑪莉：我是不是在哪裡看過你？
張　達：是、是嗎。
吳瑪莉：一定有，在什麼地方。
張　達：妳、妳可能記錯人了。
吳瑪莉：我從來不會記錯事情。你是做什麼工作的？
張　達：我是國中老師。
吳瑪莉：呵，你不是。
張　達：妳怎麼知道？
吳瑪莉：我再問你一次，你是做什麼工作的？
張　達：我是銀行的襄理。
吳瑪莉：好（微笑），你喜歡說謊。
張　達：我沒有。
吳瑪莉：說謊的人都這麼說。
張　達：妳記錯了。
吳瑪莉：你最近有找過工作嗎？
張　達：沒有啊。怎樣？

吳瑪莉：我覺得你是我面試過的人之一。
張　達：那是妳亂猜的。
吳瑪莉：是，我是猜的，但我不是亂猜。你這張臉我一定在哪裡看過，有點印象，但是又不是很熟。我公司裡面的人，從警衛到清潔工我都記得一清二楚，所以唯一的可能，就是你參加了三個月前那場面試。但過去這段時間我又對你沒印象，所以你應該被刷掉了。（停頓）我說的對嗎？（微笑）現在還覺得我是亂猜的嗎？
張　達：……猜中又怎麼樣！
吳瑪莉：（笑）沒怎麼樣啊。

對話中止，兩人沉默了一下，吳瑪莉坐到單人沙發上，張達走來走去，覺得自己站在哪都不對勁。

張　達：那個……
吳瑪莉：嗯？
張　達：Mary Wu 小姐？
吳瑪莉：嗯。
張　達：我叫張達。
吳瑪莉：（停頓，思考）對不起，還是沒有什麼印象。
張　達：妳為什麼會來這裡？
吳瑪莉：他們找我。
張　達：找妳來？
吳瑪莉：對啊。那你又怎麼會在這裡？張……張什麼？
張　達：張達。
吳瑪莉：張達。
張　達：我是自己來報名的，很幸運被錄取了。
吳瑪莉：哦，所以你是自己報名的。
張　達：對。

吳瑪莉：他們看重你哪一點？
張　達：看重我哪一點？
吳瑪莉：就是他們為什麼要錄取你啊。
張　達：為什麼⋯⋯我還真沒想過這個問題⋯⋯
吳瑪莉：那我換個問題。你知道你為什麼被我們公司刷掉嗎？
張　達：呃⋯⋯
吳瑪莉：呵，果然。為什麼被刷掉也不知道，為什麼被錄取也不知道。你找到工作了嗎？

沉默。

吳瑪莉：嗯，不意外。你有家庭嗎？
張　達：我為什麼要回答這些問題。
吳瑪莉：呵呵，我在想這個天堂的封測都需要一些什麼樣本，因為我們兩個顯然是很不一樣的人，所以我想了解一下他們整個「天堂」的服務，打算進攻的潛在市場在哪。你不會好奇嗎？
張　達：⋯⋯還好。
吳瑪莉：也是。
張　達：那妳覺得它的市場在哪？
吳瑪莉：很多啊，我覺得它變得普及是一件遲早的事，只是看它先打入什麼市場，這跟它整個產品定位，還有形象操作有關。別的我不知道，但我想比較具有高消費力的族群應該是他們現階段想要先抓住的，這也是為什麼我在這裡的原因。所以你也出現在這裡，讓我覺得有點訝異，好奇他們到底是怎麼想的。
張　達：⋯⋯我也不知道。
吳瑪莉：我知道你不知道。

張達欲言又止，最後沒有出聲。
門鈴聲，叮咚，接著門打開。
服務生帶著孫西上。

服務生：就是這裡，請先稍待一下，謝謝。

孫西進房間，四處張望，目光掃過張、吳兩人，又退出房外。

服務生：怎麼了？
孫　西：就是這裡？
服務生：暫時的話，是的。
孫　西：我知道是暫時，但沒有搞錯房間什麼之類的吧？
服務生：一定沒有。怎麼會這樣問？
孫　西：沒有，只是覺得跟這個房間有點⋯⋯格格不入。
張　達：是會頭暈或頭痛嗎？

孫西看著張。

孫　西：不是欸。
張　達：喔，我以為⋯⋯
孫　西：以為什麼？
張　達：沒事。
服務生：（對孫西）有什麼能現在幫您改進的嗎？
孫　西：很難啦。
服務生：那⋯⋯
孫　西：算了吧，就先這樣。
服務生：好，那一樣，不允許肢體暴力，有問題隨時找我，先去忙了，謝謝各位的耐心等候。

服務生下。

孫西沒有坐,她靠在牆壁上,吳盯著她良久,期間孫西不時嘆氣。

吳瑪莉:所以是什麼問題很難解決?
孫　西:(抬頭)嗯?
吳瑪莉:妳剛剛跟服務生說,要現在改進很難。
孫　西:哦,對啊。
吳瑪莉:可以分享一下嗎?
孫　西:可以啊。

沉默。

吳瑪莉:所以是?
孫　西:人的問題。
吳瑪莉:(停頓)這裡只有三個人。
孫　西:嗯。
吳瑪莉:那有問題的人是⋯⋯哪個?或是,哪些?
孫　西:主要只有一個。
吳瑪莉:哦?讓我聽聽妳的高見。
孫　西:呵呵,沒有什麼高見。妳應該是⋯⋯頂峰集團的吳小姐,吳瑪莉?
吳瑪莉:我是。
孫　西:(點點頭,停頓)⋯⋯真是不幸。
吳瑪莉:不幸什麼?
孫　西:在這裡遇見妳。
吳瑪莉:看來那個有問題的人是我了。
孫　西:我沒有這麼說。
吳瑪莉:那不然呢?妳說有問題的只有一個。
孫　西:對。

吳瑪莉：那想必這個人就是──
孫　西：（打斷）也可能是我啊。

停頓。

吳瑪莉：（笑）怎麼說？
孫　西：我不認同妳，不代表妳是錯的嘛。也可能我是錯的，也可能我們兩個都錯了。兩個錯了的人互相討厭，也是很正常的事。
吳瑪莉：（笑）妳不太正常。
孫　西：那誰正常？
吳瑪莉：我不會掉進妳的陷阱。
孫　西：這跟陷阱沒有關係啊，妳就是這麼想，所有跟妳不一樣、妳不能理解、不能接受的，都是不正常的人。（停頓）怎麼樣，不是嗎？（停頓）我不懂，妳這種在現實世界已經要什麼有什麼的人，為什麼要跑來「天堂」？妳又不缺東西。

停頓，吳瑪莉思考，笑了。

吳瑪莉：我發現我們對「天堂」的理解很不一樣。
孫　西：或許吧。
吳瑪莉：妳以為「天堂」是什麼？嗯？慈善機構？
孫　西：什麼慈善機構，什麼意思。
吳瑪莉：說像我們這種人什麼都不缺，但我們其實永遠都缺一個東西。
孫　西：什麼？
吳瑪莉：不知道。
孫　西：蛤？

吳瑪莉：對，不知道，反正就是永遠缺一個東西，所以我們也是很需要天堂的。

孫　西：我還以為妳要說出什麼很有意義的話。也是啦，會這樣想是對妳期望太高了。

吳瑪莉：妳還沒搞清楚這裡不是慈善機構的事實。妳說，我這種在現實中什麼都不缺的人不應該來「天堂」，妳是不是覺得，「天堂」應該留給需要幫助、那些在現實中窮困潦倒的人？

孫　西：⋯⋯對啊。

吳瑪莉：所以我說妳還沒懂。

孫　西：少在那邊裝模作樣。

吳瑪莉：我問妳，「天堂」封測完之後會變成什麼？

孫　西：變⋯⋯我不知道，變什麼？

吳瑪莉：當然是一個商品，所有東西到頭來都會變成一個商品，這個東西是要賣的，不是要把所有賺不到錢、流落街頭的人全部都收集起來放到這，這裡又不是什麼看護之家。

孫　西：但——

吳瑪莉：我不知道妳跟這位先生——你剛剛說你叫什麼名字？喔，對，張達——你們兩個為什麼會被⋯⋯錄取到這個封測裡面來，但他們之所以邀請我，顯然是想知道高消費力的客群會有怎麼樣的反應跟需求。

孫　西：所以他們邀請妳來。

吳瑪莉：不然妳以為我閒著啊？

孫　西：對啊，妳這種人已經要什麼有什麼了。

吳瑪莉：我兒子今年七歲，去年才剛從美國回來，他爸是沒辦法所以繼續待在那。我想要盡量多陪我兒子，根本怎麼忙都忙不完。為了處理公司的事，還要來這裡，我已經整整48小時沒有踏進家門了，希望這裡的事趕快結束。

張　達：啊，對，妳還有個兒子⋯⋯

吳瑪莉：什麼叫「還有一個兒子」？
張　達：呃，沒事，沒什麼（不安地）。我可以問個問題嗎？
吳瑪莉：幹嘛？
張　達：妳剛剛說他們邀請妳來，所以，呃，妳不需要付任何……費用之類的？
吳瑪莉：付費？你是認真的嗎，他們還要付我錢咧！
張　達：是喔……
孫　西：（搖頭）真的太誇張了。
張　達：我自己是花了蠻多錢才有機會來這裡。
吳瑪莉：我知道啊。
張　達：妳怎麼知道？
吳瑪莉：我可以想像，畢竟你們絕對不是他們主要的測試對象。
孫　西：等一下，張先生，你說你花了蠻多錢才「有機會」來這裡，意思是有人花了錢但是沒有辦法來是嗎？
張　達：對呀。
孫　西：為什麼？
張　達：就——被淘汰了。
孫　西：我有看到招募受試者的廣告，報名費是不是很貴？好像名額很搶手。
張　達：蠻貴的。
孫　西：那是多少？
張　達：三。
孫　西：三千？
張　達：三萬。
孫　西：三萬！然後如果被淘汰就——
張　達：對啊，因為這個體驗很搶手，所以一個人要繳三萬才有機會參加面試。妳沒有繳嗎？
孫　西：（漫不在乎地）他們說他們會從頂尖大學裡的畢業生隨機抽取，我台大畢業的，所以——

張　達：（詫異地）所以妳也──
吳瑪莉：好了好了，張達我必須要打斷你，你的報名費什麼的根本不是重點。這位小姐，我想問妳一個問題。
孫　西：什麼？
吳瑪莉：我們在哪裡碰過嗎？
孫　西：哦，我們不用在哪裡碰過啊，Mary Wu 的影響力不是跨國際、無遠弗屆的嗎？妳的一舉一動就是會影響到很多人。

吳瑪莉意味深長地看著孫西。

孫　西：啊，不過真的要說起來的話，我還真的見過妳一面，那是……哇，大概有十年前了。
吳瑪莉：什麼時候？在哪裡？
孫　西：就在你們公司大樓門口。
吳瑪莉：我們沒有講話吧？
孫　西：我是有對妳講話啦，但妳沒有跟我講話。啊，我還不只對妳講話，我還拿雞蛋丟妳。

吳瑪莉看著孫西，慢慢地點點頭。

吳瑪莉：所以妳是那群抗議民眾的其中一個。
孫　西：嗯。

吳瑪莉又點了點頭。

吳瑪莉：妳真有趣，跟我想像中那群人的個性不太一樣，我剛剛沒把你們聯想在一起。
孫　西：妳想像中那群人的個性是怎樣？
吳瑪莉：先說，我沒有要攻擊妳的意思──

孫　西：喔妳放心,我沒有很care。
吳瑪莉：呵,好。我是要說在我本來的想像中,那一群人就是喜歡聚在一起,然後大聲咆哮、抗議,表現得自己好像很有正義感等等等等。但是當妳願意坐下來好好跟他們講話的時候,他們又說不出個所以然來。所以這種⋯⋯笨蛋,讓人很困擾妳知道嗎?他們會不斷找妳麻煩,然後妳願意跟他們好好談的時候,又發現他們其實沒有溝通能力,跟一群猴子沒有兩樣。但妳不是這樣子。
孫　西：嗯哼。

吳瑪莉微笑。

孫　西：我現在應該要說謝謝嗎?
吳瑪莉：我沒說。
孫　西：我應該回答完妳的問題了吧。
吳瑪莉：是。
孫　西：那就沒有必要再跟妳講話了。(轉過身去)不好意思,你是⋯⋯張先生?
張　達：對,我叫張達。
孫　西：你好,我叫孫西。
張　達：妳好。(兩人握手)

孫西環顧了一下四周,好像要找些什麼。
唯一一張單人沙發被吳瑪莉坐走了,孫西跟張達只能坐在普通的椅子上。

燈瞬暗。
舞台周圍原先空間以外的地方,有藍或紅色燈光微微亮起。
又是搬動桌椅的聲音,以及腳步聲交錯,還有一些巨大機械運作的

轟轟聲。
這些聲音總是伴隨著舞台周圍的晦暗燈光一起出現。

職員甲：開始了。
職員乙：（漫不在乎）開始了嗎？
職員甲：開始了。
職員乙：嗯。

停頓。

職員甲：（忍不住地突然開口）這真的是我看過最沒有意義的嘗試。
職員乙：嗯，完全行不通啊。
職員甲：真不知道他是怎麼上位的，做事極端又沒方法。
職員乙：一代不如一代囉。
職員甲：我們真倒楣啊。
職員乙：噓，小聲一點。

燈亮。
場景被轉了一些角度，也被移了一些位置。三個人基本上都還在空間中一樣的相對位置上。
舞台周圍藍或紅色的燈光暗去。

孫　西：有人把沙發佔走了，所以我們將就一下。

孫西拉了椅子坐到張達旁邊。

孫　西：你說……你繳了報名費，經過面試才能來這個地方？
張　達：嗯。
孫　西：真的很不公平。

張　達：什麼東西不公平？
孫　西：就繳錢這件事啊，她才應該要繳錢吧！（指吳瑪莉）
張　達：但妳也沒有繳不是嗎。
孫　西：喔，對啊。他們寄了 e-mail，過幾天打電話通知我，跟我說明整個計畫的來龍去脈，問我有沒有興趣參與，我覺得蠻有趣的就答應了。
張　達：嗯。
孫　西：你說報名的人很多，大概是多少啊？
張　達：我不知道欸，大概……可能有到一萬人吧。
孫　西：一萬人，每個人繳三萬……欸！這樣就三億了耶！
張　達：嗯。
孫　西：好扯。
張　達：嗯。

孫西看了一眼張達。

孫　西：感覺你有話要說？
張　達：那三億只是收入，不等於淨賺三億，妳不知道他們開發的成本花了多少錢，搞不好還沒有回本也說不定。
孫　西：有那麼誇張嗎？
張　達：有可能。
孫　西：喔。那你為什麼想要來天堂？
張　達：就像它的廣告詞說的那樣。
孫　西：（模仿）「一個讓你重新活過來的地方。一個為了你而存在的地方。一個沒有暴力與仇恨的地方。在這裡，你可以擁有任何你想要擁有的。應有盡有，盡在天堂。」
張　達：嗯。
孫　西：這樣的天堂裡竟然有她這種人（指吳瑪莉）。

張達沉默。

孫　西：那你想要在天堂獲得什麼？
張　達：獲得……唉，沒什麼好說的。
孫　西：幹嘛這樣，多說一點嘛，就只是聊天而已。大家在「天堂」裡也會互相遇得到吧，認識一下又沒差，搞得好像我要窺探你什麼隱私一樣。
張　達：對不起，不是這個意思，就是真的沒什麼好講，我沒有什麼有趣的故事。

孫西看著張達。

孫　西：是因為她在那嗎？

張達快速瞄了一眼吳瑪莉。

吳瑪莉：（躺著閉上眼）我可沒有叫你不要講話。
孫　西：（對張達）所以真的是她的關係。

張達沉默，低頭不表態。

孫　西：你為什麼要怕她！她又沒有什麼特別的。是怎樣？認識她喔？

張達沉默。

孫　西：真的假的啦。（對張達）你們兩個認識？

沉默。

孫西轉頭看向吳瑪莉。

吳瑪莉：不算認識，但見過面講過話。
孫　西：（對張達）你跟她講過話？
張　達：嗯。
吳瑪莉：（依然閉著眼休息）而且不是妳那種單方面對別人大吼大叫的講話，是坐下來好好說的那種。
孫　西：（對張達）你為什麼會跟她講到話？該不會你是他們公司員工吧？
吳瑪莉：哈哈哈哈哈哈哈哈！
張　達：我們可以不要聊這個嗎？
孫　西：可以是可以，但這樣你的問題不會解決。
張　達：我的問題我自己會解決。
孫　西：所以是什麼問題？說說看嘛，我又不是什麼壞人。
張　達：謝謝，但妳解決不了。
孫　西：你又知道我解決不了。
張　達：總之謝謝妳的好意。
孫　西：那……你不跟我講你遇到什麼困難，講講你家裡的事總可以吧？你結婚了嗎？有小孩嗎？
張　達：我結婚了，有一個兒子，今年十二歲。
孫　西：哦。咦，那你自己一個人來這邊，你的老婆跟小孩呢？
張　達：沒有怎麼辦啊。我……只是幾天不在家，他們又不會怎麼樣。
孫　西：是沒錯啦。（停頓）怎麼感覺你跟他們關係不是很好？
張　達：……妳從哪裡感覺的？
孫　西：就……
張　達：我們可以不要聊這個嗎？
孫　西：幹嘛？這個也不行。你怎麼這個也不能聊、那個也不能聊，那你要聊什麼你說嘛。

張　達：我沒有想聊天。

停頓。
孫西看著張達。

孫　西：我覺得你不是真的不想聊天。你有心事。

沉默。

孫　西：你今年幾歲？
張　達：四十二。
孫　西：也是啦，我可以理解，一個小自己十二歲的人突然跑出來說要幫忙，可能會讓人覺得很奇怪，而且也覺得對方幫不上什麼忙。
張　達：嗯。
孫　西：但我是真的想幫你。
張　達：為什麼？
孫　西：沒有為什麼啊，一個人想要幫另一個人不是很正常嗎。哪需要什麼理由。
張　達：我沒有什麼可以給妳。
孫　西：什麼意思？我又沒有要你給我東西。
張　達：現在沒有，但是總有一天妳會要的。
孫　西：你是說我現在想幫你忙，是為了某一天可以從你身上拿到好處嗎？你⋯⋯你這個人的想法怎麼會這麼扭曲啊？
張　達：這個世界本來就是這樣。
孫　西：一定有人對你做過類似的事情。是誰？
張　達：不重要。
孫　西：所以真的有這個人。
張　達：不重要。

孫　西：是誰嘛！
張　達：妳為什麼一定要這樣問問問問問個不停啊？

停頓。

孫　西：你幹嘛突然這麼兇！
張　達：很突然嗎？
孫　西：廢話！
張　達：我從剛才就一直說我不想聊天，一開始我也是客客氣氣謝謝妳的好意，結果妳一直要在那邊糾纏不清。
孫　西：糾纏不清？你是說……我糾纏你？
張　達：不然呢。
孫　西：你還真的講得出口，我是好意欸！
張　達：好意然後呢，好意就可以不管別人想要什麼、不管別人的感覺嗎。
孫　西：我就是在問你感覺到什麼、問你想要什麼啊！

張達嘆氣。

張　達：Mary Wu 小姐。

吳瑪莉躺在沙發上闔眼沒有反應。

張　達：（加大音量）Mary Wu 小姐。
吳瑪莉：（動也不動）我聽得到。
張　達：我有一件事想拜託您。
吳瑪莉：（動也不動）什麼？
張　達：我……我從您還沒當上董事長之前就知道您的存在，多年以來一直非常欣賞您的作風，我知道我面試那天表現得不

是很好，但……我們會在這裡遇到，也算是一種緣分吧！是吧！所以，有沒有可能，您再重新考慮一下錄用的事，我的工作經驗很豐富，也非常認真，完全不偷懶，要怎麼加班都行，從來沒有抱怨過，絕對可以在您的公司幫上忙的。

吳瑪莉：（動也不動）你的經驗很豐富？
張　達：對。
吳瑪莉：但你的經驗都是過時的經驗了。
張　達：啊？
吳瑪莉：你聽到我說的話。
張　達：這……我可以學啊！
吳瑪莉：不需要，公司已經不缺人了，你去學別的吧。
張　達：在您的公司裡工作一直是我的目標和夢想。
吳瑪莉：嗯。
張　達：拜託了。
吳瑪莉：那我也拜託你，讓我好好安靜地休息一下。

吳瑪莉躺在沙發上動也不動。
沉默。
張達突然走到吳瑪莉旁邊，砰地一聲跪下來。

張　達：如果這樣子呢？如果我真的求您了呢？
吳瑪莉：噴。

停頓。
張達開始嗑頭。

張　達：拜託、拜託、拜託、拜──

孫西衝上去拉住張達。

孫　　西：好了啦！

張達掙脫孫西，繼續嗑頭。

張　　達：拜託、拜託、拜託……

孫西又上前去拉住張達。

孫　　西：（吃力地）你不要、你不要這樣一直求她！
張　　達：妳走開，放開我！
孫　　西：就算把頭撞破她也不會理你啊！

停頓，張達看著孫西。

張　　達：那妳就讓我把頭撞破。

張達又開始嗑頭，孫西用盡全身的力氣推倒張達。

孫　　西：我不准你這麼做！（喘氣）不值得！
吳瑪莉：啊，你們好吵。
孫　　西：妳還好意思在旁邊講那種話？
吳瑪莉：我怎麼又不能說了？
孫　　西：他的頭都快要流血了！
吳瑪莉：然後我就應該負責嗎？
孫　　西：妳至少可以說些什麼吧，不用像個死人躺在那裡一動也不動。
吳瑪莉：我要說什麼？

停頓。

吳瑪莉：我請問妳我要說什麼？
孫　西：就……隨便什麼都好，至少可以叫他不要再磕頭了吧？
吳瑪莉：呵！妳覺得我講了他就會照做嗎。
孫　西：至少妳可以試試看！
吳瑪莉：小妹妹，聽好了，我不是妳，我沒有那種古道熱腸的心情，去看到什麼人就幫什麼人，我光要把自己的事情顧好就忙不完了，他要怎麼鬧那是他的事。如果今天是我兒子在這裡，就算他只是不小心摔倒我都不會原諒任何人，但這個傢伙跟我有什麼關係？四十二歲的人難道不能為自己負責嗎？
孫　西：但……妳的小孩又不在這裡！
吳瑪莉：妳真的什麼都不懂。
孫　西：我怎樣不懂？
吳瑪莉：不要再說一些天真的話了。妳有小孩嗎？沒有的話就不要在那裡大呼小叫。（對張達）你也是，給我克制一點。
張　達：只要您讓我去您的集團工作，就算只是試用一個月，不，就算只是試用兩個禮拜也好，到時候您不滿意再把我打發走，我發誓我到時候絕對不會再有任何藉口，馬上離開。
吳瑪莉：不需要多繞一趟路，你現在就可以馬上離開。
孫　西：妳講話不要太過分！
吳瑪莉：我怎樣過分？我講的是事實。
孫　西：事實又怎麼樣？事實就可以不顧別人的感受嗎？

吳瑪莉看著孫西。

吳瑪莉：好，如果妳幫上他的忙，然後呢？
孫　西：什麼然後呢。

吳瑪莉：下一個妳又要去幫誰的忙？弱勢家庭嗎？火車站外面的流浪漢嗎？妳好像覺得妳可以讓所有人都進來「天堂」一樣。

孫　西：如果是那樣最好。如果我做得到，到時候「天堂」裡也不會有妳。

吳瑪莉：呵！這件事還輪得到妳決定？

孫　西：妳就試用他兩個星期會怎麼樣？

吳瑪莉：我為什麼要？我現在就知道到時候會 fire 他。

孫　西：那到時候再說嘛！

張　達：不要再說了！

停頓。

張　達：孫小姐，請妳不要插手管這件事好嗎？

孫　西：（愣）我在幫你欸。

張　達：我不需要妳幫忙。

孫　西：你需要，誰都看得出來你需要。我如果不幫你我還是人嗎？

張達衝上去揪住孫西的領子。

張　達：聽好了，我要給誰幫忙輪不到妳決定。（狠狠地放開孫西）

孫西踉蹌地倒退幾步，傻在原地。

吳瑪莉：怎麼了，很驚訝嗎？

沉默。

吳瑪莉：他就是不要妳幫忙嘛，妳讓他靠自己的力量，看他能變出

什麼把戲啊。

孫西看看吳瑪莉,又看看張達。

吳瑪莉:(對孫西)妳很沮喪對不對?
孫　西:妳說我?
吳瑪莉:對啊。
孫　西:⋯⋯
吳瑪莉:我告訴妳一個事實好不好。
孫　西:什麼?
吳瑪莉:就算有一天啊,妳的夢想成真,所有人都進到天堂——除了我例外——妳也不會快樂的。
孫　西:為什麼?
吳瑪莉:因為到頭來,他們不需要妳,他們需要的只是妳的幫忙。
孫　西:我聽不懂妳什麼意思。
吳瑪莉:我的意思就是,大家都可以進到「天堂」那天,就會是妳被全世界拋棄的那天。
孫　西:妳到底想怎樣!

孫西衝上前要抓吳瑪莉頭髮。

張　達:欸,妳在幹嘛!

張達衝上去阻止。

吳瑪莉:你不要碰我!

吳瑪莉一邊躲孫西,一邊推開張達。三個互相追逐,不時扭打成一團。

叮咚。門鈴聲。三個人沒有注意。
門打開,服務生上。

三個人繼續扭打,服務生靜靜地看著這一切。
不久之後,張達發現了服務生的存在,他首先要大家停下來。

張　達:好了!

三個人都注意到服務生。

服務生:你們在做什麼?
張　達:我們……
服務生:我很訝異。

服務生在三個人之間走動。

服務生:我以為你們要去地方是「天堂」,「天堂」應該是一個神聖的地方,是一個沒有仇恨、沒有暴力的地方。你們還沒有進去就已經這樣子,進去之後不就要把整個「天堂」都掀掉了嗎?
吳瑪莉:都是這兩個人先開始的。你們從一開始就不應該把我跟他們安排在同一個房間,我可是你們邀請來的貴賓,你們怎麼敢這樣對我!

服務生盯著吳瑪莉。

服務生:吳小姐,我們誠摯地邀請您來,是希望這麼好的一個投資機會您不要錯過,但您如果沒有興趣,反正我們公司正式

推出「天堂」之後，股價在一個月內翻三倍都不是問題。如果您沒有興趣，還有很多人有興趣，您直接退出就好。
吳瑪莉：現在是把人找來又要把人趕走嗎？
服務生：是我找您來的沒錯，但我沒有要趕您走，一切看您自己的決定。但您如果想現在離開，要簽保密協議，另外再交三千萬元的保證金作抵押，畢竟您今天看到的一切都是機密，基於公司立場，我們不可能就這樣讓您走出去。但是當然，我們更不希望的是彼此關係就這樣一刀兩斷。想想看，這可是頂峰集團跟「天堂」聯手創造奇蹟的大好機會。頂峰集團的下一個高峰。

吳瑪莉沉默。
服務生輪流盯著另外兩個人。

服務生：我在這裡非常沉痛且嚴肅地警告各位，各位今天能在這個地方，再一步就能踏進「天堂」，成為全世界第一批體驗者之一，這是千載難逢的。但是就像我們的廣告詞所說的，這裡除了會是一個為你存在的地方，也是一個沒有仇恨和暴力的地方。各位都是「天堂」的最後一片拼圖，剛才的狀況如果再發生任何一次，三位都會馬上被取消資格。
吳瑪莉：我有問題。
服務生：請說。
吳瑪莉：剛剛這整件事都是他們兩個發起的，我是無辜的。如果等一下又發生一樣的事呢？我又不可能可以控制他們兩個。
服務生：如果在不同時空，那就是不同的情況。但是在同一個時空裡，您有義務要想盡辦法阻止眼前的暴力發生，否則坐視不管，就是暴力的協助者。
吳瑪莉：這也太荒唐了！

服務生看著吳瑪莉。
吳瑪莉跟服務生對看了幾秒,然後撇過頭。

服務生:關於要進入「天堂」的條件,我想我應該說得很清楚了。我來這裡本來是要通知各位,再不久「天堂之門」就可以為各位開啟,謝謝各位的耐心等候。

服務生下。
三人面面相覷。

燈暗。
舞台周圍藍或紅色的燈光亮起。

職員乙:欸。
職員甲:幹嘛。
職員乙:我問你。
職員甲:嗯。
職員乙:你有沒有聽說過「那個」。
職員甲:哪個?
職員乙:就那個啊!
職員甲:什麼啦?
職員乙:(小聲)他殺過人。
職員甲:誰?裡面的?
職員乙:不是啦,我是說「他」。
職員甲:服務生?
職員乙:對。
職員甲:老實說,如果是真的,我不會很意外。不要說這整個實驗,整個共生會沒有一個人知道他的名字,他要所有人都叫他服務生就好,光這點就夠詭異的了。

職員乙：所以你覺得是真的？

職員甲：大概吧，他什麼瘋狂的事都做得出來。

房間的燈亮。

場景被轉了一些角度，也被移了一些位置。三人基本上都還在空間中一樣的相對位置。

舞台周圍藍或紅色的燈光暗去。

吳瑪莉：既然你們沒有辦法去其他地方，那請你們從現在開始不要跟我講話。

沉默。

吳瑪莉一個人到角落站著。

孫　西：我不覺得這樣可以解決問題。

吳瑪莉沉默。

孫　西：妳可以不開口，也可以假裝沒聽到，但妳不可能真的聽不到。我就算了，要是真的不跟妳講話對我來說沒有什麼差，但妳覺得他可以撐多久？到時候妳真的可以忽視他嗎？

沉默。

張　達：（對吳瑪莉）真的很對不起……

吳瑪莉沉默。

張　達：我剛剛太激動也太衝動了，希望您可以原諒。

吳瑪莉：就跟你們說不要跟我講話了，為什麼沒有一個人聽得懂啊！你們兩個愛怎麼樣就怎麼樣，不要牽扯到我。

孫　西：我們在一個房間裡，不可能不互相牽扯。

吳瑪莉：你們根本存心要把我捲進去。

孫　西：就算我們真的不理妳，妳遲早還是會被影響。

吳瑪莉：呵！我的意志可不像你們兩個那麼薄弱。

孫　西：我說的不是薄不薄弱的問題。

吳瑪莉：總之你們愛怎麼樣就怎麼樣。

孫　西：不要忘了，他剛才說，如果我們兩個打起來而妳沒有阻止，妳會被當成共犯。

吳瑪莉：妳存心找碴對吧？

孫　西：我覺得我們應該要解決問題。

吳瑪莉：解決什麼問題？我這裡一點問題都沒有，問題通通出在你們身上！

孫　西：呵呵。

吳瑪莉：笑什麼？

孫　西：他想要到妳的公司工作，但妳一點通融的空間都不給，這樣叫問題通通出在我們身上？

吳瑪莉：不然妳覺得應該要怎樣？我開的是公司，不是收容所，也不是慈善機構。

孫　西：好，就算他對妳們公司真的一點用處都沒有好不好，妳把妳的公司保護得很好，然後呢？妳還是進不了「天堂」。

吳瑪莉：我為什麼進不了？

孫　西：妳怎麼知道他會做出什麼事情？妳沒辦法阻止，也沒辦法控制，妳唯一能做的就是放下架子跟身段，開始試著把他的問題當成妳的問題，只有這樣我們才可能在「天堂」長久地待下去。

吳瑪莉：把他的問題當作我的問題？

孫　西：對啊。

吳瑪莉：妳以為他是誰啊！

孫　西：如果——我只是說如果——他因為被妳拒絕而想要自殺，就在這裡，這也算一種暴力吧？妳只要什麼事都不管，放任這種狀況發生，到時候妳還是共犯，會被從「天堂」踢出去。

吳瑪莉：你們這些人真的沒完沒了！

孫　西：妳就答應讓他去你們公司工作一個月會怎樣？你們公司會倒嗎？太陽會改從西邊出來嗎？

吳瑪莉：我不做這種浪費時間又沒意義的事。

孫　西：難道看著他自生自滅，妳因此也進不了「天堂」，這樣比較有意義嗎？

吳瑪莉：妳不懂，我一但放他進來，這件事就會沒完沒了。

孫　西：他剛剛說如果一個月後妳還是覺得他對公司一點幫助都沒有，到時候可以把他開除。（對張達）對吧？我應該沒有聽錯吧？你有說這句話嗎？

張　達：⋯⋯有。

孫　西：（對吳瑪莉）所以如果妳真的堅持，這件事最多一個月就結束了。

吳瑪莉：有一就有二。如果我不讓他來，這件事現在就結束了；如果我讓他來，這件事永遠都結束不了，一個月後只會把現在的場面再重演一次，到時候牽涉的就不止我們三個人，還有我的員工、小孩、我身邊其他重要的人！

孫西看向張達。

孫　西：會嗎？會像她說的那樣嗎？

張達沉默。

吳瑪莉：妳看，他連承認會重蹈覆轍的勇氣都沒有。

停頓。孫西持續看著張達。

孫　西：講話啊！

停頓。
張達起身，緩緩坐回椅子上，嘆了一口氣。

張　達：就像我前面說的，我有一個老婆跟一個十二歲的兒子，但妳說得對，就算我待在這裡，對他們也不會有什麼影響，因為我上次跟他們好好講話，已經不知道是什麼時候了。

（停頓，深呼吸）

我的上一份工作結束得很突然，那已經是快要兩年前的事，公司跟另一間外商公司合併，調整人事架構，我沒有做錯什麼就被遣散了。我開始去找其他工作，但我不知道當了十幾年的業務，成績也都不錯，到了四十歲，為什麼沒有一間公司願意收我。好像⋯⋯好像我是病毒還是什麼東西一樣。我盡力了，我真的盡力了。

（停頓）

人沒有辦法一直維持在同一個狀態太久，妳們懂嗎？我不是不認真，是我認真了一天、兩天，一個禮拜、兩個禮拜，一個月、兩個月，到後來我已經不知道要怎麼認真下去了。我假裝我自己找到工作，每天穿著西裝、提著公事包出門，然後找個離家比較遠的公園或什麼地方閒晃，直

到傍晚再走回去,有很長一段時間都是這樣過的。我其實不知道我老婆是什麼時候開始發現這件事情。但那也不是很重要了。

(停頓)

我只記得過了一段時間之後,我開始不只是閒晃,我會去便利商店喝酒。一開始還有點克制,想要回家的時候不露出酒醉的樣子。後來越喝越多,老婆發現以後,就跟她說公司有活動、應酬,這些藉口當然馬上就被戳破,我們大吵一架,之後她就開始懶得跟我講話,好像我在家裡是個隱形人一樣。如果只是這樣那也就算了,重點是她還帶著我兒子一起跟著這麼做。所以過沒多久,我那個才國小二、三年級的兒子也開始看不起我、討厭我。

(停頓)

我對這個家一直是盡心盡力的。

(停頓)

我愛我老婆,我愛我的孩子。

(停頓)

但這就是我努力好幾年之後得到的回報。
吳瑪莉:就算來我們公司試用一個月,這些事也不會改變。
孫　西:可以先聽他說完嗎?
張　達:嗯,對,確實,有一度我是這樣子想,如果我真的可以在

頂峰集團的哪個部門工作看看，至少有一個月，我就可以不用跟老婆、小孩說謊，我就可以試著挽回他們。但Mary Wu 小姐說的是對的，我很快就發現這個想法太天真了。如果我能在頂峰集團待個一年以上，這件事才真的會有改變的可能。可是好像……確實沒有這個機會。

（停頓）

所以如果我有一個月的試用期，結束以後我要幹嘛？我可以幹嘛？我不知道。我可能只是需要一個月，去接受被家人、還有其他所有一切拋棄這件事。我想要再有一個月可以好好的，跟什麼道別。然後到時候……我不知道，如果有足夠的勇氣，或許就自己離開這個世界；但如果沒有也無所謂，頂多就是回到在便利商店、公園喝酒的生活。把一切都忘了。直到死掉那一天。

（停頓）

妳們剛才的問題是什麼？喔，對，一個月後事情真的就會結束嗎？會吧。死纏爛打又能怎麼樣。能有這麼一個月，可以好像回歸到社會、回到正常生活，我想也就足夠了。

所以我可以保證，一個月後剛才的場景不會重新上演，到時候如果我必須得離開，我會自己把東西收拾好就消失。這是我的答案。

停頓。

孫　西：對不起。

張　達：為什麼要對不起？

孫　西：我只是在想，我剛才一直說要幫忙，對你來說應該很煩吧，因為我其實好像真的什麼都幫不上，一直問東問西，只會讓人想起更多事、覺得更心煩而已。

張　達：（苦笑，搖搖頭）沒關係。

孫　西：謝謝你願意分享這些。把這些講出來對你來說一定是件很痛苦的事情。

張　達：最痛苦的已經過去了，或者還沒有來。

孫　西：⋯⋯不管怎麼樣，至少是很不容易的吧？

張　達：嗯。

孫　西：所以，謝謝你。

張　達：呵，謝什麼，只是發發牢騷，又不是做了什麼有貢獻的事。

孫　西：我覺得不只是發發牢騷。

張　達：不然呢？

孫　西：我也因為你的話，重新想了一些事情。

張　達：像是？

孫　西：雖然很不想承認，但可能她說的是對的吧。

張　達：什麼東西是對的？

孫　西：如果有一天全世界的人都可以進到「天堂」，可能就不會有人需要我了。所有人進入天堂那天，就是我被世界拋棄的那天。

張　達：怎麼會，不會的。

孫　西：過去這三年我交了三個男朋友，分手了三次，也大哭了三次。每次快要滿一年的時候就吵架，我也不知道為什麼，反正事情最後就是變成這樣子。

成績好，是啊，然後呢？借同學抄筆記、抄作業，很好，然後呢？爸爸媽媽在親戚朋友面前很有面子，很棒，然後呢？我自己其實不知道這一切是為了什麼。

（笑）可能不管我做了什麼、付出什麼，別人拿了好處以

後，其實也沒有把我當成什麼，不管是家人、同學，還是三年來那三個男朋友都一樣。這也是為什麼我一來到這邊，除了把她臭罵一頓以外，一直想要幫你的忙。如果知道有人需要我，那是一件讓人很安心的事。所以到頭來需要被幫助的不是你，或者說不只是你。更重要的是我。你懂嗎，我是一個自私的人。

張　達：（停頓）每個人都是這樣子的吧。
孫　西：是嗎。

沉默。

孫　西：我可以問你一個問題嗎？
張　達：嗯。
孫　西：但這個問題可能有一點奇怪。
張　達：嗯，沒關係。
孫　西：……我可以抱你一下嗎？
張　達：嗯。

兩人擁抱，然後分開。
孫西看向吳瑪莉。

孫　西：所以呢？
吳瑪莉：什麼所以呢。
孫　西：他都已經說成這樣了。
吳瑪莉：然後呢。
孫　西：妳就讓他到妳公司裡的哪個部門去待一個月，一個月後妳的想法如果還是沒有改變，這件事就到此為止。
吳瑪莉：這是妳的公司還是我的公司？
孫　西：我沒有說是我的。

吳瑪莉：那妳在那邊一直給我出什麼意見啊？
孫　西：這對妳來說明明就應該是不痛不癢的事情，為什麼妳就是不願意啊？
吳瑪莉：妳管理過一個公司嗎？
孫　西：沒有。
吳瑪莉：所以妳不懂。
孫　西：好啊，我不懂什麼，妳的考量是什麼，妳講出來。我剛剛已經說得很清楚了，現在這不只是妳一個人的問題，也不只是我們兩個、或是他一個人的問題，現在這是我們三個人要一起面對的問題。
吳瑪莉：少來了好不好，妳以為妳是誰啊？

孫西瞪著吳瑪莉。

孫　西：我現在還沒有衝上去揍妳一拳，是因為那不只會害到我自己，還會害到張先生。不然妳的鼻子早就被我打歪了。
吳瑪莉：妳在威脅我嗎？
孫　西：威脅？哪裡威脅，我在提醒妳，我正在對妳釋出善意。
吳瑪莉：謝謝妳的善意。
孫　西：妳能不能告訴我，這件事對妳來說到底為什麼這麼困難？難道把大家逼到無路可出妳就滿意了嗎？
吳瑪莉：我沒有這樣說，那是妳說的。
孫　西：所以妳沒有要逼死大家。
吳瑪莉：對，我只是不想逼死我自己。
孫　西：哪有這麼嚴重！
吳瑪莉：妳講這些話、做這些事要對誰負責嗎？沒有，不用。但我的每個決定，都要對我們公司裡的每一個人負責。
孫　西：所以讓他進去一個月會有誰餓死嗎？
吳瑪莉：我看不出來他哪裡可以幫到公司。

孫　西：所以我說嘛，一個月後如果妳的想法沒變，那大家就一刀兩斷！
吳瑪莉：小妹妹，如果我講不出一個人哪裡可以幫到公司，卻還是因為某種原因，給他一個月的試用期，以後別人會怎麼看我？是不是大家都用求的、靠關係，都可以來我們公司待一個月、兩個月，這樣子還得了，我的公司是什麼體驗營嗎？到時候整間公司還要營運嗎？光處理這些莫名其妙的人際關係就好啦，正事都不用做了。妳的建議在我聽起來，只會讓人變成一個沒有原則、但是古道熱腸的領導者。這也是為什麼今天我是集團的董事長，但妳什麼都不是的原因。一個公司交到妳這種個性的人手裡，倒掉只是遲早的事。

孫西瞪著吳瑪莉。

孫　西：那我問妳。
吳瑪莉：請問。
孫　西：如果今天一模一樣的事，換成發生在你兒子身上，妳會怎麼處理？
吳瑪莉：妳是說──
孫　西：對，如果今天在這裡的不是他，而是妳兒子的話，妳會怎麼辦？
吳瑪莉：我會讓他進來。
孫　西：那就對啦！
吳瑪莉：什麼東西對啦？
孫　西：如果換成你兒子就可以，為什麼他就不行？如果換成你兒子，公司還是可以繼續經營下去，那換成他一定也有辦法吧。
吳瑪莉：沒有。

孫　西：為什麼沒有！
吳瑪莉：換成我兒子，公司也會沒辦法在我手上經營下去。（停頓）可能不是馬上，但是早晚的事。
孫　西：等一下，我不懂。那妳為什麼還要讓你兒子進去公司？
吳瑪莉：因為我對兒子的愛，比我對公司、還有公司裡那些人的愛還多。如果要犧牲一個，我會選後者。

孫西沉默。

張　達：我有一個小問題想問。
吳瑪莉：我說了我不會讓你進來。
張　達：我不是要問這個。
吳瑪莉：那你要問什麼？
張　達：如果……我是說如果，今天這個人不是我，也不是妳兒子，而是妳女兒呢？
吳瑪莉：（停頓）你怎麼會突然提到我女兒？
張　達：好奇。
吳瑪莉：她已經失蹤一年了……
張　達：所以，如果換成妳女兒，妳還是會做跟剛才說的一樣的決定嗎？
吳瑪莉：（停頓）你是不是知道我女兒什麼？
張　達：沒有。
吳瑪莉：（衝上前）你是不是知道她在哪？
孫　西：（攔住吳瑪莉）妳在幹嘛！
吳瑪莉：說！
張　達：我不知道。
吳瑪莉：老實講！
張　達：我真的不知道。

吳瑪莉看著張達。
停頓。

吳瑪莉：如果你告訴我，我就讓你來我們公司試用一個月。

停頓。
張達看向吳瑪莉。

張　達：真的？
吳瑪莉：真的，我保證、我發誓，這樣可以了吧！
張　達：我只知道一點，但不是很清楚。
吳瑪莉：一點點也沒關係，你提供我線索，剩下的我自己去找。
張　達：如果找不到，我還能進妳公司試用一個月嗎？
吳瑪莉：可以，只要你能提供有用的線索，不管我最後有沒有找到，我都會讓你進來試用一個月。
張　達：妳說的。
吳瑪莉：對，我說的。

舞台四周幽微的燈光亮起。

職員甲：雖然不是每個人都沒有缺點，但我們共生會過去也出了不少有名的歷史人物……
職員乙：舉個例子來聽聽。
職員甲：你不知道喔？法國大革命裡的西哀士神父、林肯、甘地、金恩博士，那個年代我們是風生水起的，結果現在整個會交到他手上……
職員乙：欸。
職員甲：幹嘛？
職員乙：你覺得他會不會變成第二個實施大滅絕的人？

職員甲：你說像古埃及文明突然整個消失那樣？

張　　達：妳女兒是在一年前失蹤的。
吳瑪莉：對！然後呢？她現在在哪裡？
張　　達：現在她已經不會再受苦了。
吳瑪莉：什麼意思？
張　　達：妳一定不會注意像我這樣的人，但我一直都非常崇拜妳。失業無所事事的時候，有天偶然看到妳，我就開始跟蹤，觀察妳的一舉一動。我發現妳女兒佔據了妳太多時間，她對妳的職業生涯沒有任何正面幫助。我必須拯救妳。所以，我趁幼稚園放學，沒人在妳女兒身邊的空檔，把她帶到巷子裡……
吳瑪莉：你在說什麼？

張達看著吳瑪莉。

張　　達：我殺了她。
孫　　西：張先生，你在開玩笑嗎？你不要為了拿到工作說謊。
張　　達：我都想起來了。
吳瑪莉：你為什麼要這麼做？
張　　達：我在幫妳啊。

停頓。
吳瑪莉愣愣地看著張達。張達直勾勾地看著吳瑪莉。
吳瑪莉逼近張達，孫西攔在兩人之間。

孫　　西：吳小姐，冷靜。他有可能在說謊，他可能根本沒見過妳女兒。
吳瑪莉：真的嗎，你告訴我是真的嗎？

張　達：所以，我可以去妳公司試用一個月了嗎？
孫　西：你瘋了嗎？現在還說這種話！（吳瑪莉上前）吳小姐不行！
吳瑪莉：為什麼不行！
孫　西：妳不想去天堂了嗎？
吳瑪莉：我比誰都還想去天堂！

靜默。

吳瑪莉：我女兒失蹤一年了。我每天都在想，如果那天，我早點到……如果我把她帶在身邊……如果我不讓她自己一個人……我比誰都想去天堂！天堂是為我打造的吧？天堂可以實現我的願望吧？它可以告訴我女兒在哪吧？它能讓我看到她，讓我聽到她叫我，媽媽，對吧？
孫　西：對，吳小姐，妳可以在天堂裡面看到妳女兒。不要再想無謂的報仇了，只要進到天堂，什麼問題都能解決。
吳瑪莉：什麼問題都能解決？那我女兒能活過來嗎？至少，我現在可以為她做一件事。

吳瑪莉再次逼近要對張達出手。

孫　西：殺了他，妳女兒也不會復活。妳也進不去天堂！
吳瑪莉：那些都沒關係！
孫　西：有關係！

門開。
服務生聲音從空中傳出。

服務生：天堂之門已經開啟，並且會在五分鐘後關閉。大家都想清楚，自己想要的天堂了嗎？如果還沒想好，要加緊腳

再一步，天堂？！ *One Step to Heaven?!*　411

步哦。

靜默。張達走向門。

吳瑪莉：你要去哪？
張　達：天堂啊。
吳瑪莉：你這個殺人犯，也有資格去天堂嗎！

吳瑪莉欲殺張達，孫西再次將她拉住。
服務生的聲音傳入。

服務生：吳小姐，你確定要殺了張達，放棄進入天堂嗎？
吳瑪莉：這件事，想一百萬次，答案都一樣！
服務生：那我告訴你一件事，這個人，不是真的張達。
孫　西：什麼意思，什麼叫不是真正的張達？
服務生：他的名字，嚴格來說，叫做1137號。
孫　西：1137號？
服務生：張達原本打算跳樓自殺，被我救下來，帶回這裡。
吳瑪莉：那他現在在哪？
服務生：這樣說明吧，比較清楚。（切換模式）

張達的口氣、動作變得跟服務生一樣，這個軀殼的意志已經由服務生接管。
張達活動身體，讓人感覺他大腦裡另一個全新的意志正在適應這副身體。

張　達：他死了。
孫　西：死了？
張　達：嗯。

孫　　西：所以這個，1137號是？
張　　達：他是張達心智的複製品。如果很難懂的話，妳就想像成拷貝電腦的驅動程式吧。
孫　　西：不是啊，你不是把他救下來了？為什麼他又會死掉？
張　　達：他跟我們簽訂契約，讓我們拷貝他的心智，不過中途發生了一點意外……
吳瑪莉：既然你們拷貝了他的心智，那你們一定知道他有沒有殺了我女兒。
張　　達：吳小姐，這件事情現在還很重要嗎？
吳瑪莉：對我來說很重要。我有權利知道跟我女兒有關的所有事情。

停頓。

張　　達：對，妳的女兒已經死了，是張達殺死的。

停頓。

吳瑪莉：你們知道他殺了我女兒，還把我們湊在一起。
張　　達：我們把殺人相關的記憶片段都刪除了，可能是因為看到當事人，也就是你，刺激了相關記憶迴路，所以才會想起來。但……想一想，這也算是意外的好事吧。
孫　　西：荒謬，這算是什麼好事？
張　　達：這樣我們才可以從根本解決問題啊。如果她知道張達就是兇手，卻還是選擇不殺了他，那不就證明，人可以戰勝自己，創造「天堂」了嗎？

沉默。天堂之門持續倒數著。

孫　　西：我們必須走了。

吳瑪莉沒有回應。

孫　西：走過這扇門，就可以到天堂了吧？
張　達：是。
孫　西：就算我已經離開，這裡發生的事情一樣和我有關？
張　達：逃避並不會讓人跟某件事就此失去關係。
孫　西：就算他已經不是個人了，殺了他一樣算暴力嗎？
張　達：是。
孫　西：但那傢伙不是人了啊！只是個東西！如果今天她把牆壁捶破一個洞，這樣算不算暴力？不可能吧！狗屁不通啊！
張　達：只要心中產生想傷害他人的念頭，並付諸實踐，這就算暴力。
孫　西：（無奈）吳小姐，答案很清楚了。妳的女兒，她在天堂等妳。天堂是一個完全為妳量身打造的地方，只要進去天堂，妳可以重拾跟女兒相處的時光，可以跟她一起度過青春，跟她一起長大。這不是很好嗎？
吳瑪莉：把剛才那傢伙的意識叫回來。
張　達：（服務生聲音）要報仇就永遠失去女兒，要女兒就永遠不能報仇。
孫　西：吳小姐，妳聽我說，我知道妳想報仇，但現在已經不可能了，真正的張達早就已經死了！妳現在或許可以「感覺」殺了他，但妳殺的根本就不是當初殺你女兒的那個人，這是假的！

沉默。

吳瑪莉：我女兒不在了！
孫　西：妳女兒就在天堂裡──
吳瑪莉：把剛剛那個張達叫回來。

孫　西：妳——請妳停止胡鬧。我都已經解釋得那麼清楚了，妳現在可能可以感覺到報仇，但那是假的！只要能進去天堂，就什麼都是真的了！

吳瑪莉：天堂也是假的！就算在天堂可以看見女兒，我也不要，因為那就是假的。

孫　西：既然都是假的，那為什麼不選一個對大家有幫助的選項！

吳瑪莉：誰是大家？

孫　西：（停頓，看了一眼張達）我就是大家！

吳瑪莉：沒有人可以阻止我。

孫　西：我會。

吳瑪莉：如果妳阻止不了呢？

孫　西：那妳會害我沒辦法進去「天堂」。

吳瑪莉：關我什麼事？

孫　西：進不去天堂以後，要不要使不使用暴力都無所謂了吧？

吳瑪莉：妳想說什麼？

停頓。

孫　西：如果進不去天堂，我不確定我會對妳做什麼事。

吳瑪莉：妳真是個惡毒又自私的人。

孫　西：對，我是一個自私的人，進入天堂是我的權利，誰都不能剝奪。我一定要去天堂，不管要透過什麼手段我都不在乎。

停頓。

吳瑪莉：（對張達）我問你最後一個問題。

張　達：什麼？

吳瑪莉：我女兒是怎麼死的。

張　達：我覺得妳不要聽，對整體而言才是最好的選擇。
吳瑪莉：（似乎因為剛才的衝突而稍微感到疲憊）如果我願意冷靜下來呢？

資料處理的聲音。

張　達：如果妳真的好奇的話。
吳瑪莉：說。

停頓。切換模式聲。

張　達：很快，她沒有受苦。

吳瑪莉整個人顫抖起來。
孫西擺出準備衝出去的架勢。

孫　西：吳瑪莉，住手！

隆隆的音效聲進，且越來越大，直到蓋過一切聲響。
燈瞬暗。

一片安靜。
半晌，舞台周圍那種微微的燈光漸亮。

職員甲：實驗第 1137 次，結果：同上。
職員乙：（低頭紀錄）寫完了。
職員甲：再來要幹嘛？
職員乙：什麼幹嘛？
職員甲：又失敗了。雖然差一點。

職員乙：還能幹嘛。
職員甲：第 1138 次？
職員乙：第 1138 次。

兩人下場，燈暗。
不久後場上隨即傳來開場 preset 時的愉快音樂與廣播。

廣　播：「歡迎來到『天堂』，一個讓你重新活過來的地方。一個為了你而存在的地方。一個沒有暴力與仇恨的地方。在這裡，你可以擁有任何你想要擁有的。應有盡有，盡在天堂。」

燈亮，場景恢復到最一開始的樣子。

（全劇終）

【回聲】提問叛逆及其不滿
——關於張敦智的《出界》

傅裕惠
（資深現代劇場／歌仔戲導演、評論人；
時任臺大戲劇系兼任助理教授與國藝會第十屆董事）

敦智本人相當溫暖，雖然對話間偶有偏激的時候。這個劇本集血淋淋地反映了一個當代年輕劇作家對社會、人生甚至存在政治性的看法，一個充滿烏托邦想像卻反烏托邦的世界。劇本概念背後的諷喻與虛無，真實而具體，足使讀者找不到反駁的任何理由。

然而，他選擇投入劇本寫作，或是旁觀紀錄現實個案中發生一切所表現的態度和初衷，像極了劇作〈大遊樂園〉中的夸父。他是甘願積極追求著自己的夢想，而且非常努力，即使心底明白過程必然遭逢他人和外力的干擾、介入和無以言說的不平等。顯而易見的是，作者恨極了一切以資本主義消費階級與商品標籤所定義的存在感。無論是〈大遊樂園〉中的使者 A、B；〈沉默是今 Cut Out〉語言宣洩下切換的不同場景下所隱藏的攝影鏡頭；〈12 Loop〉中對比十二名陪審團的太空梭升空實驗；〈四姊妹〉裡送披薩的外送員；以及〈再一步，天堂？！〉中對比天堂境界的那幾位看似無知的職員，在角色執行作者概念時都透露了各種殘酷、嬉弄和質疑、天真。他每齣劇作都費心鋪陳了角色目標和理念，其中的情節安排卻埋藏著走偏人性的陷阱。儘管沒有特定歸咎的原因和動機，或是罪大惡極的戲劇性起伏；作者反而喜歡讓角色處於日常狀態中，在崩裂的縫隙裡，提出大哉問。

這個劇本集裡的語言結構有多線敘事：例如〈沉默是今 Cut Out〉採用了多條故事線並行發展的結構，增加了劇本的複雜度；或是時空交錯，例如〈再一步，天堂？！〉或是〈12 Loop〉。也有獨白與對話的交錯運用，像是〈沉默是今 Cut Out〉與〈四姊妹〉等。因此，台詞口語化、人物表達直白坦率且赤裸裸，甚至不乏髒話和粗俗用語，均反映了人物在極端情緒下的真實反應。此外，多數劇本的共同特色都是開放式結局。作者偏不為故事給出明確的結果；在勾勒了現代人的生存困境與心理狀態之後，他不定義存在的意義，也不提供解答和建議。我曾有幸多次聆聽過作者劇本的讀劇呈現、售票演出和劇本競賽時的第一手閱卷。從劇作文字呈現的形式即發現作者深諳現代劇場的藝術特質，像是特殊的斷句——例如為了模仿口語節奏和思維跳躍，經常使用短句、省略句以及大量的破折號；像是意識流般的情節銜接和獨白；或者透過重複的強調——重複某些詞句和想法來表現人物的執念或情緒等等，讓我閱讀或想像劇作的立體詮釋時，其中的台詞表達，與刻意的斧鑿設計，近乎一線之隔。甚至可能逆反了原來作者希望表現人物日常或日常人物的初心。從導演詮釋的選擇來推敲，我很難認同這些劇作是實驗性的突破，或是創新劃時代的傑作，我忍不住會想，這或許是作者的某種人生和人性的潔癖。這種「潔癖」的態度從文字處理和劇本形式裡即充分顯現，那是作者的自我要求，卻也限制了各種角色內在的生命能量和行事動機。因此我發現，若要詮釋這幾齣劇作，最好的策略必須超越語言，超越我們一般對人物台詞的刻板想像。我的意思是，可能得用更荒謬無稽或是奔放瘋狂的手法，在作者的語言裡，找到對比的空間格式；弄髒他的精心設計，便能循著作者潛意識底下的不滿，將張狂的提問，傾瀉於舞台視覺。

想想，敦智不過剛卅出頭吧，這些早熟的劇作概念，畢竟已讓我相當珍惜。起心動念之下再斟酌，當敦智屆齡中年，他的生活歷練必然會識破自己潔癖的侷限，然後，我們可能就能不斷看到他努力鍛鍊後的精彩文筆。我忍不住期待他更老、更好。

註記：這不是一篇吹捧作者佳作的文字，而是在多年閱讀的心得之後，冀求與日後的讀者交流，更期待看到劇作被製作而再生的可能。

【回聲】「正常」的外邊

童偉格

（小說家）

　　我初識劇作家張敦智，是在 2015 年秋季，大學劇本創作課的課堂上。如今，整整十年過去，不時，我還會想起那幢老舊系館、教室一側的高窗與樹影，以及和班上同學們，逐一琢磨各自作品的時光。時光漫漫，只因我猜想，對創作課而言，教師所在的位置，不免是有些古怪的。一方面，在每次討論時，我形同是在相對疏遠地，與一位創作者當面推敲他的想法，彷彿這不是關於個人作品，他自己最近切的想法一樣。另一方面，是每個新學年，齊聚在課堂的同學們總是歲數相似，彷彿青春常駐；而會逐年老去的，只是有點像地縛靈的教師而已。這也許，才是某種更特異、更緩慢，卻也更真實的遠隔形式——我理解，越過眼前的校園，在更漫長的時光、更嚴峻的環境裡，關於作品的真正行旅，任一位創作者，當然只能獨自去探究。我的不時想起，也許，僅因心中記掛著祝福。

　　於是，在相隔十年後，收到《出界》書稿，我確實感到幸福，就像收到遠遊之人寄來的平安信一樣。我也猜想此書，應當就是張敦智本人，對青春年代之創作思維的結案報告——收錄其中的五部舞台劇作，均完成於作者三十歲之前，很具體地，存真了一位年輕創作者的探索。

　　對我而言，這五部劇作所一致（或自相延異去）抒表的，幽微說來，是孤獨者的密室存有狀態。其中篇幅最短的〈大遊樂園〉，最直接示現了作者的個人關注，與因應而生的舞台話語風格。表面看來，此劇像是一則批判資本主義邏輯的現世寓言，描述一位角

色，如何藉由消費來形塑自我，最後卻被大量商品給淹沒，且也失去了穩確的自我——最後，他成為「什麼都是」，也「什麼都不是」的「那個誰」。然而，當最初，作者將這位角色命名為「夸父」，並及早截斷他自言的「起源」敘事伊時，我們得知，作者更想描摹的，也許是更底蘊的情狀。

實因劇中，「夸父」的自我追索行動，開始於自我詮釋的有效性，橫遭外界作廢之後。這種失落恍如宿命，彷彿，正因昔日光照再不可得，才使他奮起去追日。彷彿全劇敘事，是由這位孤獨角色私自的記憶之中，神話一般理想的圖景來驅動，而這個隱密卻理想的圖景，已強烈預告了「起源」其後的敘事，對這位孤獨者而言，皆是某種事關自我傷逝的敘事。於是，我們有理由相信：若換過批判標的，若不是在商品橫溢的資本主義現世，這樣的一位「夸父」，也許，仍將在另一種逐日般的奔波與徒勞裡，再次證實失落的已然無可復原。這是〈大遊樂園〉的書寫，所埋藏的深刻悖論：這個現世寓言，事實上自我裂解了寓言所指的現世性。

由此，一個又一個更本質化的孤獨者密室，更大規模地集結，成為〈沉默是今 Cut Out〉這部劇作的敘事模組。在此，現世環境細節的喧囂，反語了孤絕密室的無可破防，而每個「我」與他者的社會性關連（親屬，同事，同學，凡此種種關係），則指認了疏離的已然與實然——殘酷的是，那閃爍著情感色澤的記憶圖景，若繫連起舊日時光裡的特定某人（如劇中，女人對舊日故人的念想），全劇的敘事設計，也終將令讓這樣的回憶顯得可疑。

再一次，追憶者將發現失落的昔往，已無可復原如初。當這樣的敘事模組，反向化作齊聚於同一密室的角色們，所貼身懷抱的感覺結構伊時，我們看見〈12〉此劇中，陪審團的集議空間，以及〈四姊妹〉裡，姊妹們一起「度假」的舊日家屋。亦是再一次，現場的眾聲喧嘩，坐實角色各自的孤獨無可共享；孤獨者在現場的傷痕吐露，也一併聲明了從來，創傷只能由孤獨者自行承擔的實情。由此，這兩部劇作，一方面顯現了作者因應改編或實演訴求，去調整書寫

技藝的能力；另一方面，卻也如上所述，更長程封印了張敦智個人創作中，不變的命題與辯證。

也於是，在〈再一步，天堂？！〉一劇中，吳瑪莉這個角色最後所面臨的抉擇，使我讀來深感驚喜——當真實的逝往已無可修復，傷逝的真實性，竟也可能在當下形同虛假。回憶的可疑（如我們在〈沉默是今 Cut Out〉中所見），如今，由張敦智更深切扣問，並直擊為遺忘的艱難。就此而言，徹底復原的不可能，同時也就反語人之真確存有的猶有可能。

的確（套用張敦智的話來說），「出界」或許才是人之存有的常態。正是因此，《出界》全書對我而言，亦帶有走向另一階段之起點的標記。盼望這麼說，不會顯得太過僭越，然而，我當然也深自期待，在更久遠的將來，張敦智能健朗地從界線以外，攜回更多外邊之人，以深刻更移對普遍認知的舞台劇本創作而言，所謂「正常」的畛域。

新美學83　PH0310

新銳文創
INDEPENDENT & UNIQUE

出界
At the Edge of Lives

作　　者	張敦智
責任編輯	陳彥儒
圖文排版	黃莉珊
封面設計	王嵩賀

出版策劃	新鋭文創
法律顧問	毛國樑　律師
製作發行	秀威資訊科技股份有限公司
	114 台北市內湖區瑞光路76巷65號1樓
	電話：+886-2-2796-3638　傳真：+886-2-2796-1377
	服務信箱：service@showwe.com.tw
	http://www.showwe.com.tw
郵政劃撥	19563868　戶名：秀威資訊科技股份有限公司
展售門市	國家書店【松江門市】
	104 台北市中山區松江路209號1樓
	電話：+886-2-2518-0207　傳真：+886-2-2518-0778
網路訂購	秀威網路書店：https://store.showwe.tw
	國家網路書店：https://www.govbooks.com.tw
經　　銷	聯合發行股份有限公司
	231新北市新店區寶橋路235巷6弄6號4F
	電話：+886-2-2917-8022　傳真：+886-2-2915-6275

出版日期	2025年7月　BOD一版
定　　價	520元

版權所有・翻印必究（本書如有缺頁、破損或裝訂錯誤，請寄回更換）
Copyright © 2025 by Showwe Information Co., Ltd.
All Rights Reserved

Printed in Taiwan

讀者回函卡

國家圖書館出版品預行編目

出界：At the edge of lives/張敦智著. -- 一版.
-- 臺北市：新鋭文創, 2025.07
　面；　公分. -- (新美學 ; 83)
BOD版
ISBN 978-626-7326-66-4(平裝)

863.54　　　　　　　　　　114007129